근대어의
탄생과
한문

근대어의
탄생과
한문

사이토 마레시 지음
황호덕·임상석·류충희 옮김

한문맥과 근대 일본

현실문화

한국의 독자들에게

한국도 일본도 모두 동아시아 지역에 위치해 있는 나라입니다. 그리고 동아시아는 하나의 문화권으로 자주 이야기되는데, 유교문화권이라거나 한자문화권이라는 이름으로 불리는 경우도 있습니다.

중국 대륙, 한반도, 일본 열도는 물론 더 나아가 인도차이나 반도 북동부까지 포함하는 이 지역은, 근대 이전에는 한자·한문에 기반한 하나의 문화권을 구성하고 있었습니다. 중국에서 필사되거나 출판된 서적을 공유 문화 자원으로 삼았으며 이를 표현하는 한자·한문이 일종의 미디어가 되었습니다. 사서오경을 필두로 하여 유가(儒家)의 경서, 중국에서 번역 혹은 저술된 불전(佛典), 도가(道家)와 같은 제자백가의 서적, 그밖에 시문이나 소설 등 매우 폭넓은 분야의 서적이 통용되었고 주변의 여러 지역에서는 이러한 서적에 새로운 주석을 더하거나, 그것을 계기로 다양한 저작을 생산했으며, 당연히 번역이나 번안 작업도 이루어졌습니다.

이런 '읽고 쓰기'를 토대로 형성된 동아시아 문화권은 얼핏 보면 모든 게 한자·한문에 뒤덮여진 단일한 세계처럼 여겨집니다. 물론 그러한 세계를 지향하려는 흐름도 강하게 존재했습니다만, 각 지역 고유의 언어와 문화의

5

차이에서 비롯된 다양성 역시 무시할 수 없을 정도로 두드러집니다. 한국이나 일본은 오히려 한자의 전파에 의해 민족의 고유성이 인식되었던 경우인데, 이는 보편적인 문명으로의 한자, 그리고 고유한 문자로의 히라가나 / 한글—둘 다 한자 없이는 탄생할 수 없었을 문자입니다—이라는 대비를 보더라도 분명히 알 수 있습니다.

서적뿐만이 아닙니다. 지식인들의 왕래도, 시대에 따라 수의 많고 적음은 있지만, 질적으로는 각 시대마다 지속적으로 중요한 역할을 담당했습니다. 동아시아는 확실히 하나의 문화권을 이루고 있었던 것입니다.

그러나 한국에서도 일본에서도 이전과 비교해 유교의 영향은 점차 낮아지고 있습니다. 특히 일본의 경우, 일상에서 유교의 영향을 느끼는 일이 상당히 적은 편입니다. 이는 한자·한문에 관해서도 마찬가지여서, 이전보다도 그 교양은 낮아졌습니다. 한국에서는 일상적으로 한자를 사용하는 일이 없어졌으며, 한자에 대한 관심이 비교적 높은 일본에서도 한문을 술술 읽는 것이 가능한 사람은 매우 드문 것이 사실입니다. 하물며 한문을 쓸 수 있는 사람이라면 거의 멸종위기 아니겠습니까?

그렇다면 유교문화권이라거나 한자문화권이라고 하는 것은 이제 과거의 것일까요? 어떤 의미에서는 그렇습니다. 그러나 그 점을 똑바로 보지 않으면 안 됩니다. 과거에 존재했던 유교문화권이나 한자문화권을 정겹게 떠올리거나, 예전처럼 부활시키자는 의도로 이 책을 쓰지는 않았습니다. 그러니까 '문화권 환상'을 강화하기 위해 쓴 것이 아니라는 의미입니다. 이런 문제를 동아시아는 하나다, 라는 식으로 간단히 말해버릴 수는 없습니다.

그러나 과거의 유산이라 하더라도, 오늘날 우리와 전혀 관계가 없는 것은 아닙니다. 비록 그 영향력이 비록 저하되고 있을지언정 여전히 동아시아에서 한자와 유교는 기회가 있을 때마다 과거로부터 소환되며, 이러한 맥락에서 동아시아는 지금도 유럽이나 이슬람권과는 다른 권역을 여전히 구성하고 있습니다. 또한, 동아시아 각국의 '근대'란 각자의 방식으로 한자·한문을 읽고 쓰는 행위를 통해 형성된 문화를 해체한 후에 새로운 문화를 재편하는 과정이었다는 역사적인 내력이 있습니다.

전자는 극히 일반적 해석에 해당합니다만, 문제는 후자입니다. 동아시아의 각국은 그러한 근대를 웨스턴 임팩트, 즉 서양에 의한 충격으로 인해 시작되었다고 이야기합니다. 그러나 단지 서양문명을 수용한 것이 동아시아의 근대일 수는 없습니다. 게다가 동아시아 여러 지역이 한자에 의한 문화권을 구성하고 있었다 하더라도, 그 여러 지역이 같은 반응이나 수용을 보인 것은 아닙니다. 중요한 것은 한자문화권의 여러 나라가 서양문명의 폭력적인 도래를 계기로 하여, 각각의 문화 이론으로 한자권의 멍에를 풀고자 했다는 사실입니다. 이 전환의 공통점과 차이점을 확인하는 것이 바로 동아시아의 근대란 무언가를 생각하는 일이 될 것입니다. 그렇기 때문에 한자·한문을 읽고 쓰는 과정에서 형성된 문화야말로 동아시아의 현대를 형성하는 데 있어 중요한 토대였습니다.

이 책은 일본의 전근대와 근대를 대상으로 이러한 문제를 생각해보고자 한 결과입니다. 그러나 방금 말씀드렸듯이, 문제는 한자·한문에 의한 문화가 어떻게 해체되었으며, 새로운 문화로의 재편은 어떻게 일어났는가 하는 것이기에 이는 일본에 한정되지 않습니다. 일단 동아시아 전역으로 시야를 넓혀야만 하는 것입니다. 그렇게 동아시아 여러 지역과 이 문제를 공유하게 될 때, 비로소 우리는 동아시아를 새로운 시대에 어울리는 다양성을 내포한 권역으로 만들어갈 수 있습니다. 이는 일찍이 주창되었던 것과 같은 동아시아 문화권과도, 오늘날 주로 경제적인 관점에서 제기되는 동아시아공동체와도 전혀 다른 새로운 권역이 될 것입니다.

그래서 저는 이 책의 한국어판을 내고 싶다는 제의를 황호덕 씨로부터 받았을 때, 이 문제를 한국의 독자와 함께 생각할 수 있는 기회가 주어졌다는 데 무엇보다 기뻤습니다. 게다가 황호덕 씨는 동아시아 세계를 조망하면서 한국의 근대에 대한 예리한 성찰을 거듭하고 있는 뛰어난 연구자입니다. 일본어판과 같이, 한국어판 또한 보다 많은 독자의 손에 건네져 새로운 미래로의 가교가 된다면 이보다 기쁜 일은 없을 것입니다.

2008. 7.

사이토 마레시

옮긴이의 글

한글의 세계를 사는, 아니 한글 다음에 올 언어들에 대한 흉흉한 소문을 일상적으로 듣고 사는 오늘의 한국인들에게 한문과 한자란 과연 무엇을 의미하는 것일까. 길게는 600년에 못 미치고, 짧게는 한 세기 남짓한 한글 어문 생활의 역사를 통해 한문이 우리에게 남긴 유산은 어떤 것일까. 우리는 한문 혹은 한자와의 투쟁에서 무엇을 얻었으며, 과연 완전히 승리하긴 한 것일까. 한자와 한문을 적으로 삼는 한편, 또 철저히 이용하면서 얻은 승리 뒤에 놓인 참담한 망각이나 쓰린 상실은 과연 없는가.

사이토 마레시의 이 책은, 한국어로 말하고 쓰는 사람들이라면, 또 문학을 비롯한 인문학 연구자라면 누구나 한 쯤 해보았을 법한 이러한 질문들에 대해 의미심장한 암시들을 제공하는 책이다. 우리가 실제로 살았고, 또 살고 있는 "또 하나의 말의 세계"로 들어가는 역사적, 사상적, 문학적, 정치적 입구들이 이 책에는 있다. 지은이 사이토 마레시는 말한다. 한문이 없었다면, 한문으로부터 생겨난 문화적 실천의 총체인 한문맥(漢文脈)이 없었다면, 근대어도 근대 문학도 근대매체도 아마 없었을 것이다. 그리고 필시 근대 일본어와 일본 문학이 그렇듯이, 여기에 저항하며 절합된 근대 한국어와 근대 한국(인)문학도 그러할 것이다. 양자를 잇는 몇 개의 단서들을 이야기 해보는 것으로 옮긴이의 글을 대신하고자 한다.

흔히 우리는 한글화의 과정을 외세와 계급분할에 대한 민중의 승리, 민주화 및 지식 대중화의 결과로서 이해한다. 작게는 폐쇄적 교술에 대한 대중적 서사의 승리이기도 하고, 신분제와 계급제를 야기한 언문이치에 대한 언문일치의 승리이기도 하다. 결국 가장 '저급했던' 민중의 카니발적인 구어와 이를 문어 세계에 이입시킨 '문학어'가 서양의 지식을 목발질하며 한문과 한자를 표상 체계의 밖으로 밀어내 버린 역사가 지난 1세기였던 것이 아닐까. 특히 '87체제' 이후 가속화된 한글화는 공론장으로부터 한문을 거의 완벽하게 추방했으며, 한문은 더 이상 의미 확정을 위한 부호 이상이 아닌 것 같다. 해가 바뀔 때마다 희망의 사자성어 따위가 이야기되기도 하고, 한문 고전들에서 뽑은 번역본들이 베스트셀러가 되기도 하고, 한자 검정이 새롭게 인기를 끌기도 하지만, 이런 일이야말로 한자문화에 드리운 정치적 보수성과 권위주의가 그 영향력을 상실함으로 해서 생긴 '자유'의 결과일지 모른다. 부채나 속박감이나 부끄러움 없이 이 유산을 모두의 것으로 누리고 기념할 수 있게 된 것이다.

한글화 '성취'의 과정에서 뿌린 피와 대가를 생각했을 때, 이러한 역사적 과정은 결과적으로 잘 된 일일 뿐 아니라 숭엄한 일이라 믿는다. 정치적 독립, 탈식민, 민주화, 평등, 자유롭게 생각하고 쓰는 개인에의 희망들. 한글 그 자체보다도 그 이름으로 얻고자 한 가치들을 생각해보면 더욱 그렇다. 그러나 과연 한문은 최종적으로 퇴출되었거나, 퇴출 중인 언어인 것일까. 문어의 전범이었던 한문은 괄호 속의 '한자어'로만 그 명맥을 이어가고 있다. 이 말은 한자한문이라는 문제에 대한 인식 자체가 별 자의식 없이 괄호 쳐져 있다는 뜻이기도 하다.

예컨대 우리가 멀리한 앙시앙 레짐으로, 흔히 한문 질서와 그 변종인 한자투성이 일본어 세계가 지적되곤 한다. 그러나 우리가 살고 있는 '87체제'의 언어는 한자어 투성이의 헌법 질서 위에 서 있다. 한 국가의 기본적 조직 원칙을 이루는 원리와 관행의 체계를 헌법이라 부른다면, 대한민국(헌법)에는 여전히 앙시앙 레짐의 그림자가 강력하게 서려 있다. 간단히 말해 언어 질서란 일종의 장기 지속의 영역이라는 것이다. 헌법 전문에 노출된 한자(어)들, 즉 역사, 민주, 자유, 권리, 민족, 사회, 경제, 문화 등과 같은 개념들은 대부분 근대 이후에 생겨난 번역어들이며, 그 헌법 자체가 당장 일본어나 한문으로 번역해도 별 무리가 없는 문장들로 되어 있다.

지금의 공론장은 다만 이러한 문맥을 한글이라는 글자 속에 은폐시켜 놓고 있는 셈이다. 과연 우리는 자유롭고 평등한 것인가, 아니면 단지 안심하고 있을 뿐인가.

지은이는 한문이나 한자를 고립된 틀에서가 아니라, 그것이 근대 문학이나 사상에 끼친 영향, 역할의 관점에서 다시 고찰해 보자고 제안한다. 즉 한문의 장기 지속이라는 문맥 속에서 이를 파악할 경우 우리는 한문이 가진 정신성과 기능성이라는 두 문맥을 발견하게 된다. 우선 정치적 언설과 강하게 결부되어 있는 동아시아 문학의 성격은 한문 세계를 통해 형성된 문사(文士)들의 우환의식, 즉 '사인의식(士人意識)' 없이는 설명하기 어렵다. 천하국가를 논하는 문체이자 소양인 한문은 근대 정치에서도 여전히 그 권위와 영향력을 미쳤다. 곤도 이사미의 사세시(辭世詩)나 안중근의 장부가(丈夫

歌)와 같은 원형적 사례 말고도, 정치적·개인적 결단과 한시문의 세계 사이의 깊은 관련은 수없는 일화들이 증명해 준다. 근대 문학의 성립 이후 오랫동안 한국의 근대 매체는 한시문을 게재해야 했으며, 신채호, 변영만, 홍명희와 같이 신구문학을 겸한 사람들도 적지 않다. 한국이든 일본이든, 휘호를 쓸 줄 모르는 정치가는 1980년대 이전까지도 결코 신통한 대우를 받지 못했다. 해방 후의 진보적 지식은 한문 고전에 대한 진보적 읽기 없이는 미덥지 못한 것으로 여겨졌다. 따라서 수상쩍은 (헌)법들과 그 법이 보호하는 권위들 역시 끊임없이 한문의 '그림자'에 자신의 원천을 갖다 대었다.

심지어 정치에서 연애로의 이동을 통해 근대 일본 문학을 정립시킨 모리 오가이와 나쓰메 소세키조차 그 이동의 순간을 '한시'로 장식했다. 잘 알려져 있듯이, 소세키는 좌국사한(左國史漢)을 읽고 영문학을 하기로 결심한 사람이다. 정치적 개입의 방법으로서의 한시라는 것도 있지만, 한시가 지닌 또 다른 측면인 은일(隱逸)과 감상(感傷)이야말로 근대 문학가들을 사인(士人)적 출발점에서 문인적 에토스로 이동시키는 데 중요한 역할을 하게 된다. 그리고 결과적으로 나가이 가후 같이 은일 안에 놓였던 작가들만이 정치와의 거리, 감상(感傷)을 통해 전범의 멍에를 피하는 아이러니가 연출되었다. 상황은 크게 다르지만, 한국 근대 문학에 있어서도 한시(漢詩)의 영역에 대한 설명 없이 『님의 침묵』이나 『백록담』, 『청록집』의 갑작스러운 출현을 설명할 길은 별반 없다. 사인(士人)과 문인 사이에서 정치적 소설과 역사 소설을 써나가던 수많은 한국문인들의 이름을 떠올려 봐도 좋을 것이다. 가장 모던한 문인 박태원의 책상에조차 옥편과 영어사전은 한 쌍이었다. '문사'(文士)라는 오래되고 모호한 말을 이해하려 할 때, 한국과 일본 양쪽에서 사인 의식과 문인 의식이 어떻게 변형되는지를 살피는 일이 도움이 될지 모른다.

한문을 역사정치적 맥락 속에서가 아니라 우선 신생한자어(번역어)나 보통문(근대 문체)의 창조와 같은 기능적인 성격에서 다시 파악해보려 할 때도, 이 책은 유익하고 명쾌한 답변을 제공한다. 소위 한문맥이 어문에 규범과 질서를 부여하는 한편, 기능적으로는 번역적 근대의 실천에 결정적인 영향력을 미쳤다는 것이다.

지은이 사이토 마레시가 강조하는 '한문의 번역으로서의 훈독문'의 사례를 통해 볼 때, 근대 일본어의 기원은 한문의 번역이며, 이 번역문체 안에서 근대 서양 사상 역시도 번역되었다. 전통적 지식의 변환으로서의 한문맥과 서구 충격 이후의 지식 공간으로서의 구문맥(歐文脈 : 서구어의 문맥)은 문체적 범주에서는 국민의 문체인 보통문으로, 개념의 차원에서는 한자 번역어라는 '하나의 초점'으로 모였다. 애초에 한문을 번역하던 훈독문이 대중화된 한문 교육 속에서 스스로를 일으키고, 변화하는 세계 속에서 서양 지식을 매개하면서 소위 국민의 문체로서의 근대 일본어가 생겨났다는 것이다.

이를 한국의 사례에 비추어 이해해 보자면, 넓은 범주의 언해문과 그 계승형으로서의 국한문(혼용)체에 의해, 높은 추상도를 가진 서양 문헌들이 번역될 수 있었던 것이 된다. 무엇보다 일본과 중국에서 생산된 번역어들과 일본의 훈독문이 진전한 아속혼합의 번역문체는 근대 한국어의 형성에 결정적인 영향을 미쳤다. 굳이 『서유견문』과 『무정』 사이의 분업을 이야기하지 않더라도, 예컨대 한국 근대 문학사를 여는 『혈의 누』의 첫 총성과 대중운동과 지식 평등의 기점이 되는 저작인 유길준의 『노동야학독본』의 표기법들은 일본식 문체와 부속철자(후리가나)들로 가득 차 있다. 유길준이 말한 세종이 만든 글자를 언해했던 유산과 일본어를 통한 서양 지식·문학의 중역. 한글과 한문이 섞인 농밀한 문어 세계가 거기서 성립했다. 한글운동이라는 정치문화적 실천을 통해 마침내 한자를 눈에 보이는 차원에서 추방하자, 비로소 '우리말'이 보였다. 그러나 이 '우리말'에서 한문·한자나 일본어는 결코 추방된 것이 아니라 개념과 통사론 안으로 은폐된 것일 뿐이다. 근대 일본에서 생산된 신어들의 약 90%가 현대 한국어에서 그대로 살아 있으며, 그럼에도 불구하고 그 원천이라 할 한자와 서구어 양쪽의 맥락 모두가 은폐되어 있다. 한문맥이란 보이지 않지만, 여전히 잠재하는 한국어의 한 질서이자 축인 것이 아닐까. 권위주의 청산과 편의를 위해 '의미' 생성의 과정과 그 어려움까지 편리하게 청산해버린 것은 아닐지 묻게 되는 대목이다.

에크리튀르, 서기 체계, 글쓰기라 불리는 차원에서, 또 경사자집의 세계와 함께하는 마음의 자세와 세계관의 차원에서 한문은 분명히 (거의) 사라졌다. 그렇게 보인다. 지은이가 말한 정신성, 인품과 말의 격조로 사람을 쓰지도 뽑지도 않는 시대다. 남은 것은 기능뿐이다. 우리가 보는 것은 한문(맥)의 그림자일 뿐이지만, 이 그림자를 잘 보는 일은 생각보다 중요하다. 왜냐하면 여기에 한국의 근대 문학과 언어, 사상이 만들어낸 현재의 '결과'를 상대화해볼 수 있는 많은 단서들이 놓여 있기 때문이다. 예컨대, 근대 문학이 신봉하는 '연애'나 '언문일치', '정치소설'과 같은 절대 가치가 실제로는 한시나 백화소설, 훈독(언해·고소설), 또 재자가인형 전기소설에 그 뿌리를 두고 있다는 지은이의 지적과 암시가 그렇다. 그러니까 우리는 근대에 '발명된' 사람들이 아니다. 누구도 중간에 갑자기 죽고, 다시 태어날 수는 없기 때문이다.

이 책을 번역하기로 한 것은 원서가 나온 그해 여름이었던 것으로 기억한다. 혼자 읽기 아까워, 당시 함께 공부하던 금요번역세미나팀 동료들과 읽기로 했다. 한문의 유산에 천착해온 많지 않은 근대 문학 연구자 중 두 분인 임상석 선생과 류충희 선생이 이 책을 번역하는 데 꼭 동참하고 싶다는 뜻을 밝혀왔다. 나 같이 게으른 사람으로서는 고마운 일이었다. 균분해 번역하여 같이 읽고, 손을 보고, 전체적으로 이 글을 쓰는 역자가 다시 번역을 교정해가다보니 시간을 많이 쓰게 되었지만, 세 사람 모두의 공부에 적잖이 유익했으리라 믿는다. 지은이와의 약속도 약속이지만, 연이은 교정과 윤문으로 마지막까지 원고를 붙들고 있는 내가 후기를 쓰게 되었다.

옮긴이들, 특히 후기를 쓰는 옮긴이의 게으름으로 3년 가까운 시간이 훌쩍 지나가버렸다. 내용은 두터우나, 부피는 결코 두껍다고 할 수 없는 책의 번역이 이처럼 늦어지게 되면서 많은 분들께 괴로움을 끼쳤다. 다시금 현실문화연구 김수기 대표의 인내를 시험하게 되었다. 함께 한 현실문화연구 스태프들의 정중한 독촉과 사려 깊은 배려에 감사의 말씀을 올린다. 죄를 짊어져 한동안 뵙기 민망했던 사이토 마레시 선생과 편히 만날 수 있게 된 것도 다행스럽다. 약속받은 한일 근대 한문학에 대한 비교연구를 독촉할 수 있게 되어 뿌듯하다. 몇 번의 교정 과정을 옆에서 도와준 이영재 선생께도 감사의 말씀을 전한다.

한국에서는 쓰지 않는 경어체의 설득조 문장이라, 불가피하게 윤문(潤文)을 적잖이 했다. 또, 본래 설득조의 글이라 보다 이해하기 쉬운 말로 바꾼 부분도 더러 있다. 이런 문체로 된 '또 하나의 책의 세계'를 보이고 싶었던 데서 온 무리라 생각해주면 고맙겠다. 대과거 혹은 근과거의 한문과 일본어를 한국어의 역사 속에서 살려 번역하자니 괴로운 대목이 많았다. 한일 양 언어의 변화 속도와 교섭의 밀도 그리고 근원적 차이를 실감하지 않을 수 없다. 출판사와 협의하에 책 제목을 변경하게 된 것도, 한문맥(漢文脈)을 한자어 없이 전면화할 수는 없으리라 생각되었기 때문이다. 원제를 부제로 내린 점, 양해 말씀 올린다.

무엇보다 좋은 책을 함께 번역하게 되어 보람 있게 여긴다. 근대 문학이나 근대 한국어, 또 그에 대한 연구를 둘러싼 위기 혹은 회의의 말들이 회자되는 작금의 몇 년이다. 지은이의 제안처럼 "또 하나의 말의 세계"로의 접근이 뜻하지 않은 길을 열어줄지 누가 알겠는가. 그것이 재앙의 연습이든, 더 깊은 '소통'의 세계를 향한 모색이든, 역사에서 배울 수만 있다면 아직은 늦은 것이 아니다.

2010. 1. 29.

옮긴이들을 대표하여 황호덕 씀

1. 이 책은 齋藤希史의 『漢文脈と近代日本 : もう一つのことばの世界』(2007, 日本放送出版協会)를 완역한 것이다.

2. 기본적으로 국립국어원 한글맞춤법과 외래어 표기법에 따랐다.

3. 서명은 『 』, 작품명은 「 」로 표시했다.

4. 각주와 권말의 인명·작품 정보는 모두 옮긴이의 것이다. 본문의 ( ) 안의 설명 역시 대부분 옮긴 이의 것이며, 저자의 설명은 '원주'라 표시했다.

5. 본문에서 굵은 글씨로 강조된 부분은 모두 지은이의 것이다.

6. 일본의 인명, 지명, 서적명, 작품명과 용어 등은 되도록 일본식 음독과 원서의 표기를 따랐다. 단, 일본식 음독을 붙이는 것이 오히려 독해를 방해할 염려가 있는 경우에는 이미 통용 중인 한국식 음독을 따랐다. 인용된 한시, 1945년 이전 문장은 한국 한자로 통일했다.
   예 : 『항서일기(航西日記)』, 『일본외사(日本外史)』, 『문예구락부(文藝倶楽部)』, 막부(幕府) 등

7. 중국의 인명, 지명, 서적명, 작품명의 경우는 한국식 음독으로 통일했다.
   예 : 이백(李白), 양계초(梁啓超), 남경(南京), 소주(蘇州) 등. 홍콩 제외

8. 한문 텍스트의 인용시 먼저 번역문을 제시하고, 후에 원문을 인용했으나, 한시의 경우는 원문을 먼저 인용한 후에 번역문을 붙였다. 한문 인용의 경우, 대체로 저자의 번역이 첨부되어 있기에 되 도록 이를 따르려 했다.

시작하며

이 책의 주안점은 근대 일본의 '말(ことば)*의 공간'을 한문맥(漢文脈)이라는 관점에서 생각해보는 것입니다. 한문이 아니라 한문맥이라 한 것은, 예컨대 한자·가타카나 혼용의 훈독문(訓讀文)처럼 한문에서 파생된 문체를 포함하면서, 더 나아가 문체만이 아니라 한문적 사고나 감각까지 포함시켜 생각해보려는 까닭입니다. 물론 그 핵심이 되는 것은 한시나 한문입니다.

그렇지만 근대 일본의 말이 한시나 한문과 무슨 관련이 있다는 것인지 의아해하실 듯합니다. 확실히 근대 일본에 일어났던 가장 큰 변화를 들자면 현대 구어문의 기반이 된 언문일치체의 성립을 들어야 할 테고, 한시와 한문은 근대 이전의 낡은 문체에 불과하다는 게 일반적 인식일 겁니다. 근대 일본의 문명개화를 말하자면 먼저 서양의 영향을 고려해야 하는 게 아니냐, 번역 문체로부터 근대 일본을 생각하는 것이라면 모를까 등의 의견도 있을 수 있겠지요.

---

*한자어가 아닌 일본 고유어인 'ことば'의 의미를 최대한 살리는 취지에서 '말'이라고 옮겼다. '말'로 번역하는 것이 오히려 어색한 대목에서는 '언어'로 번역하기도 했다.

메이지(明治) 시대에 흥미를 가진 독자라면, 이에 대해 "그렇지 않다. 당시 사람들의 한문 소양(素養)은 뛰어났으며 번역어도 한문 소양이 아니었다면 생기지도 않았다. 근대 일본의 말은 한문과 밀접하게 연관되어 있다"라고 옹호해주시겠지요. 그러나 만일, "하지만 한문이란 게 결국 서양문화에 구축되지 않았는가, 결과적으로 한시나 한문은 쓸모없어진 것이 아닌가, 그저 전근대의 소양을 이용했던 것에 불과하지 않은가" 같은 재반론이 등장한다면 어떨까요? 표면적으로는 쓸모없어진 것처럼 보일지라도 한시와 한문은 여전히 일본 문화의 기반으로 존재하고 있다고 대답할까요? 아니면 한시나 한문을 소홀히 여기는 풍토 때문에 오늘의 일본이 이꼴이 된 것이다라고 분개해야 할까요?

이 책은 그러한 반론들 앞에서, 조금 더 세심하게 근대 일본 말의 역사를 따라가보지 않으시겠습니까, 조금 더 넓은 시야에서 이 문제를 생각해보지 않으시겠습니까 하는 일종의 제안입니다. 일본의 '말의 세계'에서 한시나 한문은 시대에 따라 역할을 달리합니다. 특히 한문적 사고와 감각의 보급이라는 측면에서는 근세* 중기를 경계로 하여 상황이 크게 변합니다. 문체뿐 아니라 사고와 감각의 영역에서 한시나 한문이 큰 힘을 지니게 되었기 때문입니다. 한문맥의 거센 **물결**이 일어났다라고 표현해도 좋겠지요. 그리고 그 **물결**이야말로 일본의 근대를 준비하는 것이었습니다.

근대 일본이라는 시공간은 문체에 있어서든, 사고에 있어서든 한문맥으

---

* 일본의 연대 구분은 크게 중세(헤이안 시대 794~전국 시대 1540년대) → 근세(전국 시대~메이지 유신 1868) → 근대(메이지 유신 이후)로 나뉜다.

로 지탱되던 세계를 기반으로 성립되었습니다. 동시에 그곳으로부터 이탈 혹은 해체와 재편을 통해 시대의 생명을 유지해가려 했습니다. 이러한 계승과 갈등, 섭취와 배제 관계의 역동성을 명확히 하여 단순히 낡은 문체나 오늘날 되살려야 하는 고전의 지혜로만이 아니라, 일본의 언어 전반에 밀접하게 연관된 것으로서 한문맥이라는 세계를 다시금 파악할 수 있지 않을까요. 그것이 이 책의 의도입니다.

전체 구성에 대하여 서술해보겠습니다.

제1장은 전체의 총론에 해당하고 제6장은 그것에 호응한 결론입니다. 한문맥이라는 관점을 통해 명확해지는 것은 무엇일까? 일단 독자 여러분들이 이 두 장을 읽으면 전체적인 조망을 얻을 수 있도록 배려했습니다.

제2장부터 제5장까지는 기본적으로 시대별 구분에 따른 각론이 되겠습니다. 우선 제2장에서는 에도 시대 후기, 한문이 사람들의 소양으로 정착하기까지를 라이 산요(賴山陽)를 중심으로 서술합니다. 이어 제3장에서는 메이지 시대 전기에 '국민의 문체', '만능의 문체'로서 한문훈독체가 부각되는 과정을 추적합니다. 제4장은 제3장의 이면에 해당하는 내용인데, 근대 문학이 한문맥으로부터 분리되어가는 메커니즘에 대하여 기술합니다. 모리 슌토(森春濤), 오누마 진잔(大沼枕山), 모리 오가이(森鷗外)의 자의식이 고찰 대상이 될 것입니다. 제5장은 한문맥이 크게 변용되는 계기였던 '연애'와 '이국'이라는 두 가지 테마에 주목하여 나가이 가후(永井荷風), 다니자키 준이치로(谷崎潤一郎), 아쿠타가와 류노스케(芥川龍之介)의 기행문과 소설을 다룹니다. 시대는 메이지에서 다이쇼(大正)로 넘어갑니다.

간략히 소개한 각 장의 구성에서도 알 수 있듯이, 이 책은 개설서의 서술이 갖는 균질함보다는 거칠더라도 문제의 소재를 드러내는 작업을 우선시 합니다. 이런 종류의 서적치고는 인용이 많다고 느낄지는 모르겠지만, 이것 도 한문맥이라는 말의 세계를 이해해주시길 바라는 희망의 발로라 하겠습 니다. 근대 일본의 말이라는 공간 너머에 존재하는 '또 하나의 말의 세계'가 어떤 것인지 그리고 그것이 현재 일본의 말과 어떻게 연관되어 있는지를 함 께 생각해보지 않으시렵니까.

목차

제1장 ǁ 한문맥이란 무엇인가
: 문체와 사고의 양극

제2장 ǁ 한문의 읽고 쓰기는 왜 널리 퍼졌는가
: 『일본외사』와 훈독의 목소리

제3장 ‖ '국민의 문체'는 어떻게 성립된 것인가
: 문명개화와 훈독문

제4장 ‖ 문학의 '근대'는 언제 시작된 것인가
: 반정치로서의 연애

제5장 ‖ 소설가는 동경하던 이국땅에서 무엇을 보았는가
: 염정과 혁명의 땅

제6장 ‖ 한문맥의 지평
: 또 하나의 일본어를 향해

한문맥이란 무엇인가

: 문체와 사고의 양극

일본의 한문맥

「시작하며」에서 적었듯이, 이 책에서는 근대 일본의 말과 한시문(漢詩文) 간의 연관성에 대해 서술하고자 합니다. 이를 위해서는 한시문 자체뿐 아니라 그로부터 생겨난 전통적 문체인 한문조(漢文調)도 포함시켜 생각할 필요가 있습니다. 한자 사용은 물론, 한시나 고사성어를 인용하거나 훈독조(訓讀調)의 문체를 쓰는 것은 지금도 여전히 일본어에서 중요한 구성요소 중 하나이기 때문입니다.

한자·가타카나 혼용의 문어문은 '한문훈독체'라고도 불리듯이 확실히 한문을 토대로 태어난 문체이지만, 얼마 전까지도 공식문체로서 널리 사용되었습니다. 제2차세계대전을 끝내는 종전(終戰) 관련의 천황 조칙(詔勅) 중에 "견디기 어려움을 견뎌내고 참기 어려움을 참아내어, 이로써 만세(萬世)를 위해서 대평(大平)을 열기를 바라노라"*라는 유명한 문장을 상기해보면 충분할 것입니다. 법률 역시 전후(戰後) 오래도록 문어문 그대로였습니다. 형법이 구어문이 된 지가 아직 십 년 남짓에 불과하고, 민법은 아주 최근까지도 문어문이었습니다. 예를 들어, 현재는 "권리의 행사 및 의무의 이행은

---

* 원문은 이렇다. "堪ヘ難キヲ堪ヘ忍ヒ難キヲ忍ヒ, 以テ万世ノ為ニ大平ヲ開カムト欲ス"

신의에 따라 성실하게 이루어져야 한다"라고 히라가나로 풀어 적힌 부분이, 2005년 4월 이전에는 "권리의 행사 및 의무의 이행은 신의에 종(從)하여 성실하게 이를 행할 것을 요함이라"*라고 가타가나로 되어 있었습니다.

점차 비율이 줄어들고 있다지만 이러한 한문조는 아직도 뿌리 깊이 남아 있습니다. 리듬이 좋다는 이유로 한문조를 좋아하는 사람도 있습니다. 어찌 되었든 이런 현상은 한시문이 아니었다면 생기지 않았을 것입니다. 한자뿐만 아니라 한시문을 어느 정도 알지 못하면 한문조의 문장을 짓는 것은 불가능합니다. 이러한 지식을 일반적으로 **한문의 소양**이라고 부릅니다.

그렇지만 한문의 소양을 한마디로 정의한다는 것은 상당히 어려운 일입니다. 한시문에 익숙하여 명구(名句)로 술술 자신의 뜻을 피력할 정도면 됐다고 해야 할지, 스스로 한시를 지을 정도가 되어야 하는 것인지, 어린 시절부터 한문 서적을 소독(素讀)**하지 않았다면 소양이 있다고 말할 수 없는지 등등, 여하튼 한문의 소양이 무엇이라고 엄밀하게 정의내리기란 극히 곤란합니다. 그럼에도 불구하고 구어문이 일반화된 최근에도 대중을 상대로 한문이나 고전에 대한 소양의 중요성을 주장하는 책이 많이 출판되고 있으며, 그런 책들을 읽는 이도 적지 않습니다.

한문조라는 것도 애매하기는 마찬가지입니다. 순수 한시문으로 논의를 한정해버리면 모를까, 언어 일반에 스며든 한문조라는 개념에 이르면 역시

---

*원문은 이렇다. "権利の行使及び義務の履行は、信義に従い誠実に行わなければならない", "権利ノ行使及ヒ義務ノ履行ハ信義ニ従ヒ誠実ニ之ヲ為スコトヲ要ス" 두 문장의 차이를 강조하기 위해 의역을 했다.

**소독 : 원래 뜻은 글 따위를 서투르게 떠듬떠듬 읽는 것으로, 한문 서적을 스승의 음독에 따라 그 음만을 소리내어 읽는 것이다. 문장의 뜻은 생각하지 않고 글자만을 큰 소리로 읽는다. 한문 학습의 가장 초보적 단계.

정의하기 어렵습니다. 비록 한자로 되어 있더라도 벽에 스프레이로 낙서한 '요로시쿠(夜露死苦)*'를 한문조라고 말하는 사람은 아마 없을 것입니다. 물론 정치가가 걸핏하면 엉터리 한문 명구나 고사성어를 끌어오는 행위와 다를 게 뭐냐고 되물을 수도 있겠죠. 적어도 낙서**다움**이나 정치가**다움**을 표현하는 효과음의 차원에서는 꽤나 비슷해 보이기도 합니다. 요즘 나오는 소설 중에서 읽기 어려울 정도로 한자투성이인 작품이 있는 것도 어찌 보면 비슷한 사례가 아닐까요. 이렇듯 한문조의 범위는 매우 애매합니다.

일본어 안에는 한자나 한시문을 핵으로 하여 생성된 말의 세계가 있습니다. 한문의 소양이나 한문조가 이 세계의 중요한 부분인 것은 확실합니다. 그러나 막상 이런 개념들은 역사성을 별반 고려하지 않고 사용되는 경향이 있습니다. 또한 표면적인 어조나 지식에 주목하는 것으로 그치기도 합니다. 현재로선 무엇 하나 확실히 정의내리기 어려운 이유는 이러한 사정 때문입니다.

이 책에서는 기존의 견해들과 조금 다른 시점을 취하려 합니다. 역사의 흐름과 너비를 좀 더 중시하면서, 위에서 말한 한자나 한시문을 핵으로 삼아 전개된 말의 세계를 우선 한문맥이라 이름 붙이고, 그곳에서부터 한문의 소양이나 한문조에 대한 문제를 생각해보려 합니다. 애써 **문맥(文脈)**이라는 단어를 사용한 것도 마치 수맥과 같이 흐르고 퍼지며 이어져 내려온 현상으로 이러한 개념을 파악하려 했기 때문입니다.

---

*요로시쿠 : 각 한자의 일본어 독음을 따서 만든 은어로서 "よろしく(요로시쿠, 잘 부탁드립니다)"와 똑같이 발음되는데, "밤이슬 맞으며 죽도록 고생하라" 정도의 의미이다. 비꼬는 뜻으로 쓴다.

문체와 사고라는 양극단

그런데 일단 한문맥이 이러이러하다, 라고 정한다 해도 이를 단지 어조나 문체의 측면에서만 바라본다면 문제의 핵심을 놓쳐버리게 될 것입니다. 그것은 단순한 어조의 문제가 아니라 사고나 감각의 틀에 관한 문제라고 말할 수 있기 때문입니다. 물론 문체라는 것 자체가 본디 그러한 것이기도 합니다. 사고가 문체를 정하고, 또 문체가 사고를 이끌듯이, 두 가지는 언제나 상호 연관되어 있습니다. 그리고 그것은 이 세계를 어떻게 파악하고 어떻게 구축하는가라는 문제로까지 확장됩니다.

물론 문체는 어디까지나 문체에 불과할 뿐이라고 치부해버릴 수도 있습니다. 사고나 감각이 어찌 되었든 간에 문체는 쉽게 모방할 수 있습니다. 실제로 문체의 교습은 우선 모방으로부터 시작하며, 특정한 문체가 일단 세상에 퍼지면 그것은 '정형'이 되어 나중에는 모방하는 당사자들도 모방한다는 것을 거의 의식하지 못하게 됩니다. 문체의 속성이 이렇기에, 세상에 널리 쓰이는 문체가 되려면 이러한 모방 과정은 필수적입니다.

사고나 감각에 연관될 때야말로 문체는 성립한다. 그럼에도 불구하고 문체 자체는 그런 것과 연관 없이도 모방 가능하다. 한문맥은 분명 이러한 양극단을 왕복함으로써 성립되는 듯 보입니다. 이 점에 대해 좀 더 설명을 해보겠습니다.

한문은 흔히 중국 고전문이라고도 이야기되듯 2,000년도 전에 성립된 문체입니다. 시대에 따라 변동은 있지만 기본적인 문법이나 어휘는 일정합니다. 기원이 오래되었을 뿐만 아니라 고전의 어구나 고사(故事) 등—이를 통틀어서 **전고(典故)**라고 부릅니다──을 끊임없이 사용합니다. 이를테면 고전 읽기를 전제로 하여 씌었다는 점에서도 '고전문'이라고 말할 수 있습니다. 전고를 종횡으로 사용하는 고전문인 한문은, 중국 고전세계의 사물을 보는 관점과 불가분의 관계로 기능하고 있습니다. 한문을 익히는 것은 단지 한문 문법을 배운다고 되는 것이 아닙니다. 중국 고전에 대한 지식이 요구됩니다. 요컨대 한문을 익히는 것은 중국 고전의 지적 세계에 자기 자신을 참여시키는 것과 같은 뜻이라 하겠습니다. 한문으로 개인적 심정이나 사고를 적는 것은 이러한 고전적 지(知)의 세계 안에서 자기 자신의 윤곽을 정해가는 일이기도 한 까닭입니다.

현재 일본에서는 오랫동안 문어문의 아성이었던 육법(六法)*의 세계조차 점차 구어문으로 이행해가고 있습니다. 이처럼 분야를 막론하고 현대 구어문을 쓰는 것이 기본이 되었습니다. 하지만 일본에는 일찍이 복수의 문체 혹은 복수의 서기 체계가 존재했는데──예컨대 편지는 소로분(候文)**으로 쓴다든가 하는──한문도 그 중 하나였습니다. 무엇을 쓸 것인지 하는 내용의 여하에 따라 그 문체가 저절로 정해졌던 것입니다. 문체를 선택하는 일이 써야 할 세계를 선택하는 일과 마찬가지였던 것입니다.

한편 한문은 그 내용과는 별개로, 충분히 조작적이며 기술적인 문체이기

---

*육법 : 헌법, 민법, 상법, 형법, 민사 소송법, 형사소송법.
**소로분 : 문장 말미에 '있다'(ある, いる)의 공손한 표현으로 '있사옵니다, 있습니다'를 의미하는 '候う'를 사용하는 문체. 주로 서간문이나 공문에 사용된다. 가마쿠라 시대부터 사용되어, 에도 시대에 서식이 정형화되었다. 지금도 서간문에는 더러 사용되고 있다.

에 동아시아 전역으로 퍼져나갈 수 있었습니다. 이는 한자의 특질과도 연관됩니다. 바로 이러한 한문의 조작적·기술적 특질로 인해 예로부터 불경의 번역이 가능했던 것이고, 근대에 이르러서는 서양과학이나 기독교 서적을 한문으로 번역할 수 있었던 것입니다. 서기 언어로서의 한문이, 혹은 그것을 떠받치는 한자가 얼마나 큰 응용력을 가졌는지에 대한 구체적인 예는 이 책에서도 제시될 터이지만, 대략적으로만 말해보면 대량의 신한어(新漢語, 신생 한자어)가 외국 문물의 번역 과정에서 창출된 것이 그런 예입니다. 이는 유용한 도구이자 자원으로서 한문이 매우 뛰어난 응용력을 가진 서기 언어라는 증거가 되겠지요.

이와 동시에 이 한문맥으로부터 소위 **문화의 번역**, 즉 세계관의 전환 작업이 행해졌습니다. 번역의 저편에 위치한 새로운 서양의 세계관과 이쪽의 세계관 간의 불일치가 번역을 통해 인식될 수 있었기에 비로소 문체의 변용도 생겨났습니다. 그 뒤를 이어 번역을 통한 사고의 변화, 즉 고전세계로부터 근대세계로의 전환이 이루어졌던 것입니다.

한문맥이라는 문제를 사고하기 위하여, 여기서는 한문이라는 서기 체계가 문체로서 기능하는 이유가 앞서 말한 '기능'과 '사고'의 양극단 사이에서 작용하는 힘 때문이라 설정해보려 합니다. 달리 말하자면, 한문이라는 서기 체계가 가진 힘을 기능과 사고라는 두 대극을 설정함으로써 가늠해보자는 것입니다.

한문맥의 윤곽 : 지역성과 시대성

　문체로서 한문맥이 갖는 의미를 다른 측면에서 한번 생각해볼까요? 한문은 확실히 고전어이며 그에 걸맞는 체계를 가지고 있습니다. 하지만 읽고 쓰기의 현장에서 봤을 때에는 한문을 자족적이고 폐쇄된 체계라고 말할 수 없습니다. 한문은 구어나 속어 그리고 토착어 — 예컨대 야마토고토바(和語)와 순한국어(韓語)*도 이에 속합니다 — 와 끊임없이 관계맺음으로써 성립되었습니다.

　그리고 한자문화권인 동아시아에서 한문은 확실히 규범적 가치를 지니는 서기 체계였지만, 동시에 그 전파로 인해 각지에서 저마다의 서기 체계가 탄생하는 계기를 제공하기도 했습니다. 일본에서 변체한문(変体漢文)**이나 소로분, 가나분(仮名文) 같은 것이 생겨난 것도 한문이 전파되었기 때문입니다. 바꾸어 말하자면, 한문이라는 서기 언어가 전파된 덕분에 지역 언어를 어떻게 적어야 할지 새삼 고민하게 되었다는 겁니다. 한자나 한문이 전래되지 않았더라도 일본어는 독자적인 서기 체계를 형성했을 것이다 라고 자신 있게 말할 수 있을는지요? 그 여부는 상당히 의심스러운 게 사실입니다. 서양에서 알파벳이 전래되기 전까지 그저 무문자(無文字) 사회로 일관했을 가능성마저도 있습니다. 더 나아가 대관절 '일본어'라는 의식이 생겨

---

*야마토고토바는 일본 고유의 토착어라는 뜻으로, 중국이나 한국으로부터 도래한 한자 중심의 말인 가라고토바(唐語 / 韓語)의 상대어이다. 한어(韓語) 역시 한자어에 상대되는 개념으로 쓰였기에 '순한국어'로 옮겨 보았다.

**변체한문 : 헤이안 시대 이후, 주로 남자의 일기·서간과 기록·법령 등에서 사용된 일본화한 한문이다.

서하문자(왼쪽), 츄놈(오른쪽)
도쿄외국어대학 아시아아프리카 언어문화연구소 엮음, 『도설아시아문자입문(図説アジア文字入門)』, 가와데쇼보신샤

낳을까조차 의심스럽습니다.

한자문화권의 세계에서는 그 어떤 지역이라도—중국 대륙 내에서도—고전문로서의 한문 문언만이 유일한 서기 체계로 존재했던 곳은 없었습니다. 이는 잊기 쉬운 일이지만, 중요한 사실입니다. 한문은 계속해서 여러 가지 형태로 다른 서기 체계를 만들어왔습니다. 한자를 모방했던 서하(西夏) 문자나 츄놈(베트남 고유문자)은 물론이고, 한자와는 거리가 멀어 보이는 한글 역시도 한어 음운학의 지식을 전제로 성립된 것입니다. 이는 명백한 사실입니다. 『수호전』에서 볼 수 있듯이 중국의 구어문인 백화문(白話文)도 먼저 문언이 있고 그것을 규범으로 참조해가며 형성된 것이지 구어를 그대로 모사한 것은 아닙니다.

그리고 그러한 복수의 서기 체계 중에서 한문이 점했던 역할은 시대나 지역에 따라 미묘하게 혹은 명확하게 다릅니다.

한문을 단지 중국 고전문으로서가 아니라, 지역적인 동시에 역사적인 전파 속에서 그 존재의 의미를 생각하는 것, 한문과 접촉을 통해 생겨난 말을 비롯해 보다 넓게 한문맥이라는 흐름 속에서 이 현상을 이해하는 일이 필요합니다. 한자문화권이라는 개념에는 한자가 유통되었던 지역을 묶는 공통성을 찾는 데 중점을 두는 경향이 있지만, 한자나 한문이 전래된 지역의 고유성과 다양성을 환기시켰던 측면이야말로 실은 주목해야 할 지점이라고 생각합니다. 그리고 그 지역의 고유성이나 다양성은 한자나 한문이 전파되기 전부터 이미 존재해왔던 것이 아니라, 한자나 한문이 전파됨에 따라 비로소 부상할 수 있었습니다.

이 책이 서술하려는 대상은 주로 근세 후기부터 근대까지의 일본입니다. 그곳에는 일본 고유의 역사성과 지역성이 있습니다. 그러나 그 고유성은 한문맥이라는 열린 시야 안에서 처음으로 부상한 것입니다. 혹은 그러한 맥락으로 '고유성'을 새롭게 파악하자는 것이 이 책의 목적입니다. 간단히 말하자면, 근대 일본의 성립과 전개 과정을 한문맥과 관련하여 고찰하겠다는 것입니다. 이것은 근대 일본의 말에 대한 문제—즉 일본어의 문제—를 생각하는 일임과 동시에, 근대 일본의 사고나 감각에 대한 문제—즉 일본의 사고나 감각의 문제—를 생각하는 일이기도 합니다.

전체의 도입부에 해당하는 본 장에서는 한문맥의 시점에서 생각하는 일이란 대체 어떤 것인가, 또 근세 후기부터 근대 일본이 주제화될 수 있었던 이유는 무엇인가 하는 문제들을 생각해보기 위한 실마리로서 '소양으로서의 한문'이라는 화제부터 논해보려 합니다.

교양이 아닌 소양이었던 한문

한문 소양을 근대 일본의 한문맥이라는 시점으로 생각해보면 어떻게 될까요? 대개 한문 소양이란 일본의 지식계층에게 고대부터 면면이 이어져왔던 필수적인 소양이라고 별 생각없이 이해하는 경우가 많지만, 이는 역사를 무시한 견해라고 할 수 있습니다. 왜냐하면 **소양으로서의 한문**이 강조된 것은 근세 이후의 일이기 때문입니다.

메이지 시대의 지식인에게는 한문 소양이 있었다고 흔히 말합니다. 반대로, 현대인에게는 한문 교양이 없다 라는 식의 말도 들립니다. 소양이란 자연히 몸에 밴 것이고, 교양은 스스로 몸에 익히고자 하는 것입니다. 소양은 전통적이고 교양은 근대적이라는 어감 면에서의 차이는 있을지 모르나, 오늘날 한문에 관한 이야기가 나오는 자리에서는 '반드시'라고 해도 좋을 정도로 소양이니 교양이니 하는 말이 튀어나오는 건 왜일까요?

단적으로 말하자면, 한문 소양이란 단편적인 지식의 집적이 아니라 하나의 지적 세계로 습득된 것이지, 특정 직업을 얻기 위해 요구되는 전문적·기술적 지식이 아니기 때문입니다. 더하여 세간에서 제 구실을 하는 버젓한 성인으로 취급받기 위해서는 한문 소양을 습득하는 것이 바람직하다고 여겨진 풍토도 한몫을 했겠지요.

그리고 일본 사회에서 한문이 그런 위치에 오른 것은 보통 막연하게 생각하는 것처럼 그렇게 오래된 일이 아닙니다. 근세 이후의 현상인 것이지요.

물론 일본의 문학이나 문장이 그 기원의 측면에서 보아, 한문을 전제로 성립했다는 것은 잘 알려져 있는 사실입니다. 한문학을 일본문학사의 방계에 편입시킴으로 일본 고유의 국문학이 탄생되었던 메이지 시대의 풍조가 오늘날 일본 중·고등학교의 교육 현장에 아직도 남아 있을지 모르지만, 현재는 그런 의식에 변화가 일고 있고, 한문이 일관되게 일본의 학문과 문예의 기반을 이루고 있었음을 부정하는 사람은 없습니다. **가라고코로(唐心)**, **야마토고코로(大和心)** [*] 를 논하기 전에 "문(文)은 『백씨문집(白氏文集)』이요, 『문선(文選)』의 「신부(新賦)」라 하며, 『사기』의 「오제본기(五帝本紀)」라"(『마쿠라노소시(枕草子)』— 원주)하는 식의 사고가 훨씬 중요했음은 어김없는 사실입니다. 하지만 그렇다고 일본에서의 한문이 중국에서의 문어문처럼 규범적이고 중심적인 위치를 항상 차지했다고 생각해버려서는 안 됩니다.

일본인에게도 한문을 익히기란 어려운 일이었기에, 이러한 한문 존중은 다분히 관념적인 것이었고 중국의 과거제와 같은 제도적인 뒷받침을 받지는 못했습니다. 중국에서는 육조 시대의 귀족이든, 당나라의 사대부이든 간에 시문을 짓지 않는 일 자체가 스스로의 사회적 입장과 정체성을 방기하는 일로 여겨졌습니다. 반면에 일본의 귀족들에게 한문이란 경우에 따라서는 게이고토(藝事, 주로 악기와 춤에 대한 소양과 취미)에 가까운 느낌조차 있었습니다. 그것은 어디까지나 지식으로 몸에 익혀 두면 좋은 것이었을 뿐, 사고방식이나 삶의 방식에 스며들지는 못했기 때문입니다. 세이 쇼나곤(淸少納言)이 『백씨문집』이나 『몽구(蒙求)』의 지식을 자랑한 것을 두고, 그에게

---

* 가라고코로/야마토고코로 : 가라고코로는 '중국문화에 대한 심취' 혹은 중국적 심성이나 사고방식을 뜻하며, 야마토고코로는 일본 고유의 심성 혹은 일본 고유의 것에 심취하는 사고방식을 의미한다. 사고 및 언어의 외재성과 내재성을 압축적으로 표현하는 대립 개념으로, 모토오리 노리나가 이후 일본(어)의 고유성과 이를 침해하는 외부의 언어·세계관으로 각각 도식화되었다.

한문 소양이 있다고 간주하기는 아무래도 무리가 아닐까 생각합니다.

오히려 중세부터 근세에 걸쳐 점차 소양으로서의 한문이 갖는 기반이 공고해져왔다고 가정하는 편이 타당하겠지요. 그러한 느슨한 흐름 속에 갑자기 커다란 전기가 도래했는데 그때가 바로 근세 중반, 구체적으로 말하면 '간세이(寬政) 개혁'에 의해서였습니다.

간세이 개혁

1787년 검약령*으로 시작하여, 로쥬(老中)** 마쓰다이라 사다노부(松平定信)가 약 7여 년에 걸쳐 실시한 일련의 정책을 통칭 간세이 개혁이라고 부릅니다. 그 중에서도 간세이2년(1790)부터 행해진 '이학의 금지(異學の禁)'가 소양으로서의 한문이 부각되는 데 중요하게 작용했습니다.

이학의 금지는 막부(幕府)의 교학 표준을 정하는 것에 주안점을 둔 정책이었습니다. 유교 경전의 해석학인 주자학을 정통으로 삼고 그것 이외의 학파, 예컨대 양명학이나 고학(古學)*** 혹은 절충학(折衷學)**** 등을 막부의

---

*검약령 : 에도 시대 막부와 다이묘가 재정난 해결을 위해 절약을 명한 법령이다.

**로쥬 : 지금의 수상이나 총리대신에 해당하는 고위직이다.

***고학 : 주자학과 양명학에 반대하여 후세의 주석에 의존하지 않고 직접 경서를 연구할 것을 주장했던 에도 시대 유학 분파의 총칭. 야마가 소코우(山鹿素行)의 성학(聖學), 이토 진사이(伊藤仁斎)의 고의학(古義學), 오규 소라이(荻生徂來)의 고문사학(古文辭學) 등이 이러한 조류에 속한다.

****절충학 : 에도 중기의 유학. 주자학·고학·양명학 등에 속하지 않고 여러 학설을 취합 선택하여 온당한 설을 세우고자 했다. 가타야마 겐잔(片山兼山)·이노우에 긴가(井上金峨)·오타 긴죠(大田錦城)가 이에 속한다.

유학자가 강의하는 것을 금했습니다. 그리고 그때까지 막부의 지원을 받으면서도 명목상으로는 하야시 가문*의 가숙(家塾)이었던 유시마(湯島)**의 문묘를 정식으로 막부의 가쿠몬죠(学問所)***―이것을 쇼헤이코(昌平黌)****혹은 쇼헤자카(昌平坂) 가쿠몬죠라고 부르기도 합니다―로 삼았습니다. 또한 중국의 관리 등용시험인 과거제를 참조하여 '학문음미(學問吟味)'를, 그리고 초학자 대상으로 '소독음미(素讀吟味)'라는 시험을 실시했습니다.

사전식으로 설명하면 대략 이 정도입니다만, 다시 이를 근대적 개념으로 바꾸어 말하면 국정교과서를 지정하고, 국립학교를 설립하고, 국가통일 시험을 실시했다는 의미가 됩니다. 그리고 이 셋은 상호 연관되면서 하나의 전체로서 막부 주도의 교육, 다시 말해 최초의 제도권 교육시스템이 성립하는 데 기여했습니다. 물론 이는 막부 내의 일로 한정되었고, 중앙집권적인 강제가 전국적으로 행해진 것은 아닙니다. 이학의 금지라 해도 공의(公儀)*****로서 표면상의 명목이 그러했던 것이며, 천주교도 탄압과 같은 일은 벌어지지 않았습니다. 어디까지나 공교육의 표준모델을 정했던 것뿐입니다.

---

* 하야시 가문 : 에도 막부의 유관 하야시 라잔(林羅山) 이후 주자학을 강의하여, 『논어』 등의 중국 경서에 대한 일본식 훈독 및 주석 방법을 결정하다시피 했던 가문이다. 유시마에 있는 공자 문묘의 제주(祭酒) 직과 쇼헤이코의 다이가쿠토 직위를 대대로 세습했다.

** 유시마 : 에도 시대부터 공자를 기리며 제사를 지냈던 곳으로 도쿄에 있다.

*** 가쿠몬죠 : 원래는 개인 소유의 서재나 서가를 이르는 말이었으나 가마쿠라 시대부터 학문을 교수하는 장소의 의미를 가지게 되었고 에도 시대에는 주로 쇼헤이코를 이르는 말이 되었다.

**** 쇼헤이코 : 에도 시대 막부의 유학을 주도한 교육기관으로 하야시 라잔이 세운 고분칸(弘文館)이 시초이며, 한국이나 중국의 성균관과 비슷하다.

***** 공의 : 일본에서 공(公)은 흔히 정부, 관청을 가리킬 때 사용되며 1) 공적(公的), public 2) 세간(世間)이라는 이중적 뜻을 갖는다. '공의'도 1) 조정, 막부 등의 정부, 혹은 그곳의 결정과 정책 2) 공식 명분이나 논의 이렇게 두 가지로 해제 가능하다.

그러나 간과하지 말아야 할 것이, 막부에 의한 이러한 교학 시스템의 정비가 각 번(藩)으로도 파급되었다는 사실입니다. 아니, 오히려 공적 교육의 표준으로 주자학이 채택된 것도, 그전부터 도사(土佐, 지금의 고치 현) 번을 필두로 이미 여섯 개의 번에서 실시되고 있던 일을 막부가 공의로서 채용한 것에 가깝습니다. 그러니까 이러한 정책이 막부에서 각 번으로 쉽게 퍼져나갔던 것도 인위적 통제의 결과라기보다, 각 번들이 충실한 가신 교육을 위한 학문장려책으로 폭넓게 수용한 결과였습니다. 거기에는 실천과 규범에 대한 피드백 과정이 있었습니다. 교육이 보급되려면 일단 모델이 필요했던 것이지요. 이후 각 번에 가쿠몬죠, 즉 번교(藩校)가 왕성하게 설립됩니다. 메이지 시대에 이르러서는 이것들이 근대교육의 기반 역할을 했습니다. 번교의 모델은 물론 쇼헤이코였습니다. 인재 활용이라는 측면에서 보더라도 쇼헤이코에서 공부한 유학자가 번교로 내려가 학생을 가르치는 일이 드물지 않았습니다.

한문을 읽고 쓰는 행위는 이 같은 과정을 거치며 18세기 말부터 19세기에 걸쳐 일본 전국으로 확대되었습니다. 사족 계급이 중심이긴 했습니다만 하급무사까지 포함시키면 한문을 읽고 쓰는 계층의 폭은 분명 넓었다고 할 수 있습니다. 한문 서적의 화각본(和刻本)*도 대량으로 출판되었고 사숙이나 교유소(敎諭所)**의 수도 늘어나서 사족 이외의 서민에게도 학문의 기회가 열렸습니다. 쇼헤이코를 기점으로 한 교육과정의 체계화는 이렇게 진행

---

*화각본 : 중국 서적을 일본에서 나무에 판각하여 다시 인쇄 제작한 판본이다.
**교유소 : 에도 시대에 영주가 민중교화를 위해 설립한 교육기관. 성인을 대상으로 한 곳이 많다.

되어갔던 것입니다.

한문 학습의 시작은 소독입니다. 초학자에게는 『논어』나 『효경』 등을 훈점(訓点)*에 따라 봉독(奉讀, 소리내어 따라읽기)하는 소독을 철저히 익히는 게 우선이었습니다. 한문 서적을 훈독하는 것은 일종의 번역, 즉 해석 행위였기에 해석의 표준이 정해져 있지 않으면 훈독도 제각각이 되어버립니다. 번역과 해석이 제각각이면 읽는 방법, 즉 소독의 통일이 불가능해집니다. '소독음미'라는 시험은 소독의 정확함을 묻는 것이었기 때문에 소독, 즉 훈독은 대강이라도 통일되어 있어야 했습니다. 훈독의 통일, 나아가 그 전제로서 해석의 통일이 필요했습니다. 요컨대, 해석의 통일은 커리큘럼의 일환인 소독의 보급과 함께 일어났다고 말할 수 있습니다. 다소 극단적인 표현이지만, 이학의 금지가 있었기 때문에 소독하는 소리가 전국 방방곡곡에 울려 퍼지게 되었던 것입니다.

이 같은 역사의 흐름을 이해하고 보면 19세기 이후 일본에서 왜 한문이 **공적으로 인지된 소양**이 되었는지도 쉽게 납득이 가리라 생각됩니다.

사인 의식의 형성

한편 이러한 역사적인 환경 속에서 한문이 널리 익혀지게 된 건 사실이나, 반면 대부분의 사람들이 유학자가 되기 위해 경서를 익힌 것은 아니었

---

*훈점 : 한문을 훈독하기 위해 원문에 첨가하여 쓴 문자·부호의 총칭.

고, 한시인이 되기 위해 한문 서적을 읽었던 것도 아니었습니다. 그런 전문가가 되기 위해서가 아니라 이를테면 기초학문으로서 한학을 수련했던 것입니다. 물론 체제 유지를 목적으로 하는 교학이, 신분 질서를 중시하는 주자학을 이용했던 부분도 분명 무시할 수 없습니다. 그러나 현실적으로 한학은 지적 세계를 향해가는 입구로 기능했습니다. 훈독을 철저히 익혀 대량의 한문 서적에 익숙해짐으로써 그들은 자신의 지적 세계를 형성해가고 있었던 것입니다.

그렇다고 할 때, 과연 이러한 과정을 거쳐 어떤 사고나 감각의 틀이 형성되었나 하는 점도 주의를 기울여 살필 필요가 있습니다. 그렇다고 여기서, 충(忠)이나 효(孝)로 대표되는 유교 도덕이 한문 학습에 의해 몸에 배이게 됐다고 말하려는 것은 아닙니다. 그러한 측면이 없다고는 할 수 없지만 통속적인 도덕을 설명하는 서적이라면 굳이 한문 서적이 아니라도 거리에 넘쳐나고 있었습니다. 그런 덕목이라면 특별히 한문을 배우지 않더라도 체득할 수가 있었던 것입니다.

조금 더 넓게 생각해봅시다. 본디 중국 고전문은 특정 지역, 특정 계층의 사람들이 사용하는 '글말(書きことば)'로서 시작되었습니다. 역으로 말하면, 그 글말에 의해 구성된 세계에 참가하는 것이 바로 이 계층에 속하는 일이 되었던 셈입니다. 어떤 언어라도 마찬가지겠지만 사람이 말을 얻고 또 말이 사람을 얻음으로써 그 세계는 확대됩니다. 전한(前漢)부터 위진(魏晉)에 걸쳐 이 글말의 세계는 고전세계로서 그 체제를 정비해왔으며, 고도의 리터러시(읽고 쓰는 능력―원주)에 의해 사회적 지위를 점하던 계층이 그러한 세계를 지탱했습니다. 그들이 바로 사인(士人) 혹은 사대부라고 불린 사람들입니다.

『논어』 하나만 보더라도 거기에서 말하는 바는 **사람**으로서의 삶의 방식이 아닌, **사**(士)로서의 삶의 방식입니다. "배우고 때때로 익히면……"이라고 시작하듯이 『논어』는 '배우는' 계층을 위해 쓴 책입니다. 유가뿐이 아닙니다. 무위자연을 주장한 도가만 하더라도, 바로 그들이 지(知)의 세계의 주민이었기에 무위자연을 설파한 것입니다. 다소 거칠게 말하자면 도가가 농민이나 상인을 상대로 은일(隱逸)을 이야기한 것이 아니란 소립니다.

사상 뿐 아니라, 문학에 대해서도 마찬가지 이야기를 할 수 있습니다. 확실히 중국 최고의 시집인 『시경』에는 민가(民歌)로 분류될 만한 작품이 많이 포함되어 있습니다. 그러나 그 주석과 편찬 작업이 사인의 손으로 이루어진 이상, 통치를 목적으로 하여 백성의 민심을 살핀다는 시각이 이미 바탕에 깔려 있습니다. 더구나 위진 시대 이후 사인이 스스로의 뜻과 정서를 표현하는 매체로 시를 취하여, 마침내 시 짓기가 그들의 삶을 구성하는 데 거의 불가결한 요소가 된 것을 보면, 당나라 이후의 과거제와 그에 따른 작시의 제도화를 차지하고서라도, 고전시는 이미 사인 계급의 전유물이었음이 분명합니다.

이러한 관점에서 보면 고전시를 짓는 능력을 평가하는 과거제야말로 사대부를 제도적으로 재생산하는 시스템일 뿐만 아니라 사대부의 사고나 감각의 형태—이를 에토스라고 부르겠습니다—의 계승까지를 보증하는 시스템이라 할 수 있습니다.

일본 근세사회에서 이루어진 한문의 보급 역시 사인적 에토스 혹은 사인의식—그 내용에 대해서는 나중에 기술하겠습니다—을 지향하게 만드는 속성을 띠고 있었습니다. 한문을 능숙하게 읽고 쓰려면 글자라는 일면만을 모방해서는 한계가 있습니다. 앞서 말한 그 사인 의식에 동화되어야만 흡사 당나라의 명문장가 한유(韓愈)의 귀신이라도 씌운 듯한 문장을 쓸 수 있었던 것입니다. 어쩌면 명문장가들의 시문을 모방해서 쓰는 사이에 마음의 구조가 그렇게 바뀌어버렸다고 말해도 좋을 듯합니다. 문체란 단순히 문체로 끝나는 문제가 아닙니다.

무사와 사인의 공통점

이러한 과정을 통해 스스로를 고전문의 세계에 익숙해지도록 하는 일, 그 자체는 중국에서도 일본에서도 그렇게 큰 차이가 있었을 리 없었습니다. 다만 누가 어떻게 했는가, 라는 점에 대해서는 주의가 필요합니다. 다시금 근세 일본으로 돌아가서 생각해봅시다.

반복하는 말이지만, 일본 근세 후기에 한문 학습의 담당자는 사족 계급이었습니다. 그렇다고 할 때, 중국의 사대부와 일본의 무사가 한문을 매개로 어떻게 결부되어 있었던가, 하는 문제에 대해 살펴볼 필요가 있습니다.

군공(軍功)을 다투는 중세까지의 무사와는 달리, 근세 막번(幕藩) 체제하에서 사족은 이미 통치를 유지하기 위한 관리·관료였으며, 중국의 사대부 계급과 유사한 위치에 있었습니다. 그런 의미에서 사인 의식에 동화되기 쉬웠던 측면이 있습니다. 한편 중국의 사대부가 어디까지나 **문(文)**으로 일어섰다는 정체성을 확보했던 것에 반하여, 일본의 무사는 **무(武)**로부터 벗어나는 일이 허용되지 않았습니다. 비록 뽑지 않더라도 칼 자체는 필요로 하는 존재가 태평시대의 무사였습니다. 문과 무, 넘기 어려운 대립관계처럼 보입니다.

하지만 그들은 **무**를 **문**에 대립하는 가치로서가 아니라 다 같은 **충(忠)**의 발현으로 간주했기 때문에, 평상시에 이루어지는 학문을 통한 자기 확인에서 그 어떤 내적 모순도 느끼지 않았습니다. 칼이 무용(武勇)이 아니라 충의 (忠義)의 상징이 되었던 것입니다. 이는 **무**에 대한 전환된 가치 부여였으며, 동시에 그러한 **무**에 의해 지탱될 때야 비로소 **문**도 있을 수 있다는 변화된 인식을 낳는 계기가 되었습니다.

다소 과장해서 말하자면, 근세 후기의 무사에게 '문무양도(文武兩道)'란 행정능력으로서의 **문**과 충의의 마음으로서의 **무**를 갖춘 상태를 뜻하게 되었습니다. 무예의 단련도 대체로 정신수양에 그 주안점을 두었습니다. 미토 (水戸)* 번의 번교 고도칸(弘道館)을 필두로 전국 각지의 번교가 문무양도를 표방했던 것도 이런 맥락 속에서 파악해야만 의미가 있을 테지요. 예를 들어 막부 말기의 유학자인 사토 잇사이(佐藤一斎)의 『언지만록(言志晩録)』에 이러한 구절이 있습니다.

창·칼의 기량에서 겁을 품은 자는 꺾이고 용기에 의존하는 자는 패함이라. 반드시 용기와 겁을 소멸시킨 채 잠시 고요할지니, 승부를 잊은 채 한 번 나아가면 (……) 이런 자가 이긴다. 심학도 이 바깥이 아니라.

---

*미토 : 지금의 이바라키 현 현청 소재지. 에도 막부 시대에 일본사 편찬의 사업이 실시된 것을 계기로 일본 왕실을 존숭하는 경향의 미토학(水戸學)이 일어났다. 이 미토학은 메이지 유신의 사상적 원류가 되었다.

刀槊之技, 懷怯心者衄, 賴勇氣者敗. 必也泯勇怯於一靜, 忘勝負於一動,

(……) 如是者勝矣. 心學亦不外於此

겁도, 용맹도, 승부도 초월해야만 비로소 이길 수 있다. 여기서 무예는 이미 기술이 아닌 정신의 문제로 논의됩니다. 그렇기 때문에 정신수양의 학문인 '심학(心學)'을 무예의 단련과 견주고 있는 것입니다. 주의할 점은 무예를 심학에 비유하는 것이 아니라는 사실입니다. 그 반대로 심학을 무예의 단련에 비유할 만큼 이제 무예는 정신 영역에 속하는 행위가 되어버렸습니다.

그리하여 간세이 이후의 교화정책에 따라 학문은 사족이 입신을 하는 데 필수적인 요건이 됩니다. 정치로 향하는 길이 무예가 아니라 학문에 의해 열리게 된 것입니다. 물론 '학문음미' 시험은 중국의 과거제처럼 큰 규모에 조직적으로 치뤄지는 등용시험과는 분명히 다른 형태였습니다. 정직하게 말하자면 중국과 비교했을 때 일종의 **소꿉놀이** 수준이었을지도 모릅니다. 그러나 '학문음미'나 '소독음미'에는 **포상**이 내려졌고, 이는 막부의 관리로 임용될 때 이력으로 쓸 수 있었습니다. 무훈(武勳)이 아닌 **문훈(文勳)**으로 말입니다. 이렇게 보자면 오히려 노골적인 관리 등용시험이 아니었기에 무사들에게는 더 적합한 형태였다고도 할 수 있습니다.

또한, 교화를 위한 유학이 먼저 수신(修身)으로부터 시작한다고는 하나, 그것이 곧 치국(治國)과 평천하(平天下)에 이어진다는 사실 역시 확인해두어야겠습니다. 요컨대 유학 자체가 통치를 향해 가는 의식이라는 것입니다. 사대부의 자기인식의 중요한 측면이 여기에 있음은 말할 나위도 없습니다. 무장과 그 가신들은 이러한 의식을 나누어 가짐으로써 '사'가 될 수 있었습

니다. 달리 말하면, 경세의 지(經世の志)라고도 할 수 있겠습니다. '수신·제가·치국·평천하'란 사서(四書)의 하나인 『대학』의 여덟 조목 중 후반부의 네 가지입니다. 『대학』은 주자학 입문의 텍스트로 중시되었고 윤리의 기본이기도 했습니다.

물론 소소하게 보자면, 여덟 조목의 전반인 "격물(格物)·치지(致知)·성의(誠意)·정심(正心)"과의 사상적 연관은 어떠한가, 혹은 쇼헤이코나 번교에서 함부로 정치를 말하는 것은 금제(禁制)가 아니었던가 등 더 많은 논의나 검증을 필요로 하는 허다한 문제들이 존재합니다. 단순히 통치 의식이라고 한마디로 끝내버릴 수 없는 미묘한 측면이 많은 것도 사실입니다. 근세의 사상사를 주의 깊게 보려는 사람에게야 위와 같은 이해방식이란 대강의 줄기를 살핀 데 지나지 않을지도 모르겠습니다.

그러나 당시 '학생'들의 입장에서 본다면, 한문으로 읽고 쓰는 세계가 일단 눈앞에 있었고 그곳에는 기존의 언어와는 다른 문맥이 존재하고 있었다는 사실이야말로 중요한 대목입니다. 그리고 이는 도리와 천하를 이야기하기 위한 말로 존재했습니다. 즉 한문으로 읽고 쓴다는 것은 도리와 천하에 대해 이야기할 책무를 떠맡는 일이기도 했습니다.

한문 학습의 양태

여기서 잠깐 한문 학습의 실례를 보도록 하겠습니다. 후쿠자와 유키치(福沢諭吉)의 『복옹자전(福翁自伝)』에 이러한 구절이 있습니다.

전혀 아무것도 하지 않은 채 열네 살인가 열다섯 살이 되고 보니, 이웃에 알고 있던 이들은 모두 책을 읽고 있는데 나 홀로 읽지 않는다는 평판이 남세스럽고 부끄럽다는 생각이 들었으니, 이로부터 참으로 책을 읽고 싶어져 고향의 사숙에 다니기 시작하였다. 열넷 열다섯 살이 되어 시작한 공부이기 때문에 어쩐지 매우 겸연쩍은 것이, 다른 이들은 『시경』을 읽고 『서경』을 읽는다고 하는데 나는 『맹자』를 소독할 차례였다. 그런데 여기서 기이한 것이 그 사숙에서 『몽구』든지 『맹자』든지 『논어』를 회독하고 강의할 일이 있으면, 나의 천성이 조금 글재주가 있어서인지 그 의미를 능히 이해하기에, 아침에 소독의 가르침을 받았던 선생과 낮이 되어 함께 『몽구』 등을 회독하면 반드시 내가 그 선생을 이겼다. 먼저의 선생은 글자를 읽을 뿐 그 의미를 해득하지 못하는 서생인지라, 그를 상대로 한 승패는 의미가 없는 일이었다.[*]

후쿠자와 유키치는 덴포(天保)5년(1834) 12월에 태어났습니다. 따라서, 햇수로 계산한다면 태어난 지 1개월 만에 두 살이 되니, 즉 인용문의 14~15세는 만으로 12~13세가 됩니다. 서력으로 1847에서 1848년 사이의 일로 메이지 유신까지 20년이 남은 막부 말기입니다.

당시는 7~8세 정도에 소독을 시작하는 것이 일반적이었기에, 확실히 후쿠자와 유키치는 늦깎이였습니다. 그리고 위의 기록만으로도 사족의 자식들이 한문을 배우지 않는 것은 부끄러운 일이었음을 알 수 있습니다.

---

[*] 전체 내용은 후쿠자와 유키치, 『후쿠자와 유키치 자서전』, 허호 옮김, 이산, 2006. 참조.

한문 학습의 시작은 소독입니다. 대부분 소독은 사서, 즉 『대학』·『중용』·『논어』·『맹자』 중에서 하나를 정하여 시작하도록 했는데 그의 경우는 『맹자』였습니다. 근세의 학습은 학교라는 장에서도 개별지도가 기본으로 개개인의 진도에 따라 교사가 옆에 붙어 가르쳤습니다. 그런데 소독의 경우, 가에리텐(返り点)*이 붙거나 혹은 구두점(句讀点)**만 붙은 한문 텍스트를 앞에 두고 구두사(句讀師)라 불리던 교사가 읽으면 그것을 따라서 생도가 복창하여 암송할 때까지 익히는 방식이었습니다. 구두사는 상급생이 겸하는 경우도 많았는데 후쿠자와 유키치의 경우도 그러했던 것입니다.

소독 과정이 종료되면 교사가 경전의 의미를 설명하는 강의나, 학생이 돌아가면서 독해와 토론을 행하는 회독(會讀) 과정에 들어갑니다. 이미 연령이 높았기 때문인지 후쿠자와 유키치의 경우는 소독과 강의, 회독을 동시에 했습니다. 그런 이유로 오전에 소독 지도를 해주었던 상급생과 오후에 회독하고 내용 토론에서 이기는 사태가 발생해버렸던 것입니다. 달리 말하면 해석력은 부족하더라도 글자를 읽을 수만 있다면 소독 지도는 가능했다는 것입니다.

후쿠자와 유키치는 이후 상급의 한자사숙에 다니며 "경서를 오로지 익혀 『논어』, 『맹자』는 물론 모든 경의(經義) 연구를 힘썼"다고 말합니다. 조금 흥미로운 부분은 "특히 나는 『좌전』에 자신이 있어 대개의 서생은 『좌전』 열다섯 권 중 세네 권으로 끝내는 것을 나는 전부 통독하여 대략 열한 번을 거

---

* 가에리텐 : 한문을 훈독할 때 한자 원편 밑에 붙이며 어순을 나타내는 부호이다.
** 구두점 : 한문을 해석할 때 문장이 끊어지는 부분이나 의미상 끊어 읽는 부분 등에 붙이는 부호이다.

듭 읽고 재미있는 부분은 암기했다"라고 말한 부분입니다. 확실히 사숙에서의 학습은 경서로 시작되었으며, 이로 인해 몸에 밴 한문의 힘은 대개 역사서를 반복해서 읽는 일로 이어졌던 것입니다. 『좌전』, 즉 『춘추좌씨전(春秋左氏傳)』은 『춘추』라는 경서의 주석인데, 그 내실은 실상 역사서입니다. 유교의 경전이나 경서보다 역사서에 흥미를 나타낸 학생이 적지 않았던 듯한데, 후쿠자와 유키치보다 나중 세대인 나쓰메 소세키(夏目漱石)도 『문학론』의 서두에서 비슷한 말을 하고 있습니다.

> 나는 소싯적 즐겨 한문 서적을 배웠다. 이를 배운 것이 짧았음에도, 문학은 이와 같은 것이라는 정의를 막연하고 어렴풋하게나마 '좌국사한(左國史漢)'에서 얻었다.[*]

한문 서적에서 **문학**으로 꼽은 것이 『좌전』, 『국어』, 『사기』, 『한서』로, 이 모두가 역사서라는 점에 유의해야겠습니다. 『국어』는 『춘추외전(春秋外傳)』이라는 이름으로도 불리는데, 중국 춘추시대의 여러 나라에 관한 역사서입니다. 후쿠자와 유키치와 나쓰메 소세키. 우연처럼 보이지만, 여기에는 뒤에 기술하듯 공통된 배경이 있습니다.

---

* 대체적인 내용은 나쓰메 소세키, 『문학론』 서(序), 『나쓰메 소세키 문학예술론』, 황지헌 옮김, 소명출판, 2004 참조.

천하국가를 논하는 문체

한편, 후쿠자와 유키치가 소년 시절에 사범 역의 상급생을 회독에서 말로 승복시킨 다음 "그를 상대로 한 승패는 의미가 없느니라"라고 하며 자랑하는 듯이 말하는 대목은, 요컨대 회독에서는 누가 해석을 잘하는가를 두고 학생 간의 경쟁이 예사로 행해졌다는 사실을 보여주는 사례이기도 합니다. 학문을 처음으로 배우는 사숙에서도 이러한 상황이었다면 쇼헤이코나 번교의 학생들이 어떠했을지는 능히 미루어 짐작할 수 있을 것입니다. 한학 사숙은 논의의 장이며, 그렇기에 지적 훈련의 장이기도 했습니다.

원래 주자학은 특히 주지적 경향을 가진 학문입니다. 경서의 주석은 이치를 따지는 것이며, 이비(理非)와 곡직(曲直)을 바로잡는 데에는 논리가 요구됩니다. 그렇잖아도 한문 학습에서 의론문(議論文)을 열심히 읽도록 한 연유는 『문장궤범(文章軌範)』이나 『당송팔대가문독본(唐宋八大家文讀本)』 등을 펼쳐보면 바로 알 수 있습니다. 『사기』 같은 역사서의 경우에도 열전은 단지 전기적 사실을 나열하는 것이 아니라 그 삶을 평가하여 논찬(論贊)을 붙이는 것이 통례였습니다. 이러한 논찬, 즉 '태사공왈(太史公曰)'이 없이는 화룡점정이 빠진 것처럼 느껴졌음에 틀림없습니다.

물론 한문맥에는 여러 가지 문체의 흐름이 존재한다는 것을 잊지 말아야 하며, 의론문만을 놓고 한문맥을 이야기하는 것은 편향된 일일 것입니다. 그렇지만 한편으로 의론문이 한문맥의 특징을 보여주는 중심적 문체라는 사실만은 틀림없습니다.

돌이켜보면, 중국 고전문의 연원은 '오경(五經)'(『주역』, 『서경』, 『시경』,

『예기』, 『춘추』― 원주)까지 거슬러 올라갑니다. 하지만 그 기초가 형성된 것은 그보다 약간 후대로, 제자백가의 문장에 의해서였습니다. 요시카와 고지로(吉川幸次郎)는 오경을 "물론 주석 없이는 읽을 수 없다"고 말하는 한편, 제자백가의 문장을 "읽기 쉬운 문체"라고 하며 『한문이야기(漢文の話)』하권의 2장에 이렇게 적고 있습니다.

> 읽기 쉬운 문체가 성립된 것은 기원전 6세기인 공자 이후부터 기원전 3세기 진시황에 이르기까지의 300년간, 이른바 전국시대에 이르러서였다. 또한 그것이 이후 수천 수백 년을 규제하여 금세기 초까지 중국의 문장어 문체가 된 것이며 나아가 일본인의 한문 문체가 된 것이다.
> 이 창시(創始)의 시기에 '문장'으로서 존재한 것은 의론의 문장이 대다수였다. 즉 유가를 필두로 하여 도교·법가·묵가·병가 등의 여러 학파가 그 주장을 적은 서적의 문장이 그것이다.

모토오리 노리나가(本居宣長)는 이 의론벽을 가라고코로라고 하면서 비난했지만, 그 옳고 그름이야 어찌되었든 간에 한문이 논의에 주력하는 문체인 것만은 그 성립 과정에서부터 피하기 어려운 일이었다고 할 수 있겠습니다. 과거제가 시행된 시대부터는 경서의 해석이나 시무(時務)의 건의가 출제되었는데, 본디 이것은 사대부의 본령이기도 했습니다.

이러한 논의의 궁극적인 목적은 천하국가를 논하는 것이었습니다. 때문에 의론문에 익숙해진 일본 사족들이 유사한 사고나 감각―경세의 지―을 획득해간 것도 자연스런 흐름이었다고 하겠습니다. 경세의 뜻은 유가 사상의 전파이자 동시에 그 이상으로 천하국가를 논하는 문체에 크게 기대어 존재해온 것이었습니다. 이 장의 맨 처음에 서술했듯이, 사고의 문제와 문체의 문제를 분리해서 논하기란 사실 불가능합니다. 한문이야말로 천하국가를 논함에 적합한 문체였고, 이것이 아니고서는 천하국가를 말하는 틀 자체가 제공되지 않았던 것입니다.

강개하는 막부 말기의 지사

천하국가를 말하는 논의에는 종종 세상을 한탄하는 비분강개의 말이 따라붙습니다. 이 세상을 한탄하기 때문에 천하국가를 이야기하게 될 수밖에 없다고 생각하면 이 또한 당연하다 하겠습니다.

『사기』 또한 제자백가의 문장과 더불어 후세의 고문가(古文家)들이 전범으로 삼고 우러러보던 서적이었는데, 예를 들어 열전의 초두에 배치된 「백이전(伯夷傳)」은 전기적 사실을 적은 부분이 1/3도 되지 않으며, 전체적인 골격은 의론문, 이른바 사론(史論)으로 구성되어 있습니다. 이 의론문에서 유난히 눈에 띄는 점은 사마천(司馬遷)이 피력하는 의문과 탄식입니다. 그 부분을 한번 읽어 보겠습니다.

혹자는 가로되, 천도는 치우침이 없이 항시 선인을 돕는다 한다. 백이(伯夷)와 숙제(叔齊) 같으면 선인이라 일러 마땅치 않으랴? 인(仁)을 쌓고 행동을 깨끗이 했거늘 이처럼 굶어 죽었구나. 또한 중니(仲尼, 공자)

는 70명의 제자 중에 안연(顏淵)만을 들어 학문을 좋아한다고 하였는데, 회(回)는 어려운 처지에 조강(糟糠, 지게미와 쌀겨)도 마다하지 않았지만 요절하였음이라. 하늘의 선인에 대한 은혜 갚음이 가히 이와 같은가? 도척(盜蹠, 춘추시대 유명한 도적)은 날마다 무고한 사람을 죽이고 사람 고기를 먹고 포악하고 방자하였는데도, 수천 명의 무리를 모아 천하를 횡행하다가 목숨이 다하여 죽었다. 이는 어떤 덕을 따른 것인가?

或曰, 天道無親, 常與善人. 若伯夷叔齊, 可謂善人者非邪. 積仁絜行如此而餓死. 且七十子之徒, 仲尼獨薦顏淵爲好學, 然回也屢空, 糟糠不厭, 而卒蚤夭. 天之報施善人, 其何如哉. 盜蹠日殺不辜, 肝人之肉, 暴戾恣睢, 聚黨數千人, 橫行天下, 竟以壽終. 是遵何德哉.

"선인이라 일러 마땅치 않으랴? (可謂善人者非邪)", "하늘의 선인에 대한 은혜 갚음이 가히 이와 같은가? (天之報施善人, 其何如哉)", "이는 어떤 덕을 따른 것인가? (是遵何德哉)"라는 부조리에 대한 연이은 질문은 다음의 한 구句에서 절정에 달합니다.

내 심히 의심하니, 혹 이른바 천도라는 것이 옳은 것인가, 그른 것인가.
余甚惑焉, 儻所謂天道, 是邪非邪.

나로서는 알 수 없다. 천도는 옳은 것인가. 의론과 강개. 이 조합이 문장에 억양을 부여하고 문장의 구조를 결정합니다.

한문맥으로 쓴 문장이 자칫 잘못하면 허장성세만이 두드러져 웃음거리가 되는 경우가 종종 있는데, 이는 필시 의론과 강개라는 형식만 모방하면 한문조가 된다고 여기고 있기 때문일 겁니다. 그러나 반대로 말하면, 이러한 의론과 강개의 형식이야말로 한문맥의 최대 특징으로 세간에 널리 인식되어 있음을 드러내는 일이기도 합니다.

의론과 강개로 구성된 문장은 절박한 시세(時勢)에 무언가 스스로 힘을 발휘할 수 있는 장소를 구하는 작자와 독자에게 자신을 의탁할 만한 언어가 되었습니다. 막부 말기의 지사들이 한시문을 가까이하고 한문조를 좋아했던 사실은 잘 알려져 있는데, 이것을 단지 근세 후기 사족들의 한문 소양이 발현된 것으로 치부해버리면, 한문맥의 흐름은 보이지 않겠지요. 소양이란 집단과 개인이 상호 연관되는 사고나 감각과 깊이 관련되어 있습니다. 혹은 그러한 것으로서 소양을 다시 파악하는 것이, 이러한 경우에는 필요하다 하겠습니다. 이러한 문장과 소양이 시대의 정신을 만들었던 것입니다.

지사들이 **한문**을 배우지 않았다면, 천하를 변화케 하는 지사로서의 자기 규정에 이르지 못했을 것입니다. **유학**도 **한자**도 아닌, **한문**이라는 것에 천착해보자는 것입니다. 물론 한문에는 **시(詩)**도 포함됩니다. 강개를 강조하는 데에 시는 최적의 수단이었습니다.

곤도 이사미가 남긴 '사세의 시'

관군을 향해 칼을 돌리면서도, 끝내 자신을 지사로서 규정했던 인물, 신센구미(新選組)의 총책임자였던 곤도 이사미(近藤勇)가 세상을 떠나며 남긴 칠언절구 두 수는 그 전형이라 하겠습니다.

孤軍援絶作囚俘　　　외로운 군대에 원군도 끊겨 포로가 되나니
顧念君恩淚更流　　　임의 은혜 다시 새김에 눈물이 거듭 흐르는구나
一片丹衷能殉節　　　한 조각 붉은 충정에 능히 순절하나니
睢陽千古是吾儔　　　천고의 장수양이 바로 나의 짝이라

靡他今日復何言　　　누구에게 오늘 다시 무엇을 말하리
取義捨生吾所尊　　　의를 취해 삶을 버림이 내가 따름이라
快受電光三尺劍　　　상쾌히 받나니, 삼척 칼의 번개 빛이여
只將一死報君恩　　　오로지 한 번 죽음으로 임의 은혜 갚으리라*

　　수양(睢陽)은 중국 하남성의 지명으로, 당나라 때 반역을 꾀하며 난을 일
으킨 안녹산(安祿山)에게 항거하며 장순(張巡)이 이 땅을 사수했다는 고사에
근거한 언급입니다. 단, 작자는 『신당서(新唐書)』나 『자치통감(資治通鑑)』 등
의 역사서를 통해 이 고사를 접했다기보다, 남송의 문천상(文天祥)이 「정기
가(正氣歌)」에서 역대의 충신을 읊은 것 중에 장수양의 이처럼 되다라는 뜻
을 지닌 "위장수양치(爲張睢陽齒)"에 근거했다고 여겨집니다. 장순이 전투
가 한창일 때 계속 이를 악물고 상황을 견뎠기 때문에 나중에 이가 모두 부

---

*한일 간에 한시 번역 방식은 다소 다르다. 지은이는 한문맥의 전통을 중시해 어순에 의한 배치와 어형
표시를 위주로 리듬을 살린 번역을 하였으나 옮긴이는 이러한 일본어 번역의 리듬과 가락을 한국어로 되
살리기 힘들다는 판단하에 한국의 한시 번역 전통에 따라 가급적 풀어서 번역했다.

서져버렸다는 고사입니다. 물론 문천상 자신도 송나라의 신하로서 원나라에 대항하여 열심히 싸웠으며, 송을 멸망시킨 원나라의 신하가 되는 것을 거부한 충신이었습니다.

전고를 답습하는 것은 시의 작법 중 하나이지만, 이는 단순히 작법에 그치지 않고 역사 속에 자신을 위치시키려는 행위이기도 합니다. 「정기가」는 미토의 유학자 후지타 도코(藤田東湖)가 이에 화답하는 시를 짓기도 하는 등 막부 말기의 지사들에게 애송되었습니다. 그들은 일본의 문천상이고자 했던 것입니다. 그렇기에 여기서는 장순도, 문천상도 "나의 짝(吾儕)"이자 동료가 됩니다.

이 시가 곤도 이사미가 세상을 버리며 남긴 사세시(辭世詩)였다는 점, 그리고 이 시가 막부 말기부터 메이지 시대에 걸쳐 시의 대가였던 오누마 진잔─이 시인에 대해서는 제4장에서 다루겠습니다─의 첨삭을 받아 이루어진 점은, 시가 확실히 시대정신의 선연한 단면이 되었음을 보여준다 하겠습니다. 소양으로서의 한문이란 실로 이러한 것이었습니다. 이는 사인으로서의 역사, 즉 자기의식의 틀을 짓는 행위였습니다.

제 2 장

한문의 읽고 쓰기는 왜 널리 퍼졌는가

: 『일본외사』와 훈독의 목소리

문장어로서의 한문

제1장에서 서술한 것처럼, 한문이란 문체는 사인 의식과 밀접하게 연관된 문체입니다. 적어도 근세 후기 이래의 일본에서는 일단 그러한 것으로 읽히고, 또한 씌었음에는 틀림없을 터입니다. 사족들은 한시문을 익히면서 사인으로의 역사, 즉 자기의식을 손에 넣었습니다.

당시 읽었던 한문 서적의 종류는 방대하여 사서오경은 물론『고문진보(古文眞寶)』나『문장궤범』, 나아가서는『사기』,『한서』,『당시선(唐詩選)』등 전 분야에 걸쳐 있었습니다. 구두점도, 가에리텐도 없는 백문(白文)을 읽는 것은 고생스럽지만 그런 것이 달려 있으면 그럭저럭 읽을 수 있기까지는 그다지 오랜 시간이 걸리지 않습니다. 하물며 오쿠리가나(送り仮名)*나 후리가나(振り仮名)**까지 있다면 상당히 편하게 읽을 수 있었지요. 즉, 한문 훈독이라는 기법이 독자층을 확대시킨 것입니다. 그리고 이런 독자를 염두에 두고 가에리텐이나 오쿠리가나를 단 화각본이 대량으로 출판된 것도 독자층

---

*오쿠리가나 : 훈독의 편의를 위해 오른쪽 밑에 작게 가나를 달아 어형을 표시한 것으로 어형과 품사를 지정하는 기능을 한다. 예컨대 送ル에서 ル, 明ルイ에서 ルイ 등이 그렇다.
**후리가나 : 세로쓰기에서는 한자 옆에 가로쓰기에서는 한자 위에 그 음을 가나로 단 것. 요미가나(讀み仮名)라고도 한다.

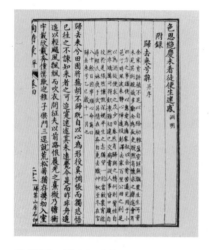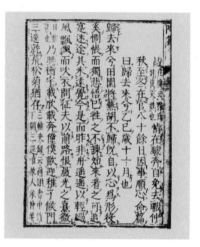

백문(왼쪽), 가에리텐과 후리가나를 단 화각본(오른쪽)
도연명(陶淵明), 「귀거래사(歸去來辭)」 첫머리

을 넓히는 데 공헌했습니다. 상호 간의 상승효과라 하겠지요.

중국에서 발원한 한문 서적을 읽는 것뿐만 아니라 스스로 한시문을 짓는 일도 왕성하게 이루어졌습니다. 따지고 보면 『문장궤범』이나 『당시선』 등은 애초에 유명인의 시문을 감상함과 동시에 이를 본보기로 학습자 스스로도 시문을 짓기 위하여 편찬되었던 책입니다. 중국에서는 과거시험에 작시와 작문이 부과되었기 때문에 단지 한자로 된 시문을 읽을 수 있다는 것만으로는 아무 소용이 없었고, 정확하게 시를 짓고 문장을 쓸 수 있어야 했습니다. 일본에서도 한시문을 익힌다는 것은 한시문을 짓는 것과 같은 의미였습니다. 이것이 현대의 한문 교육과 크게 다른 점입니다.

한문은 근세 일본의 여러 가지 문체 가운데 가장 격조 높은 문체로 간주되었습니다. 제1장에서 한문이 천하국가를 논하는 문체였음을 지적했는데,

천하국가를 논함이란 바로 공(公)*을 논한다는 뜻입니다. 이런 의미에서도 한문을 쓸 수 있다는 것은 중요했습니다. 또한 한시문을 익힌 이들이 서로의 심정을 토로하는 일에도 한시는 유효한 수단이었습니다. 이는 사인으로의 심정을 표현하기 쉽고, 일종의 연대감을 낳는 데 유용했습니다. 곤도 이사미가 지은 '사세의 시(辭世の詩)'는 그 극점이라고도 할 수 있습니다.

이와 같이 '읽는다'만이 아니라 '쓴다'라는 관점에서 보자면, 중국 사대부가 적은 한시문뿐만 아니라 근세 일본에서 창작된 한시문이 어떤 것이었던가, 라는 질문 역시 한문맥의 전개를 고찰하는 데 있어 중요한 주제가 됩니다. 물론 근세 일본에서 쓰인 한시문에 국한하더라도 그 종류와 양이 방대하여 여기서 간단히 정리할 수 있는 성질의 것이 아닙니다. 그러나 근대 일본의 한문맥이라는 시야에서 생각해보면, 그 영향의 넓이와 깊이로 미루어 꼭 다루어야 할 서적은 저절로 정해집니다. 막부 말기에서 메이지 시대까지 엄청난 베스트셀러였던 라이 산요의 『일본외사(日本外史)』가 그 대표작 중 하나임은 부인할 수 없는 사실일 겁니다. 이 책의 보급 정도는 한문 저작으로서는 전무후무한 것이었습니다. 이 시기 한시문의 독자 가운데 『일본외사』의 문장을 접하지 않은 사람은 거의 없었다고 할 수 있습니다. 당시 발행 부수가 최소 30만 부에서 40만 부라고 전해지고 있습니다.

단지 판매량 측면에 그치지 않고, 이 서적이 근세에서 근대로 향하는 한문맥의 흐름을 크게 진척시켰던 것, 좀 더 자세히 말하자면 한문맥을 사인

---

*공 : 여기서는 일단 막부 등으로 대표되는 관(官)에 대한 일을 뜻하지만, 더 넓게 나아가면 대의명분을 의미하기도 한다.

의 것에서 국민의 것으로 전개시키는 계기를 제공했던 지점을 다시 한 번 강조하지 않을 수 없습니다. 그 이유나 경위에 대하여 지금부터 설명하도록 하고, 먼저 저자 라이 산요에 대한 이야기로 이 장을 시작하도록 합시다.

학자 집안에서 태어난 라이 산요

라이 산요는 안에이(安永)9년 말에 유학자 라이 슌스이(頼春水)의 장남으로 태어났습니다. 아명은 구타로(久太郎)였습니다. 서기로 환산하자면 이미 새해가 되어, 1781년 1월생입니다. 사망년도가 덴포3년, 즉 1832년이니까 만으로 따져 향년 51세까지 살았는데, 당시로서도 단명했다고 할 수 있습니다. 제1장에서 '사세의 시'를 인용한바 있는 곤도 이사미가 덴포5년(1834) 생이니까 그때 라이 산요가 살아 있었다면 53세가 됩니다. 후쿠자와 유키치는 곤도 이사미보다 2개월 늦게 태어났는데, 막부 말기와 메이지 유신기에는 이 덴포 연간에 태어난 세대가 크게 활약하게 됩니다. 다소 자세히 기술했지만, 막부 말기에서 유신기에 이르는 한문맥의 양상을 고찰하기 위해서는 이런 세대 문제 역시 중요합니다.

라이 산요가 태어난 곳은 오사카(大坂)—大阪의 표기는 당시에 大坂이었습니다—입니다. 아버지 라이 슌스이는 이때 오사카의 에도호리(江戸堀, 오사카 부의 지명)에서 사숙을 열고 주자학을 강독했는데, 원래 그는 아키노쿠니(安芸国) 다케하라(竹原)—지금의 히로시마 현 다케하라 시—의 상인 가문 출신입니다. 다케하라가 히로시마 번의 염전 개발을 토대로 번영했던 지역이었기에 라이 슌스이는 어릴 적부터 집안의 경제적인 지원을 받으며 학문을 닦을 수 있었습니다. 그는 다케하라에서 유학의 기초를 익힌 후, 마쓰야마(松山, 지금의 에히메 현)나 미하라(三原, 지금의 히로시마 현)에 유학하여 더욱 수련을 쌓았습니다. 십대 시절의 일이었지요. 호레키(宝曆)14년

라이 산요의 자화상

(1764) 조선통신사*가 일본에 와서 다케하라 인근의 다다노우미(忠海)에 정박했을 때에는 가라사키 히타치노스케(唐崎常陸介)에게 이끌려 통신사 숙소까지 가서 한 수행원과 필담을 나누기도 했습니다. 그야말로 향학의 마음으로 가득 찬 젊은이였던 것입니다.

　라이 슌스이의 두 동생인 슌푸(春風)와 교헤이(杏坪) 역시 함께 학문을 익혔는데 슌푸는 의사로, 고헤이는 유학자로 입신했습니다. 라이 산요의 어머니 시즈코(静子)는 유학자인 이오카 기사이(飯岡義斎)의 딸이고, 이 결혼을 중매한 사람이 오사카 가이토쿠도(懷徳堂)**의 나카이 지쿠잔(中井竹山)이라는 점을 감안해보면 라이 가문의 장자인 산요가 어떤 환경에서 태어났는지, 그리고 무슨 기대를 받았을지는 따로 설명할 필요도 없겠지요.

＊호레키14년 조선통신사 : 영조 40년(1764)에 도쿠가와 이에하루(徳川家治)의 세습을 축하하는 의미로 일본으로 건너간 조선통신사를 가리킨다.
＊＊가이토쿠도 : 1724년 오사카 상인들이 설립한 한학 교육기관이다. 전후에는 오사카대학교 법문학부로 이관되었다.

오사카에서 구타로가 태어난 지 1년, 라이 슌스이는 마침내 히로시마 번에서 유학자로서 관직에 나아가게 됩니다. 30인 분의 후치(扶持)*였기 때문에 높은 급료를 받는 자리는 아니었지만, 유학을 익힌 자에게 있어 번유(藩儒)가 된다는 의미는 실로 크다고 하겠습니다. 제1장에서도 서술한바 유학은 그 근본을 따져 보면 치세와 나누어질 수 없습니다. 라이 슌스이의 아버지 라이 교(賴享翁)가 자식들에게 학문을 익히게 한 것도, 상인 집안으로서 재물을 모으는 데 그치는 것이 아니라 공(公)에 대한 참여의식이 있었기 때문입니다. 출신은 조닌(町人, 에도 시대 도시의 상인 및 장인)이었지만 '공'에 대한 의식, 즉 '사(士)'를 향한 의식은 오히려 더 강했다고 말할 수 있겠지요. 막부 말기의 유신지사들 대다수가 농민이나 하급무사 출신이었던 것을 상기해봐도 좋지 않을까 합니다. 지사(志士)는 '사'로서의 의식이 강렬하다는 뜻이기도 한데, 여기서의 '사'는 세습된 신분이라는 의미에서의 사가 아니라 자신을 규정하는 정체성으로서의 사를 말합니다.

어쨌거나 번유가 된 라이 슌스이는 히로시마 번의 교학체제 정비에 나섰습니다. 번교를 설립하여 교학의 중심으로 삼고 향학(鄕學)**이나 수습소(手習所)***를 공립화하고 가르치는 내용도 주자학을 기본으로 삼게 했습니다. 이런 행동이 단독으로 이루어진 것이 아니라, 오사카에서 형성된 학적 인맥

---

*후치 : 주군이 가신에게 급여로서 지급한 봉록. 에도 시대에는 1인당 1일 현미 5홉을 표준으로 하여, 1년 분을 쌀 또는 금으로 지급했다.
**향학 : 에도 시대에서 메이지 초기에 걸쳐, 번사의 교육과 서민들의 교육을 위하여 각지에 설치된 학교. 향교, 향학교, 향학소라고도 한다.
***수습소 : 데나라이도코로라고 발음한다. 습자를 가르치는 곳이라는 의미지만 혹은 이를 가르치는 선생의 집을 뜻하기도 했다.

과 관련되어 있음에 주의해야만 합니다. 그는 후에 '간세이의 세 박사'로 불리는 비토 지슈(尾藤二洲), 고카 세이리(古賀精里), 시바노 리쓰잔(柴野栗山)과 오사카에서 친밀하게 교류했습니다. 그들은 주자학을 '정학(正學)'으로 삼아, 세상의 어지러움이 학문의 어지러움에서 비롯된 것이라고 보고 학문을 바로잡는 것을 자신들의 의무로 여겼습니다. 이를테면 교육개혁을 통한 사회개량을 지향한 것입니다. 물론 유학자로서 '수기치인(修己治人)', '경세제민(經世濟民)'이야말로 그들의 신조였고 이것은 학문의 귀결로서 당연한 행동이었습니다.

주자학이라는 체제론

주자학을 정학으로 삼는다는 것은 어떤 의미일까요. 주자학이 어떤 것인가, 흔히 말하는 유학과는 어떻게 다른가, 이에 대해 상세한 부분까지 설명하자면 족히 책 한 권은 나올 것이니 필요한 부분만 간추려 기술하겠습니다.

원래 주자학은 당나라까지의 경전 해석학이 송나라에 이르러 비판의 대상이 되자, 이와 같은 새로운 유학의 발흥을 수용해 남송의 주희(朱熹)가 집대성한 학문입니다. 종래에는 개별적 경전에 기반한 학문으로 구성되어 있던 유학을 형이상의 '이(理)'와 형이하의 '기(氣)'라는 두 가지 원리, 소위 이기이원론하에 일관된 체계를 세워 다시 편성한 점이 획기적이었다 하겠습니다. 또한 유학의 입문이자 정수로서 사서—『대학』, 『중용』, 『논어』, 『맹자』—를 정하여, 유학을 커리큘럼화한 것도 마찬가지로 획기적인 일이었습니다. 이 두 가지의 '**획기적**'인 전환이 바로 관건입니다.

극단적으로 말하자면, 중요한 것은 주자학의 **내용**이 아니라는 겁니다. 이기이원론이나 사서가 어떤 사상을 담고 있느냐가 아니라, 이 같은 원리론을 세워서 커리큘럼을 짰다는 것 자체에 의미가 있습니다. **체계**나 **조직**에 대한 지향이 학문 안에서 발생했다는 사실, 이 점이 중요한 것이지요.

물론 이러한 단정은 꽤나 난폭한 설명입니다. 사상사적 측면에서 고찰한다면 내용도, 혹은 내용이 중요할지 모릅니다. 그러나 라이 슌스이 같은 이들이 왜 주자학을 정학으로 삼았는가를 고찰하기 위해서는 오히려 내용을 생각하지 않는 편이 깔끔해 보입니다.

주자학은 유학을 제도화한 것입니다. 개인의 정신수양으로서도, 세계를 파악하는 틀로서도, 정치의 방법론으로서도 그렇습니다. 이기이원론을 기반으로 구성된 주자학의 질서에는 외부가 존재하지 않습니다. 모든 것은 이 질서로 향합니다. 게다가 이 질서는 위로부터 강제된 것이 아니라 어디까지나 자발적인 것입니다.

'성인(聖人)을 배워 그에 다다라야 한다'가 주자학의 중요한 명제인 것처럼, 이상적인 질서란 모름지기 각각의 행위가 가져온 당연한 귀결로서 실현되는 것입니다. 정신도, 행위도 성인과 그의 질서를 향하는 것입니다. 일반적으로 주자학이라 하면, 외부으로부터 도덕을 강제하는 것으로 이해하는 경우가 많지만 오히려 그들은 자발성을 중시합니다. 그러나 이 자발성이 당위적 자발성으로서 그 이외의 선택지는 애초에 있을 수 없는 것으로 간주된다면, 분명 이것은 단순한 강제보다도 훨씬 강력한 억압을 가져오게 됩니다. 도덕의 외부는 미리 사전에 봉쇄되어 있는 것입니다. 완전한 체제를 향한 지향에는 그러한 이면도 있었을 겁니다.

근세 일본의 유학에서 주자학은 유학의 여러 경향 중 하나였으며, 이외에도 양명학이나 고학 같은 것이 있었습니다. 어느 쪽이든 한결같이 주자학에 대항하여 생겨난 학문입니다. 양명학은 명나라의 유학자 왕양명(王陽明)의 방법론을 이용하여 경전의 자구보다는 자신의 양심에 근거함을 최우선시했다는 점에서, 고학은 경전의 한 자 한 구절의 자의(字義)를 그것이 적혀진 옛날까지 거슬러 올라가서 이해하고자 한다는 점에서 반(反)주자학이었습니다. 정밀하게 분석하자면 논의가 훨씬 복잡해질 수밖에 없기에, 여기서는 이 학문들이 반주자학이었다는 점만을 짚고 넘어가겠습니다.

과감히 요약하자면, 이 같은 학문들은 주자학이 질서를 고정적 혹은 폐쇄적으로 구축하여 삼라만상을 자신의 질서 속에 배치해 버리려는 면이 있다 하여, 이를 꺼렸던 것입니다. 이러한 특성이 주희가 원래부터 구상한 것인지 그 여부에 대해서는 유보할 필요가 있지만, 학문으로서 체계화된 주자학이 그런 것이었다는 점만은 부정할 수 없습니다. 혹은 그런 결과물로 굳어졌기 때문에 주자학은 제도권에서 큰 힘을 얻은 것입니다.

주자학이 체제론(system)이라고 할 때, 이를 교학의 중심에 두게 되면 근본이 잘 선 좋은 사회가 되리라고 생각하는 것도 무리가 아닙니다. 역으로 말하면, 이러한 체계화를 싫어하는 학문이 교학의 중심에 놓일 수는 없었던 것입니다. 질서의 외부를 지향하는 것은 교학으로서 곤란하지요. 실제로 일본에서 주자학은 정학이 되어야만 했기에 정학이 된 측면이 있습니다. 더욱이 고학—그 발전적인 형태가 소라이학(徂徠學)입니다—이나 양명학은 오히려 반주자학적 존재였기에 그 빛을 발했던 것으로 생각합니다. 원래가 야당(野黨)적인 것입니다.

요약한다고 했으면서 그만 말이 길어져버렸습니다. 라이 슌스이의 이야기로 되돌아가봅시다.

'이학의 금지'로 촉발된 학문의 제도화

앞에 서술했듯 라이 슌스이가 히로시마 번에서 일으킨 번학(藩學)의 제도화는 단독으로 행한 것이 아니었습니다. 라이 슌스이와 오사카에서 교유를 맺고, 한 발 먼저 사가(佐賀) 번의 유관(儒官)으로 향리에 돌아간 고카 세이리는 라이 슌스이가 히로시마로 돌아온 그해에 설립된 사가 번 고도칸의 교장이 되어 학규와 학칙을 정하고 번학의 정비를 진행시키고 있었습니다. 고카 세이리도 역시 번교를 중심으로 한 교학 체제를 확립함으로써 번유로서의 책무를 다하고자 한 것입니다.

도사 번, 시바타(新発田, 지금의 니가타 현 시바타 시) 번, 가고시마 번, 오바마(小浜, 지금의 후쿠이 현 오바마 시) 번, 사가 번, 히로시마 번 등 각각의 번에서 계속된 학문 정비의 실적을 보고 막부는 쇼헤이코를 교학의 중심으로 삼는 결정을 내렸습니다. 그리고 간세이2년(1790) 로쥬 마쓰다이라 사다노부는 이른바 '이학의 금지', 즉 쇼헤이코에서는 주자학을 정학으로 삼아야만 한다는 포고령을 제7대 다이가쿠토(大学頭)* 하야시 노부노리(林信敬)

---

*다이가쿠토 : 에도 시대 쇼헤이코의 장관으로, 현재의 대학 총장에 해당되며 하야시 가문이 세습해왔다.

에게 전했습니다. 제1장에서도 언급했지만, 주자학 이외의 학문을 금지했다고는 해도 막부에서 교학의 방침을 하나로 정한 것일 뿐, 개개인의 학문을 규제하는 것은 아니었습니다. 라이 슌스이도, 마쓰다이라 사다노부도 공(公)의 학문으로는 주자학이 근본에 있어야 하지만 제가(諸家)의 학문이 저마다 존재해도 괜찮으며, 오히려 존재할 필요가 있다고 생각하는 편이었습니다.

그리고 이는 '이학의 금지'가 철저하지 못했다거나 혹은 다양함이 허용되었다는 의미는 아니었습니다. 실제로 제가의 학문을 취사선택하여 자신의 학설을 세우는 일을 중시한 이른바 절충학파의 유학자인 가메다 보사이(亀田鵬斎) 같은 이는 한때 1,000명이 넘던 문하생들이 '이학의 금지'가 내려진 이후 사방으로 흩어져버렸다고 합니다. 확실히 교육이라는 측면에서 이 정책은 상당한 통제력을 행사했습니다. 에도의 간다(神田) 출신인 가메다 보사이의 경우, 그의 문하생 중에는 하타모토(旗本)*나 고케닌(御家人)** 등이 많아서 막부의 이러한 정책에 강하게 영향을 받는 입장이었습니다. 그렇지만 일단 가메다 보사이 자신이 그 학문을 이유로 처벌을 받거나 하는 일은 없었습니다.

요컨대 라이 슌스이나 마쓰다이라 사다노부의 입장은, 학문의 제도화에 주자학이 적합하고, 그것이 확실히 정해져 있다면 개개인의 성향에 따라 잘할 수 있는 학문을 익혀 각각의 재능을 발휘하면 그만이라는 것입니다. 주

---

*하타모토 : 에도 시대 쇼군의 직속 고위직 무사를 가리킨다.
**고케닌 : 에도 시대 쇼군의 직속 하급무사를 가리킨다.

자학을 정학으로 정하는 것은 반대로 이학의 위치도 확보된다는 뜻입니다. 이것이야말로 질서화라고 하겠습니다.

질서를 지향하는 주자학은 계제(階梯), 즉 단계를 밟아가는 것을 중히 여깁니다. 번교를 중심으로 향학이나 수습소는 학습자의 신분이나 숙련 정도에 맞추어 설치되었고, 학습 서적이 정해져서 소독, 회독, 강독과 같은 커리큘럼이 정비되었습니다. 조금 숨 막히는 감도 있지만, 학문의 제도화가 주자학으로 인해 가능했던 것만은 틀림없습니다.

간세이4년(1792) 쇼헤이코에서는 '학문음미', 즉 15세 이상의 막부 신하의 자제를 대상으로 한 시험이 시작되었습니다. 중국의 과거와는 다르게 관리등용시험이 아니라 어디까지나 학문의 진보를 가늠하는 시험이었지만, 우수한 자에게는 포상이 내려지고 이력에도 무게감이 더해져 임관하는 데 유리했음에 틀림없습니다. 물론 시험은 주자학에 근거한 해석을 기준으로 삼았습니다. 교학의 통일에 박차가 가해진 것은 말할 나위 없습니다.

쇼헤이코를 모범으로 차례차례 각지에 번교가 설립됨에 따라 그 시험제도 역시 모방되었습니다. 학교라는 공간을 질서 잡힌 곳으로 만들기 위해서, 또 학습의 계열화와 단계화를 눈으로 확인할 수 있게 하기 위해서 시험이 불가결한 것임은 예나 지금이나 마찬가지이지요.

또한 초학자를 대상으로 한 '소독음미'도 시작되었습니다. 소독은 결국 경서를 봉독하는 행위입니다. 이를 시험하는 일이 가능했던 것은 읽는 방식이 하나로 정해져 있었기 때문입니다. 그러려면 어조사를 읽는 방법에서부터, 어떤 한자어에 야마토고토바를 맞추어 읽을지 아니면 글자의 한자음을 쫓아 읽을지를 대략 정해놓을 필요가 있었습니다. 적어도 학습자는 소독을 통해 표준적인 읽기 방식을 배우게 되겠지요. 근세 중기 이후, 대량 출판된 화각본에는 자주 훈점을 단 학자의 이름이 요란하게 실려 있는데 — 때로는 허위인 경우도 있습니다 — 이런 식으로 읽으면 틀림이 없다는 것을 강조하기 위해서입니다.

이렇게 주자학이라는 제도적 학문을 이용한 균질화된 교육이 사족 계급을 중심으로 해서 차츰 전국으로 퍼져나갔습니다. 라이 구타로(라이 산요)의 아버지는 그 주역이었습니다.

학문과 치세에 대한 지향

구타로가 숙부 교헤이에게 『대학』의 소독을 배운 것은 덴메이(天明)6년 (1786), 일곱 살 때입니다. 2년 후에는 번의 가쿠몬쇼에 입학해서 경서의 강독을 차례로 수료합니다. 우수한 자식을 얻었다는 생각에 부친 라이 슌스이는 후에 라이 산요가 될 구타로의 장래에 대해 큰 기대를 갖습니다.

간세이3년(1791), 라이 슌스이는 열두 살이 된 구타로에게 휘(諱)*를 내립니다. 이르기를 노보루(襄)라고 했습니다. 라이 산요의 글로 현재까지 남아 있는 것 중에 가장 오래된 「입지론(立志論)」은 이때 썼는데, 남아의 뜻을 서술한 문장인 까닭에 당연히 당당한 한문으로 쓰고 있습니다. 이런 문장이야

---

*휘 : '산요'는 그의 호였다. 중국과 한국에서 휘(諱)란 일반적으로 고인의 이름을 칭하지만, 일본에서는 생전의 실명이라는 뜻도 갖고 있다. 물론 생존시에는 입에 올리는 것을 꺼렸다. 또한 휘는 '시인의 아호' 라는 뜻으로 쓰이기도 한다.

말로 한문으로 써야 했던 것이지요. 서두부터 몇 구절 읽어봅시다.

남아가 배우지 않으면 그만이나, 배운 즉 마땅히 무리보다 뛰어나야 하느니라. 오늘의 천하 또한 예전의 천하와 같으니라. 오늘의 백성 또한 예전의 백성과 같으니라. 천하와 백성, 예와 지금이 다르지 않으니, 이를 다스리는 까닭에서 오늘이 예전에 미치지 못함은 어찌된 일인가. 나라의 세가 다름인가. 사람의 정이 다름인가. 뜻 있는 사람이 없음이라. 범속한 사람이 정의 흐름에 빠져, 그리하여 스스로 알지 못함이 위아래 없이 일반이라. 이는 깊이 논할 여지도 없음이라. 홀로 나의 당(黨, 유학자—원주)만이 그 옛적 제왕의 천하 백성을 다스리는 술(術)을 전하는 자들이라 어찌 아니할 진가. 연이나 공연히 분주하며 시끄럽게 끄집어내서 (경전의 자구를 내세우고—원주) 장절을 찾고 구절을 뒤져서 (사소한 자의를 일일이 뒤져내어—원주) 이로 일생의 대업을 삼는다. 역시 이미 추루할 뿐이노라. (……) 고대 성현과 호걸, 이윤·부열(伊尹·傅說, 중국 은(殷)의 명신들—원주) 같고 주공·소공(周公·召公, 중국 주(周)의 성공(成公)을 보좌한 명신들—원주) 같은 이들 또한 한 남아일 뿐이니라. 내 비록 동해에서 천년 후에 났다 하더라도 다행히 남아로 태어났느니라. 또 유생이 되었노라. 어찌 분발하여 뜻을 세워 나라의 은혜에 보답하지 않겠으며, 이로써 부모를 드러내지 않을 수 있으리오.

男兒不學則已, 學則當超群矣. 今日之天下, 猶古昔之天下也. 今日之民, 猶古昔之民也. 天下與民, 古不異今, 而所以治之, 今不及古者何也. 國異勢乎. 人異情乎. 無有志之人也. 庸俗之人, 溺於情勢, 而不自知. 無上下一也. 此不足深議焉. 獨吾黨非傳夫古帝王治天下民之術者乎. 而徒拘拘然, 呫嗶是申, 尋章摘句, 以爲一生大業. 亦已陋哉. (……) 古之賢聖豪傑, 如伊・傅, 如周・召者, 亦一男兒耳. 吾雖生于東海千載之下, 生幸爲男兒矣. 又爲儒生矣. 安可不奮發立志, 以答國恩. 以顯父母哉.

지금 천하도 백성도 예전과 변함이 없는 것인데 치세가 예전에 미치지 못함은 왜인가. 범속한 이들은 목전의 일에 급급하여 배우는 일조차 할 수 없는데도 애초에 이는 문제가 되지 않는다. 세상을 떠맡는 것은 배운 사람이며, 유학자야말로 "옛적 제왕의 천하 백성을 다스리는 술을 전하"는 사람이다. 그러나 세상의 유학자는 경전의 암송이나 주석에만 골몰하여, 이를 본업으로 알고 있는 듯하다. 이래서는 범속에조차 미치지 못한다. 유학은 천하를 다스리기 위한 학문이다. 옛 성현과 호걸도 원래는 한 명의 남아, 나역시 한 명의 남아이다. 뜻을 세워 번(藩)의 은혜에 보답하고 부모의 이름을 높이지 않고서야 어찌 남아라 하겠는가. 이런 내용입니다.

학문과 치세에 대한 지향이야말로 전형적인 사인 의식이라 말할 수 있겠지요. 주자학을 정학으로 삼는다는 것은 이런 사고 회로를 가진 유생을 학교라는 장소에서 육성하는 일이기도 했습니다.

6년 후, 라이 산요는 숙부 고헤이가 에도즈메(江戸詰)*가 된 것을 기회로

---

*에도즈메 : 에도에 머무는 다이묘의 시종. 에도 시대 막부가 다이묘들에 대한 통제책으로 다이묘들을 1년 걸러 애도에 출사시키는 제도인 '산킨고타이(參勤交代)'에 따라 다이묘의 가신들도 교대로 에도에 머물러야 했다.

하여 쇼헤이코에서 배우게 됩니다. 그러나 정확한 이유는 알 수 없지만 불과 1년 만에 히로시마로 돌아옵니다. 이때부터 그의 행동은·다소 일탈되기 시작합니다. 주자학에 의해 배양된 학문과 치세의 지향이 막번 체제라는 틀로 수렴되지 못했던 것입니다.

번유의 장남으로 라이 산요가 해야 했던 일은 우선 번을 위해 학자로서 진력하는 것이었습니다. 그렇지만 그의 뜻은 이미 번이 아니라 천하를 향하고 있었습니다. 앞서의 「입지론」을 통해 볼 때도, 이러한 판단이 가능하리라 여겨집니다. 과거시험에 의해 널리 인재를 등용하는 시스템이 있는 중국과 달리, 일본에서는 번의 체제가 견고했습니다. 쇼헤이코에서 배운 지 1년 만에 돌아왔던 것도 그곳이 라이 산요가 품었던 천하의 뜻을 만족시키는 곳이 아니었기 때문인지 모르겠습니다.

역사 서술이라는 라이 산요의 원대한 꿈

번으로 돌아온 후, 천하에 대한 뜻을 접지 못한 라이 산요는 다시 상경하여 더욱 식견을 넓히고자 했지만, 번유의 자식으로서 이런 일은 정치적으로 위험한 것이었습니다. 막부에게 의심을 살지도 모를 일이었기 때문입니다. 자신의 바람을 이룰 수 없었던 라이 산요는 닷반(脫藩)*을 결의하고, 도망하여 행방을 감추어버립니다. 하지만 결국 붙잡혀 송환되었고 적자로서의 지

---

* 닷반 : 에도 시대에 자신이 소속된 번을 이탈하여 낭인이 되는 일을 말한다.

위도 박탈되어, 칩거하며 근신하는 우울한 상황에 직면하게 됩니다. 하지만 오히려 이는 그에게 다행한 일이었는지도 모르겠습니다. 그도 그럴 것이 아버지 라이 슌스이는 산요의 적자 자격을 폐하고 생질인 모토카네(元鼎)를 양자로 맞는 것으로 번유로서의 체면을 보존했지만, 라이 산요는 그 불명예의 대가로 정신의 자유를 얻었다고도 할 수 있기 때문입니다.

이윽고 그의 뜻은 국사를 편술하는 일로 향하게 됩니다. 『일본외사』의 맹아입니다. 당시 라이 산요의 지기이자, 함께 슌스이와 고헤이에게 사사받은 가지야마 군슈(梶山君修)에게 보낸 긴 서간에 그 뜻이 적혀 있기에 인용해두고자 합니다. 이 문장은 어디까지나 사사로운 편지이지 정식 문장이 아니기에 앞의 「입지론」과는 달리 한자·가타가나 혼용문으로 쓰고 있습니다. 아래에 인용한 대목은 극히 일부분이지만, 그의 심정을 다소간 엿볼 수 있으리라 봅니다. 덧붙여 가지야마 군슈는 1768년생으로 라이 산요보다 한 살 위입니다.

족하(足下)도 잘 아시는 바와 같이 저는 궁수(窮愁) 이후, 근래 분연히 뜻을 세워, 옛날의 우경(虞卿)*이나 사마자장(司馬子長, 사마천―원주), 혹은 유하동(柳河東, 유종원―원주)처럼 크게 그 힘을 문장으로 마음껏 하려 했고, 또한 단지 육경사자(六經四子)**의 글이 내 속과 하

---

*우경 : 중국 전국 시대의 인물이다. '궁수(窮愁)'는 『사기』「우경 열전」에 나오는 구절. "그러나 우경에게 궁한 근심이 없었다면 또한 글을 지어서 후세에 알려질 수 없었으리라.(然虞卿非窮愁, 亦不能著書以自見於後世云)"
**육경사자 : 오경에 『악기』 또는 『주례』를 더해 육경, 사자는 사서(四書).

나가 되어 옛 성현을 직접 보고 듣는 것처럼 되기를 바랐을 따름이외다. 그 여가에는 에이쿄(1429~1441) 이래 쇼쿠호(織豊, 오다 노부나가와 도요토미 히데요시)의 만남에 이르기까지의 옛 기록의 흩어진 것을 망라하여 다른 날 태사씨(太史氏, 사마천)의 기록을 기다렸다 할 만한 업을 이루고저 합니다. 이 또한 처사(處士)로서 일대 유쾌하게 기린의 경로(麟經)[*]에 담긴 뜻의 만의 하나에 부합하는 일일지니, 더욱 나의 문장이 무용한 것이라 불림을 면할까 합니다. 이는 또한 가옹(家翁)께서 예전에 제게 명하신 바 있어, 그 말씀이 여전히 귀에 남았습니다. (……) 지금 생각건대 소하·조참(蕭何·曹參, 중국 한(漢)의 공신들─원주)의 공명, 여러 순리(循吏)의 치적, 여러 호협의 소권(素權, 수단)과 같은 것도 모두 자장(子長, 사마천)의 구구한 붓 끝에 사로잡히니 (……) 배도(裵度, 중국 당(唐)의 명신─원주)의 공훈도 유주(柳州, 유종원─원주) 같은 한 누추한 사내(좌천당한 자─원주)의 불후한 업에 미치지 못함이니.

이 서간을 발굴한 도쿠토미 소호(德富蘇峰)의 추정에 따르면, 위 글은 라이 산요가 23세 즈음 히로시마에 칩거하던 당시에 쓴 것입니다. 여기에서 볼 수 있듯이, 우울했던 라이 산요가 받들고자 한 것은 사마자장, 즉 사마천이고 유하동, 즉 유종원(柳宗元)이었습니다. 사마천은 물론 『사기』의 편찬으

─────────────

*기린의 경로 : 『춘추』는 중국 노나라 애공(哀公)이 기린을 잡은 기사로 끝나기에, 여기서는 『춘추』를 이르는 말이다.

로 유명한 역사가이며, 유종원 또한 한유와 나란히 당나라 고문가 중 으뜸
으로 꼽히는 문장가이자, 뛰어난 사론의 저자이기도 합니다. 게다가 두 사
람 모두 불우한 가운데 예의 그 명문을 썼던 것입니다. 라이 산요가 전범으
로 추앙했던 것도 당연하다 하겠습니다.

그러나 일개 유학자가 일본의 역사를 서술한다는 것은 상식에서 크게 벗
어난 포부였습니다. 역사를 기술한다는 것은 단지 사실(史實)을 보여주는
것으로 충족되는 것이 아니어서, 체제의 성립과 존재방식에 대한 견해를 보
여주는 부분이 반드시 포함됩니다. 부분을 포함한다기보다도, 전체로서 그
런 것이 된다고 말하는 편이 좋을지 모르겠습니다. 추상적으로가 아니라,
구체적인 사실에 입각하여 천하국가를 말하지 않을 수 없기 때문입니다. 어
찌되었든 역사를 기술하는 것은 상당히 위험한 행위입니다. 그런 뜻을 정면
으로 밝히게 된다면, 풍파가 일어나지 않는 것을 제일로 생각하는 주위의
사람들로부터 비난을 받게 될 것이 뻔합니다. 이런 이유로 라이 산요의 뜻
은 매우 가까운 사람들에게 밖에는 알려지지 않았으며, 은밀하게 준비가 이
루어지게 됩니다.

여기서는 그 중에서도 "지금 생각건대 소하, 조참의 공명, 여러 순리의
치적, 여러 호협의 수단과 같은 것도 모두 자장의 구구한 붓 끝에 사로잡히
니 (……) 배도의 공훈도 유주 같은 한 누추한 사내의 불후한 업에 미치지 못
함이니"라 말한 부분에 주목해보고 싶습니다. 현실의 세상에 공훈을 세우
는 것이 천고에 남는 문장을 낳은 것에 미치지 못한다. 이것이야말로 라이
산요 자신의 처지와 가능성으로부터 이끌어낸 결론이었다고 말할 수 있겠
지요. 『일본외사』라는 책은 이렇게 예전의 역사가에 스스로를 겹쳐보고자

하는 의식에서 발생한 것입니다. 사마천이나 유종원을 따르려는 이상, 『일본외사』의 문체는 당연히 한문일 수밖에 없었습니다.

『일본외사』의 완성

그건 그렇고 『일본외사』의 초고는 대략 분카(文化)6년(1809), 라이 산요가 30세 즈음에 완성되었던 듯합니다. 그 후, 논찬을 더하는 등의 증보를 거듭해 대강의 완성을 본 것이 라이 산요가 47세 되던 분세이(文政)9년(1826)의 겨울이었습니다. 꼭 20년을 소비하게 되었던 것입니다. 새해가 밝아오는 분세이10년에 지은 시는 「수사우제(修史偶題)」의 제3편에 실려 있는데, 내용은 다음과 같습니다.

千載將誅老姦骨	천 년이라도 마땅히 주살하리니 늙은 악인의 뼈다귀
九原欲慰大冤魂	구천에서 위로를 바라고 있는 큰 원혼들이여,
莫言鉛槧無權力	말하지 말지어다. 문필에게 권력이 없다 하고
公議終當紙上論	공의란 종당에는 종이 위에서 논해야 하리니

'천 년까지 거슬러 올라가 악인에게 붓으로 주살을 가하고, 이로써 황천에서 헤매는 무고한 충신의 혼을 위로하리라. 문장이 무력하다 말하지 말지어다. 공의는 종이 위에서 결정될 일이니라'라는 것이 초지(初志)를 꿰뚫는 감개라 하겠으며, 나아가 자신의 『일본외사』 저술을 공(公)으로 삼는 의욕

가와고에판 『일본외사』 – 가이신쇼샤판(왼쪽), 메이지 시대 판각본(오른쪽)
가이신쇼샤는 메이지5년에 슨슈(駿州)의 미시마(三島)에 개설되었던 학교이다.

을 보여주고도 있습니다. 이 저작 자체가 과연 천하국가를 말하기 위해 집필된 까닭입니다. 라이 산요는 자신의 「입지론」을 저버리지 않았다, 라고 말해야 하지 않을까요.

실제로 라이 산요는 지기를 통해서, 이 책의 사본을 다이가쿠토 하야시 줏사이(林述斎)나 로쥬 마쓰다이라 사다노부의 눈에 들게 하기 위해 계책을 세웠습니다. 그리고 이 방책은 성공하여 마쓰다이라 사다노부로부터『일본외사』를 헌상하라는 명이 내려지게 됩니다.

이렇게 마쓰다이라 사다노부의 높은 평가를 얻은『일본외사』는 여러 경로로 사본이 유통되었지만, 라이 산요의 생전에 판본으로 간행된 적은 없었습니다. 그의 사후 4년이 지나서야 마침내 목판 활자본『일본외사』가 간행되었고, 나아가 고카(弘化)원년(1844)에 친번(親藩)*인 가와고에(川越, 지금의 사이타마 현) 번이 판각한, 이른바 가와고에판『일본외사』가 출판되면서 엄청난 베스트셀러가 되었던 것입니다.

당대의 베스트셀러가 된『일본외사』

『일본외사』는 호겐(保元)과 헤이지(平治)의 난**에 의한 미나모토(源) 가문과 다이라(平) 가문의 대두로부터 도쿠가와의 천하통일에 이르는 무사 가문의 흥망을 기록한 책입니다. 이것이 대단한 베스트셀러가 된 것도 무가의 흥망이라는 역사 그 자체의 재미가 큰 역할을 했으리라 생각합니다. 겐페이(源平, 미나모토와 다이라)부터 도쿠가와에 이르는 시기는 오늘날에도 NHK의 대하드라마가 몇 년 간격으로 반드시 다루는 시대입니다. 이처럼 드라마로서의 재미가 풍부합니다. 그리고『일본외사』는 그 전범인『사기』가 그러하듯이, 드라마성이나 현장감을 중시하여 그 시대의 역사를 그려냈습니다.

이런 수법은 역사기술로서는 상당히 **아슬아슬**한 것이 됩니다. 도쿠토미 소호는『일본외사』가 "예술품으로는 참으로 잘 만들어졌다"라고 말하며,

---

* 친번 : 도쿠가와 가문의 친족이 봉해진 번이다. 창업 세 가문인 오와리(尾張), 기이(紀伊), 미토를 필두로 에치젠(越前) 가문 등이 이에 속한다.
** 1156년부터 1185년까지 미나모토 가문과 다이라 가문은 천황을 둘러싸고 내란을 거듭한다. 이 일련의 분쟁을 '겐페이 내란'이라고 통칭하며, 호겐과 헤이지의 난도 이 이 내란의 일부이다. 결국은 미나모토 가문이 승리하고 가마쿠라 막부가 들어선다.

『핫켄덴(八犬伝)』이나『수호전』을 읽는 것과 다름없는 소설적인 구성의 재미가 있음을 지적하고 있습니다. "호겐·헤이지로부터 게이쵸(慶長)·겐나(元和)에 이르는, 대략 450년간에 걸친 시대를 날줄로 삼고, 그간에 나타났던 인물을 씨줄로 삼아 이 시기의 치란흥폐(治亂興廢, 흥망성쇠)를 극작가적 안광(眼光)으로 살펴보고, 극작가적인 붓을 휘둘러 이를 그려낸 것이다"라고 칭찬합니다. 거의 역사소설로만 보고 있는 것이지요.

또 하나는 군신의 구분을 중시하는 대의명분론을 황실과 무문 간의 관계에 적용하여—즉 황실이 왕이고 무문은 신하라는 것입니다—존황사상(尊皇思想)을 기술의 근간으로 삼은 점이 시대의 기호에 부합했던 면도 있습니다. 물론 대의명분론을 지나치게 강조하면, 사실에 부합하지 않는 서술이 출현하게 됩니다.『일본외사』는 이 점에서도 후세의 비판을 받았습니다.

그렇지만 충효를 축으로 한 도덕에 익숙했던 사람들에게, 예컨대 도쿠가와 씨가 천하를 통일할 수 있었던 것은 선조인 닛타(新田) 씨가 남조(南朝)*에 충성을 다했기 때문이라는 식으로 설명하면, 쉽게 납득할 수 있었을 것임에 틀림없습니다. 이해하기 쉬운 역사를 바라는 사람들의 마음은 그 시비야 어찌되었든 간에, 어느 시대에나 존재합니다.

무가의 흥망이라는 사실이 사족계급 혹은 이 계급에 대한 지향을 가진 사람들에게 있어, 자신이 어떤 사람인가를 아는 실마리가 되었다는 면도 있겠

---

* 남조 : 호죠(北條) 가문의 막부에 대항하여 남조를 세운 96대 고다이고 천황(1288~1339) 중심의 왕조를 이르는 말. 고다이고 천황은 아시카가 가문과 닛타 가문 등의 도움으로 호죠 가문을 밀어내고 천황 친정을 이루나 아시카가 가문이 무로마치 막부를 세워 다시 밀려난다. 닛타씨와 구스노기 마사시게는 고다이고 천황을 위해 아시카가 세력에 맞서 싸웠다.

지요. 이렇게 보자면 존황사상도 결국은 자신의 행동원리를 구하기 위한 것이었다고 말할 수 있을 것입니다. 『일본외사』가 전적으로 무가의 일만을 적은 것도, 사(士)로서의 의식을 구성하기 위한 행위였다고 볼 수 있습니다. 달리 말하면, 『일본외사』는 무사가 어떻게 행동해야만 하는가, 하는 지침을 보여준 책이었으며, 그러한 지침에 가장 큰 의미가 있었다 하겠습니다. 사상의 내용도 내용이지만, 역사를 하나의 원리, 하나의 흐름으로 이해하기 쉽게 그려내어, 규범을 보여준 것이 사람들에게 환영을 받았던 것입니다.

낭송을 염두에 두었던 『일본외사』의 한문

그리고 그것과 마찬가지로 주목해야 할 것은, 이 책이 **이해하기 쉬운 한문, 낭송하기 쉬운 한문**으로 썼다는 사실입니다. 예컨대 가와고에판 『일본외사』의 권두에 실린 야스오카 레이난(保岡嶺南)의 서문에는 다음과 같은 대목이 있습니다. "이 책은 내용이 튼실하면서 읽기도 쉬워, 비록 한자를 알지 못하는 무인(武人)이나 속리(俗吏)라도 그 뜻을 이해할 수 있다. (此書質實易讀, 雖武人俗吏不甚識字者, 皆可辨其意義)" 즉 한문을 읽고 쓰는 계층의 폭이 넓어졌고, 따라서 그 주변부에 위치했던 사람들도 충분히 이해할 수 있으리라 기대되었던 사정을 여기서 알 수 있습니다. 번잡하고 자질구레하여 난해한 글이 되기 쉬운 유가의 의론과는 크게 다른 면입니다.

앞의 서간에도 나왔듯이 『일본외사』는 여러 가지 사료나 역사서를 구사하여 완성된 산물입니다. 사료 중에는 일본어 문장으로 쓴 것도 적지 않고,

또한 역사서라기보다는 소설로 분류될 만한 부분도 있었지만, 산요는 이를 교묘하게 한문으로 고쳤습니다. 일종의 한문 작문이라 해도 좋겠지요. 『헤이케 이야기(平家物語)』의 유명한 일절, 다이라 기요모리(平淸盛)의 아들인 시게모리(重盛)가 아버지와 고시라카와(後白河) 천황 사이에 끼어 어쩌지도 못하게 된 괴로움을 호소했던 구절을 예로 들어볼까요.

> 비통하여라. 왕을 위하여 봉공의 충성을 다하려 하면, 수미산 팔만 봉우리보다 더욱 높은 아버지의 은혜, 순간 잊어버리네. 애통하여라. 불효의 죄를 면하고자 생각하면, 왕을 모심에는 이미 불충의 역신이 되지 않을 수 없네. 진퇴가 그 극에 이르렀으니, 옳고 그름을 아무리 생각하여도 좀처럼 분별하기 어렵구나.

보신 대로 이것은 이것대로 음조가 좋은 문장이지만, 『일본외사』에서는 다음과 같은 한문 문장으로 되었습니다.

> 欲忠則不孝, 欲孝則不忠. 重盛進退, 窮於此矣.

훈독해보자면, "충을 행하려 한즉 효하지 못함이요, 효를 행하려 한즉 충하지 못함이라. 시게모리의 진퇴, 그리하여 극에 달하였느니라"가 됩니다. 필시 『일본외사』 가운데 가장 많이 회자된 구절이라 할 수 있겠지요. 간결하며 가락 좋게 정리한 점에서 **자못 한문다운** 문장이 된 것을 알 수 있습니다. 그리고 이런 문장이 사람들에게 사랑받은 것도 한문 소양이 확산되고 있던 시대에 적합했기 때문이었습니다. 앞에 서술한 대로 『일본외사』에 기술된 역사적 사건은 그 자체가 드라마틱해서 강담(講談)*이나 시바이(芝居)**의 소재가 된 것들이 많았기에, 『일본외사』를 읽기 이전에 그 내용을 알고 있다고 해도 하나 이상할 게 없었습니다. 『일본외사』를 읽는 기쁨은 역사를 안다는 데 있다기보다, 그것이 읽기 쉽고 가락이 좋은 한문으로 적혔다는 데서 유래하는 것이다, 그렇게까지도 말할 수 있다는 것입니다.

'와슈'에 대한 비판

『일본외사』의 문장에 관해 평명(平明)하여 알기 쉽다는 평이 있는가 하면, 와슈(和習)***로 가득하다는 비난도 있습니다. 물론 알기 쉬움과 속됨은 같은 문장을 어떤 눈으로 보느냐에 달려 있기에, 엇갈리는 평가가 제기될 수밖에 없습니다. 고색창연한 문장이야말로 한문이라 여기는 입장이라면 확실히 산요의 문장은 지나치게 평범하고 속된 것일지 모릅니다. 그렇다면 와슈에 대해서는 어떨까요? 도대체 와슈란 무엇을 가리켜 이르는 말일까요?

일본인이 쓰는 한문에 와슈가 가득함을 강조한 것은 오규 소라이(荻生徂

---

* 강담 : 군담, 야담 등을 흥행을 위해 가락을 넣어 읽는 일 혹은 그 장르를 지칭한다. 에도 시대에는 강석 (講釋)이라고도 불렸으며, 이를 구연하는 사람을 강담사/강석사라고 한다.
** 시바이 : 가부키, 분라쿠 같은 일본 고유의 연극을 가리킨다.
*** 와슈 : 일본의 독특한 풍습. 혹은 일본 고유의 분위기가 나는 것.

徠)입니다. 그는 철저하게 중화의 언어를 배울 것을 제창하며 와지(和字)*, 와쿠(和句)**, 와슈, 이 세 가지를 경계했습니다. 와지란 히라가나나 가타카나 등이 아니라, '와쿤(和訓)***으로 자의(字意)를 그르치는' 것, 훈(訓)은 같지만 뜻이 다른 글자를 오용하는 것을 말합니다. 예컨대, '以(もって)' 대신 '持(もって)'를 사용한다면 누구라도 그것이 틀렸다고 알아차리겠지요. 그러나 '聞'과 '聽'처럼 자칫하면

가와고에판 『일본외사』 1권
여섯째 줄에 "欲忠則…"라는 대목이 있다.

틀리기 쉬운 미묘한 사례들도 적지 않습니다. 이런 것을 주의해야 한다는 것입니다.

와쿠는 '위치나 상하의 법칙을 잃는 것'으로 결국 중국어와 일본어의 문장구조가 다른 점을 잊고서 어순을 전도시켜버린 것을 말합니다. 이것 역시 '등산(登山)'을 '산등(山登)'이라고 쓰면 틀린 것을 쉽게 알 수 있지만, 구문이 복잡해지면 혼동하기 쉬운 것이 사실입니다. 또한 와슈는 '어기(語氣)와 성세(聲勢)가 중화에 순정하지 않은 것'을 뜻합니다. 그러나 오규 소라이가

---

*와지 : 일본의 글자, 가나. 혹은 일본에서 만들어진 한자.
**와쿠 : 한문을 훈독할 때 훈독 순서를 표시한 것.
***와쿤 : 한문에 히라가나나 가타카나로 훈독을 다는 것. 혹은 훈독하는 행위.

비판한 이것들은, 실로 판단하기 어려운 부분입니다. '어기성세(語氣聲勢)'란 요컨대 어조를 뜻하기 때문에 애초부터 막연한 말입니다. 따라서 무엇을 가지고 중화에 순정하다고 할지 그리 간단히 규정하기 어렵습니다. 오규 소라이도 이를 알고 있었기에 고문사(古文辭) 즉 진한 이전의 문장이야말로 중화의 진정한 언어라고 말하며, 일단 그것으로 규준을 삼았던 것입니다. 그러나 이는 다소 억지스러운 주장입니다.

라이 산요도 문장에 마음을 쓰는 이상, 와지나 와구는 철저하게 피했습니다. 그러나 오규 소라이가 말한 와슈는 피하지 않았습니다. "일동(日東, 일본)에서 태어난 유학자의 직분에는 화한시세(和漢時勢)를 견주고 헤아려, 서토(중국)의 성훈(聖訓)을 아방(我邦)의 시의(時宜)에 맞게 해야 하니, 우리 군민으로 하여금 이를 알게 함이 마땅치 아니한가"*(친구 군슈에게 보낸 서간 —원주)라는 의식이 있었습니다. 그러니까 『일본외사』의 내용은 일본에 대한 것으로 일본에서 읽히는 것이 전제이며, 따라서 그 속에는 일본에만 있는 관직명이나 물건 이름이 그대로 쓰이거나 하는 일이 당연하다는 것이었습니다. 이는 명사의 수준에서 그렇다는 것인데, 중국의 역사서도 이역(異域)의 일을 기록함에는 그 지역 고유의 한자어를 자주 사용했던 것과 마찬가지입니다.

『일본외사』의 문장을 여러 모로 검토해보더라도, 와슈라는 비난은 차라리 『일본외사』의 문장이 읽기 쉬웠다는 점에 향해 있다고 하는 편이 옳을 듯합니다. 실제로 『일본외사』는 청나라 광서원년(1875)에 중국 광동에서 출

---

* 본 번역서의 79~80쪽 참조.

판되었는데, 그 서문에는 "그 문장은 옛 풍격이 있음이니, 『좌전』을 모방하여 문장의 기복을 풍부하게 하고, 『사기』의 풍격을 더해 고결함 또한 보여주고 있으니, 참으로 금세의 뛰어난 역사라"*라고 칭찬한 부분이 있습니다. 이처럼 와슈는 새삼스레 비난받지 않을 뿐만 아니라, 오히려 그 문장 또한 『좌전』이나 『사기』를 전범으로 한다고 찬사를 받고 있었던 것입니다.

필시 전문적으로 한문을 학습한 유학자라면 라이 산요의 한문은 너무 평명하기에 한문답지 않다고 생각되었겠지요. 분고(豊後, 지금의 오이타 현)의 유학자, 호아시 반리(帆足万里)는 "라이 아무개인지가 쓴 것은 문장이 속되고 와슈가 자주 나오는 것은 물론이요, 더하여 고증도 엉성하고 의론도 치우쳤기에 실로 된장 단지를 덮는 데나 사용할 수 있는 물건이라. 이런 것으로 크게 이름을 얻고 있으니 실로 탄식할 일이라**(「복자유(復子庾)」, 『서엄선생 여고(西崦先生餘稿)』하권―원주)"라고 하면서 온갖 말로 비난하고 있습니다. 확실히 『일본외사』의 고증에는 오류가 적지 않은 것이 사실이지만, 라이 산요의 안목은 오히려 역사의 큰 흐름을 뚜렷하게 하는 것, 현장감을 중요시한 데 있었습니다. 다른 유학자들과는 지향점이 처음부터 달랐던 것입니다. 또한 문장에 있어서도 라이 산요는 오히려 평속한 것이야말로 좋은 것이라 생각했습니다. 바로 그러했기 때문에 '무인과 속리'들도 쉽게 읽을 수 있는 책이 된 것입니다.

---

* 원문은 이렇다. "至其筆墨高古, 倣之左氏以騁其奇, 參之太史以著其潔, 可不謂今之良史哉."
** 원문은 이렇다. "賴生所作, 無論文字鄙陋, 和習錯出, 加以考證疎漏, 議論乖僻, 眞可以覆醬瓿. 渠以是橫得重名, 眞可怪歎."

일상언어와는 다른 훈독의 리듬

라이 산요가 번거로운 고증보다도 생생한 문장을 좋아했던 것은, 앞서의 서간 중에서 일본 학자들의 문장을 비난하며 "「항우본기(項羽本紀)」와 같은 생색임리(生色淋漓, 생기 넘치고 활발한 것)의 풍격은 요요(寥寥, 매우 적고 드묾)하구나"라 말한 대목을 보더라도 알 수 있습니다. 라이 산요는 『사기』의 「항우본기」가 『일본외사』의 모범이었음을 「항우본기 필사 후 붙인 발문(跋 手寫項羽紀後)」에서 기술하고 있습니다. 『라이 산요 선생 서후(山陽先生書後)』 하권에 있는 글입니다.

> 『사기』 130편은 각 편마다 변화하나, 그렇지만 그 형세 중 가장 큰 법도 의 삼엄한 것을 찾자면, 「항우본기」에 있느니라. 내가 일찍이 쭉 한 번 필사하여 읽음에 방점을 붙이고 단락을 구분한 일이 있나니 『일본외 사』를 고침에 이르러, 매일 아침 한 번 낭송함에 힘을 얻은바 적지 않았 음을 떠올림이라.
>
> 史記百三十篇, 篇篇變化, 然求其局勢尤大, 法度森嚴者, 在項羽 紀.(……) 余嘗手寫一通, 隨讀批圈勾截. 及修外史, 每晨琅誦一過, 賞得 力不少.

라이 산요는 한자의 화음(華音, 한자의 중국음—원주)을 배운 일이 없었 기 때문에, 여기서 말하는 낭송은 훈독에 따른 낭송입니다. 따라서 사마천 이 낭송했던 리듬과는 전혀 다른 리듬이 됩니다. 그럼에도 산요는 「항우본기」의 리듬이 『일본외사』를 쓰는 데 힘이 되었다고 말하고 있습니다. 이에 대해 어떻게 생각해야 좋을까요.

이것을 고찰하기 위해서는 우선 당시의 훈독에 관해 알 필요가 있습니다. 훈독이라 한마디로 말하고 있지만 시대에 따라서 큰 변화가 있었습니다. 대략적으로 말하면, 산요의 시대, 즉 근세 후기의 훈독은 그 이전의 훈독에 비해서, 한자어를 어형을 표시하는 일본어로 치환하지 않고 한자음 그대로 읽는 경향이 강해졌으며, 또한 부사나 동사에 오쿠리가나를 다는 방식도 정형화되어, 읽는 것을 귀로 듣게 되면 일상 언어와는 다른 일종의 인공적 언어인 듯한 울림이 강해졌습니다. 이것이 기본적으로 현재에도 답습되고 있는 훈독법입니다. "권리의 행사 및 의무의 이행은 신의에 종(從)하여 성실하게 이를 행하는 것을 요함이라"라고 할 때의 그 울림을 떠올려주신다면 좋을 듯합니다.

훈독과 음독

훈독이란 원래 해석을 위해 발명된 기법이므로 한자어를 가급적 일본어로 고쳐 읽더라도 무방하다 할 것이고, 실제로 이런 점에 주의를 기울인 읽기 방식이 과거에도 있었습니다. 곧 훈으로 읽는 것을 주체로 삼은 가에리요미(返り読み)*입니다.

---

*가에리요미 : 한문을 훈독할 때 일본어 어순에 따라 아래의 목적어·보어를 먼저 읽고 술어를 나중에 읽는 방식이다.

사실, 일괄하여 '훈독'이라 일컬어지는 읽기 방식에는 본래 두 가지의 요소가 있다고 생각됩니다. 하나는 글의 차원에서의 가에리요미이고, 또 하나는 단어 의미 차원에서의 훈독입니다. 전자에 관해서는 기본적으로 변화는 없습니다. 문제가 되는 것은 후자입니다. '履行'을 한자음으로 '리코'(リコウ, 이행)라고 읽을 것인가, 야마토고토바로 '후미오코나우'(履み行う, 밟아 나가다)라고 읽을 것인가 하는 문제입니다. 근세 전기까지의 훈독은 어느 것이나 중시되었지만, 오규 소라이 덕분에 한문이 다른 나라의 고대 언어라는 것이 강조되면서 일본어처럼 읽는 것에 대한 저항이 생겨났습니다. 오규 소라이는 더욱 과격하게 가에리요미도 철폐하고 모든 한자를 화음에 따라 음독하는 방법, 즉 직독을 주장했지만, 실제로는 훈독에 의존하지 않을 수 없었습니다. 현실적으로 중국과 오고가는 일은 불가능했으며 중국어와의 실제 접촉도 대체로 나가사키 지역으로 국한되었기에, 아무나 화음을 배울 수 없었기 때문입니다. 또한, 단지 화음을 배웠다고 해서 한문이 술술 이해되는 것도 아니었습니다. 훈독은 여전히 한문을 읽는 방법의 주류였습니다. 그러나 지금까지 서술한 것과 같은 변화는 확실히 생겨났던 것이지요.

한자음 읽기를 중심으로 정형화된 훈독의 리듬은 일상 언어의 리듬과 확연히 다른 것이 되었습니다. 이미 서술한 것처럼, 이 시기에는 소독이라는 행위가 한문 학습에서 보편적인 것이 되었고 훈독도 우선 소독에서부터 시작했기 때문에, 이렇게 보면 훈독이란 해석에 앞서 우선 소리내어 읽는 것이라고도 말할 수 있습니다. 훈독의 리듬은 독자적인 리듬으로 신체화되었고, 일상 언어와도 다르고 다른 나라의 언어와도 다른 독특한 장소에 위치하게 됩니다.

라이 산요의 훈독 리듬은 이렇게 형성되었던 것입니다. 이는 『사기』가 원래 가진 리듬이라고 할 수는 없지만, 일정한 변환 규칙에 의해 그에 대응하는 리듬으로 감득되었다고 할 수 있습니다. 이리하여 라이 산요는 『사기』의 문장을 훈독하는 것으로 그 리듬을 체득했으며, 나아가 훈독의 리듬으로 『일본외사』의 한문을 썼던 것입니다. 『일본외사』의 한문은 훈독되어야만 하는 문장으로서, 훈독의 리듬이 내포되는 형태로 작성되었습니다. 훈독을 위한 서기 체계로서 한문이 있었다고 할 수 있겠지요.

훈독이란 본래, 어디까지나 **읽기**를 위한 것입니다. 그렇지만 이것이 쓰는 과정에도 개입한다는 점은 흔히 간과되는 경우가 많습니다. 오규 소라이가 제창한 이래로 화음 학습은 그 나름대로 시행되어왔지만, 주류는 훈독이어서 번교도 쇼헤이코도 서적은 훈독으로 읽었습니다. 화음으로 읽었던 것은 아니었지요. 이와 마찬가지로 글을 쓸 때에도 훈독이 개입했습니다. 소리나는 그대로 쓰는 것에 익숙해진 우리들에게는 좀처럼 상상하기 어려운 것이지만, 그들이 읽고 썼던 한문은 일종의 암호와 같은 것이었기에 해독과 작성의 시스템이 훈독이라는 기법이었다는 식으로 생각해볼 수 있겠습니다. 한자가 표어문자이기 때문에 그 해독은 연습에 의해 거의 순식간에 이루어지지만, 이를 작성하는 데는 꽤나 품이 들었다는 것이지요.

당대를 풍미한 가락

라이 산요는 훈독의 음성을 중시했습니다. 이름 높은 가락이 나오게 된
것은 우연이 아닙니다. 그런 가락이 어떻게 사람의 마음을 사로잡았는지에
대하여, 나카무라 신이치로(中村真一郎)는 『라이 산요와 그의 시대(賴山陽と
その時代)』에서, 아래와 같이 회상하고 있습니다.

> 메이지 초년에 태어난 나의 외조모는 문자 그대로 무학(無學)의 시골
> 노파에 지나지 않았으나 그녀는 중학생인 내가 한문과목의 부속 독본
> 인 『외사초(外史秒)』를 읽으면서 괴로워하고 있을 때, 부엌에 선 채로
> 내가 읽는 부분을 능청능청하게 암송하여 들려주었다. 메이지 초기의
> 시골 소녀에게는 『일본외사』를 외우는 일이 초등교육이었던 셈이다.
> 이는 『일본외사』가 전국 방방곡곡에 도달하였다는 증거인 동시에, 그
> 문장이 암송에 적합하다는 것, 즉 인간의 호흡에 자연스레 합치된 훌륭
> 한 웅변조로서 성공했음을 보여준다 하겠다. 근대의 구어에서는 이런
> 유창함(eloquence)의 아름다움에 있어, 끝내 그와 같은 수준에까지 도
> 달한 문체를 발견하지 못하고 있다.

『일본외사』의 문장이 "암송에 적합하다는 것, 즉 인간의 호흡에 자연스레
합치된 훌륭한 웅변조"라는 사실은 과연 산요가 지향했던 바이기도 했습니
다. 여기서 알 수 있듯이 소독은 원래 한학을 배우기 위한 입문이었지만 소
리나는 대로 읽는다는 그 행위는, 그 자체가 신체적인 즐거움을 불러일으키

는 일이 되었습니다.

관점을 달리하면 『일본외사』는 『헤이케 이야기』나 『다이헤이키(太平記)』가 가지고 있던 구송성(口誦性)을 훈독의 구송성으로 치환하여 보여준 것이라고 할 수 있습니다. 일상의 언어와는 다른 리듬으로 유명한 장면을 낭송한다. 이것은 한학을 배운 여러 사람에게 사서오경을 소독하는 것과는 다른 매력을 가졌다고 말할 수 있지 않을까요. 그러니까 시를 암송하는 것과도 통하는 매력이었던 것입니다.

시음의 유행

시의 경우를 통해 부연하자면, 시음(詩吟, 시에 가락을 붙여 읊음) 역시도 근세 후기 이래 유행한 조류로서 언급할 필요가 있겠습니다. 헤이안(平安) 시대 이래의 한시 낭송의 조류와는 별개로, 시음은 번교나 사숙을 중심으로 활발히 이루어진 한시의 낭송법입니다. 물론 훈독으로 낭송한 것은 다시 말할 필요도 없겠지요. 이러한 흐름은 저마다 유파를 형성하기도 해서, 오이타(大分)의 유학자 히로세 단소(広瀬淡窓)의 사숙인 간기엔(咸宜園)에서 퍼져나간 단소류나, 쇼헤이코의 세이도(聖堂)류, 혹은 구마모토 번교의 지슈칸(時習館)*류 같은 것이 알려져 있습니다. 한시와 한문을 배우는 일과 더불

---

*지슈칸 : 에도 시대 구마모토 번의 번교로서 호레키5년(1755)에 번주 호소카와 시게카타(細川重賢)가 설립했다. 동명의 교습소가 다른 번에도 있었다.

어, 시를 읊는 일이 이루어졌고, 학교생활의 한 여흥이 되기도 했습니다. 그곳에서도 라이 산요의 시는 환영받았습니다. 그가 가와나카지마(川中島, 지금의 나가노 현 소재)의 전투에 대해 읊은 "채찍 소리도 숙연한 밤, 강을 건너다. (鞭聲肅肅夜河過)"* 같은 시구는 그 좋은 예입니다. 한참 다음 시대이지만, 메이지 연간에 출생한 작가 마사무네 하쿠쵸(正宗白鳥)의 「일기초(日記抄)」에 나와 있는 다음과 같은 언급은 주목할 만합니다.

> 물가를 산책하면서 나는 칩거해 공부하느라 빚어진 가슴의 우울함을 털어내기 위해 자주 시음을 한 적이 있다. 나의 시음벽은 어린 시절에 공부했던 사숙에서 배양된 것인데, 자주 읊조리는 대목들은 대개 라이 산요의 시였다. 나는 지금도 「지쿠고카와(筑後河, 지금의 후쿠오카 현 소재)를 내려가다」라는 장시를 곧잘 읊곤 한다.

"칩거해 공부하느라 빚어진 가슴의 우울함을 털어"낸다는 말에서 보이듯, 시음이 공부 사이사이에 하는 일종의 체조와 같은 것으로 존재했음을 알 수 있습니다. 집단생활 속에서나마 심신의 건강을 유지하기 위해, 학교에서 시음을 권장했던 측면도 있지요. 사실 마사무네 하쿠쵸는 인용한 일기의 후반에서, 시의 의미를 따져봤을 때 라이 산요의 시란 조잡하고 유치한 것이라 비난하고 있습니다. "「지쿠고카와」를 읊으면서 의미를 따져보면 강

---

*鞭聲肅肅夜河過 : '벤세이슈쿠슈쿠요루 가와오 와타루(べんせいしゅくしゅくよる かわを わたる)'라고 발음한다.

담 투, 나니와부시(浪花節)* 투의 느낌이 난다"라고 말합니다. 그렇지만 몸에 밴 소리는 이런 근대적인 의식과는 별개였던 것 같습니다. 역으로 '강담투, 나니와부시 투'이기 때문에, 그 시를 배운 지 30년이나 흘렀어도—이때하쿠쵸는 47세였습니다—입에서 문득 흘러나와버리는 것이겠지요.

마사무네 하쿠쵸가 태어난 게 메이지12년(1879)이니, 그의 소년기는 메이지20년대입니다. 한시나 한문의 암송이란 점에서 보면, 에도 시대와 메이지 시대 사이에 별 단절은 없었다고 말할 수 있습니다. 예컨대 도쿠토미 로카(德富蘆花)의 자전적 소설『검은 눈과 갈색 눈(黒い眼と茶色の目)』에서도 메이지10년대 후반에 재학했던 도시샤(同志社, 지금의 도시샤대학교 전신)를 모델로 한 이러한 묘사가 등장합니다.

> 그러나『가인지기우(佳人之奇遇)』의 화려한 문장은 규시샤(協志社, 도시샤)에서도 융성히 애독되어, 그 중 다수의 아름다운 한시는 대저 암기하였다. 게이지(敬二)와 동급생으로 학과야 어찌 되었든 시음만은 전교 제일이라 인정받은 박두흔(薄痘痕, 살짝 얽은)의 오가타 긴지로(尾形吟次郎) 군이, 취침시 가까이의 달 뜬 상야(霜夜, 추운 밤)에 기숙사와 기숙사 사이의 자갈길로 "내 기리는 바 고향의 산이니 / (……) 달이 가로지른 막막한 하늘은, 천 리나 밝은데 / 바람 불어 금색 물결 멀리서 일어나고 / 밤은 아득아득, 그리움은 망망하네 / 뱃머리에 어찌 이기리, 이 밤의 정. (我所思兮在故山……月橫大空千里明, 風搖金波遠有聲, 夜

---

*나니와부시 : 대중 예능의 하나. 사미센 반주에 맞추어 의리, 인정을 주제로 하는 창이다.

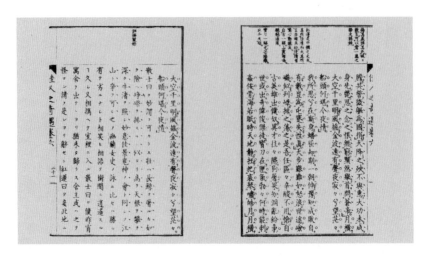

『가인지기우』 6권
오른쪽 중간에 '我所思…' 가 있다.

蒼蒼兮望茫茫, 船頭何堪今夜情"하며 경쇠를 울리듯이 쨍쨍하는 소리를 길게 뽑아 낭랑히 읊을 때는 기숙사의 유리창마다 비치는 램프의 빛도, 정숙히 예습 묵독에 여념이 없던 300명의 청년들도, 부들부들 그 떨림에 이끌리듯이 넋을 잃고 듣고 있었던 것이다.

낭송되었던 것은 당시 크게 유행했던 정치소설 『가인지기우』에서 나온 시지만, 그 낭송이 라이 산요의 시를 낭송하는 것과 연속성을 갖는 것임은 다시금 말할 것까지도 없겠지요.

기우장대한 한시의 매력

『일본외사』뿐 아니라, 라이 산요의 한시 또한 막부 말기부터 메이지 시대에 이르기까지 널리 애송되었습니다. 이는 위에서 살펴본 그대로인데, 이처럼 애송된 이유에는 단지 훈독의 가락이 좋았다는 것에 그치지 않는 측면이 있습니다. 훈독의 리듬이 일상적인 말의 리듬과 다르다는 사실에 더하여, 시의 이미지 또한 비일상적인 앙양(昻揚)을 유발했던 것입니다. 몇 가지 사례를 들어서 구체적으로 검토해보지요. 아래에 인용한 구절 역시 라이 산요의 유명한 시구입니다.

「泊天草洋」
아마쿠사 바다에 머무르며

雲耶山耶吳耶越	구름인가 산인가 오인가 월인가
水天髣髴靑一髮	물과 하늘, 방불하니 한 푸른 터럭이여
萬里泊舟天草洋	만 리 배도 머무는 아마쿠사 바다
烟横篷窓日漸沒	선창을 가로지르는 연기, 해는 점점 지는데
瞥見大魚波間跳	언뜻 보니 큰 고기, 물결 사이로 도망쳐서
太白當船明似月	태백이 배에 닿으니 밝기가 달과 같아라

라이 산요가 나가사키의 아마쿠사로 여행을 갔을 때 지은 시입니다. 거대한 해원에 마주하여 저 너머로 보이는 것은 구름인가 산인가 그렇지 않으면

오월(吳越)의 땅인가, 수평선 위에 어렴풋이 한 줄기 푸른 것이 보인다, 라고 읊습니다. "구모카 야마카 고카에쓰카(1구) 스이덴호우라쓰 세이잇파쓰(2구)"란, 확실히 가락이 좋고 특히 2구를 모두 글자음대로 읽어나가면 칠언 구의 리듬이 온전히 느껴져 상쾌함을 더합니다. '태백'은 금성으로, 그 빛이 배에 닿아서 달처럼 밝다는 것은 적당한 과장입니다. 한시에서는 이런 과장이 시를 읊어 내려가는 데 있어 일종의 쾌감을 가져다줍니다. 바다의 바깥에서 응시해보니, 저기 보이는 것이 중국 대륙인가, 하고 읊는 것도 이와 유사한 과장입니다. 이런 과장이나 환시(幻視)로 장대한 기우(氣宇, 기개와 도량)를 보이는 것이 이 시를 특징이라 하겠습니다.

한시는 자구가 간결함에 비해 그 이미지의 퍼짐은 풍부해서, 와카(和歌)*나 하이카이(俳諧)**와는 다른 흥취를 구성합니다. 더구나 근세 후기에는 한시 중에서도 『당시선』에 나올 법한 로맨틱하고 드라마틱한 작품을 애호하는 경향이 있었습니다. 위에서 예로 든 라이 산요의 시는 이런 흐름에 따른 것이기도 합니다.

그가 규슈를 유람할 때 지은 시 가운데 하나인 「아구네(阿嵎嶺)」에 대해서도 비슷한 이야기를 할 수 있습니다.

危礁亂立大濤間　　위태로운 암초 어지러이 서 있어라, 큰 파도 사이
決眥西南不見山　　눈을 부릅떠 서남을 보아도 산은 보이지 않네

---

* 와카 : 하이쿠와 더불어 대표적인 일본 고유의 시가문학. 헤이안 시대 이후에는 단카(短歌)가 주류였다.
* 하이카이 : 단카 중에서 해학적인 주제를 다루는 것을 가리킨다.

鶻影低迷帆影沒　　수리 그림자 낮게 헤매이고 돛 그림자는 사라지네

天連水處是台灣　　하늘과 물이 연이은 곳이 이는 대만이려나

여기서 '아구네'는 가고시마의 아구네 지역을 말하는데, 만(灣)에 기암이 늘어서 있는 명소입니다. '골(鶻)'은 매 혹은 물수리로, 사실 이 구는 앞의 시에 나오는 '靑一髮'과 같이 중국 북송의 소식(蘇軾)이 지은 시 「징매역의 통조각에서(澄邁驛通潮閣)」에 있는 두 수 중에서 두 번째 구를 답습하고 있습니다. 비교를 위해 읽어보지요.

餘生欲老海南村　　여생은 늙고 싶구나, 해남의 마을에서

帝遣巫陽招我魂　　황제는 무양*을 보내 내 혼을 부르니

杳杳天低鶻沒處　　아득아득한 하늘이 낮아, 수리가 사라진 곳

靑山一髮是中原　　푸른 산 한 터럭, 이 바로 중원일지니

위의 글은 해남도(海南島)에 귀양 가 있던 소식이 왕의 용서를 얻어 도읍에 돌아오면서 지은 시입니다. 후반의 두 구는 해협 저편의 본토를 가리켜 읊는 내용입니다. 바로 이 구절을 라이 산요가 인용했던 것입니다.

그렇지만 좀 더 주의를 기울여 보자면, 소식의 시가 귀환을 용서받은 기쁨 속에서 자신이 향하여 가는 곳을 "수리가 사라진 곳(鶻沒處)"이라 하고, 또한 "푸른 산 한 터럭(靑山一髮)"이라 보고 있음에 비해, 라이 산요가 "한

---

*무양 : 중국 신화에 나오는 무당의 이름. 천제(天帝)의 뜻을 따라 초혼(招魂)을 한다.

푸른 터럭(靑一髮)"이나 "수리 그림자 낮게 헤매이고(鶻影低迷)"라 읊고 있는 대목은 좋게 말하면 스케일이 크고, 나쁘게 말하자면 상당히 과장된 부분입니다. 글자들은 비슷하지만, 소식의 시에서 나온 "鶻沒處"나 "靑山一髮"이 곡절 끝에 당도할 장소를 향한 아득한 도정을 함의하고 있음에 반해, 라이 산요의 "靑一髮"이나 "鶻影低迷"는 그저 오로지 바다 저 편을 생각하며 나온 말입니다. 이 차이는 실로 큽니다. 아무리 가고시마라 해도 대만까지는 류큐를 지나서도 한참입니다. 그러나 라이 산요는 "하늘과 물이 연이은 곳(天連水處)"이라 하여 거기에까지 상상을 넓히고 있습니다. 이런 시풍은 근세 후기에서 막부 말기에 걸쳐 그리고 메이지 시대에도 크게 환영받았습니다. 해외로 웅비하는 듯한 기분을 맛볼 수 있었기 때문이라고도 할 수 있습니다.

물론, 라이 산요의 한시가 전부 이런 식인 것은 아닙니다. 일상의 한 순간을 읊은 시도 있습니다. 그러나 시음을 통해 시를 읊게 되면 어찌 됐든 기우가 장대한 시가 많아지게 되고, 이는 어쩔 수 없는 일입니다. 시음 자체가 "가슴의 우울함을 털어버리는" 일이기도 하기에, 역사의 흥망이나 웅대한 자연을 읊는 것은 그런 일에 안성맞춤이었습니다. 따라서 이런 시는 일상세계로부터 약간은 벗어난 일종의 과장과 환시를 동반한 세계를 구성하게 됩니다. 물론 도취도 있을 테지요. 막부 말기의 지사들은 이런 세계에서 그 정신을 키웠으며, 이를 통해 도래해야 할 세상이나 아직 보이지 않는 바다 저 편을 향한 꿈을 휘몰아쳐갔던 것입니다.

국민화된 한문맥

이 장에서는 『일본외사』가 등장한 경위와 그 의미를 주로 그 저자인 라이 산요의 사례에 입각하여 서술해왔습니다. 시대와 사회를 참고삼아 『일본외사』를 다시금 자리매김하면 어떻게 될까요? 이 장의 정리도 겸하여 몇 가지 지적해두도록 하겠습니다.

우선 첫째, 역사를 통하여 무사의 자세를 말한 『일본외사』가 그 내용과 문체에 힘입어 이전과 비교할 수 없이 많은 독자를 획득한 데에는, 사족계급의 주변에 위치한 사람들에게까지 사인 의식의 확대가 초래된 사정이 있었습니다. 곤도 이사미를 필두로 하여, 막부를 도울 것인가 막부를 꺼꾸러뜨릴 것인가에 대한 입장을 불문하고, 막부 말기의 지사들이 『일본외사』를 애호한 것은 잘 알려져 있습니다. 그러나 그들 중 다수는 유서 깊은 무가 출신이 아니었습니다. 그런 사람들이 역사를 읽고 통치에 대한 의식을 가진것을 보면 『일본외사』가 이루어낸 역할은 컸다고 하겠습니다. 또한 막부 말기의 한학 서생들은 메이지가 되면서 유신정부의 중추에 들어앉기도 했습니다. 그들 또한 『일본외사』의 사고와 문체에 친숙해 있었습니다. 이러한 요소들이, 일면 정치성이 강화되었다고 할 메이지 시대 한문맥의 흐름을 예비하고 있었다 하겠습니다.

또 하나, 한문이라는 서기 언어에 있어, 훈독이라는 행위가 부수적인 것에서 중심적인 것으로 이행했다는 사실입니다. 『일본외사』는 이런 흐름에 일종의 가속기 역할을 했습니다. 다음 장에 자세히 서술하겠지만 메이지 시대의 공식문은 한문이 아닌 훈독문, 즉 요미쿠다시문(讀み下し文)이라 불리

는 문어문이었습니다. 결국 한문에서 훈독문으로의 전환이 일어났던 거지요. 이러한 변화를 위해서는 훈독 리듬의 보급이라는 중간적인 단계가 반드시 필요했습니다. 『일본외사』가 이루어낸 역할은 이러한 측면에서도 실로 컸다고 하겠습니다.

 물론 근세 후기의 한문맥이 라이 산요 류(流) 일색이었던 것은 아닙니다. 사인 의식과 대립하는 문인 의식이란 것도 발견되며, 이것이 하나의 흐름을 형성하고 있었던 것도 사실입니다. 공(公)에 대립되는 사(私), 정치에 대립되는 문학과 같은 흐름으로 봐도 무방하겠지요. 그러나 이것에 대해서는 제4장 이후에 상세히 서술하도록 하고, 다음 장에서는 라이 산요적인 흐름이 메이지 시대에 이르러 어떻게 변용되어가는지를 고찰해보려 합니다.

제 3 장

'국민의 문체'는 어떻게 성립된 것인가

: 문명개화와 훈독문

한문과 훈독문의 분리

제2장에서는 초등교육으로서의 소독의 보급에 따라, 훈독의 리듬이 일상 언어와는 다른 리듬으로 신체화되었던 측면과 또 라이 산요의 『일본외사』 의 대유행이 이를 상징하는 현상이었다는 사실 등에 대해 서술했습니다. 아이들은 소독을 배우면서 일상 언어와 다른 언어의 리듬이 있음을 알았고 이 것이 역사나 도리를 말하는 언어로 사용된다는 사실도 알게 되었습니다.

이 시점까지는 한문과 훈독이 일체화된 형태로 기능하고 있었습니다. 앞 장에서 한문을 일종의 암호문에 비유한 바, 훈독은 한문이라는 서기 언어의 해독과 작성 기법으로서 그 의의를 갖고 있었습니다. 그러나 훈독의 리듬이 대중적으로 넓게 퍼져나감에 따라, 혹은 그런 이유로 인해 한문과 훈독이 분리되기 시작했습니다. 보다 정확하게 말하자면 한문에서 **훈독문**이 독립 하기 시작했습니다. 그리고 그렇게 해서 생겨난 훈독문은 이른바 문어문으로서 한문을 대신하여 공식 문체로서의 지위를 획득, 조칙이나 법률은 물론이고 교육이나 보도의 장에서도 사용됩니다.

조금 전에 훈독문을 문어문으로 바꿔 부른 것처럼, 이 문제는 여러 가지의 명칭으로 불립니다. 문어문, 보통문(普通文), 금체문(今體文), 한자·가타카나 혼용문, 요미쿠다시문, 가키쿠다시문(書き下し文) 등등. 혹은 훈독체,

문어체, 요미쿠다시체와 같이 불리는 일도 있습니다. 그러나 그 실태는 대체로 동일합니다. 명칭이 가지각색인 것은 문체로서의 그 태생, 즉 그것들이 한문훈독으로부터 파생한 편의적인—이 표현이 좋지 않게 느껴진다면, 실용적인—문체인 점과 관련됩니다. 한문이라는 고전문에서 훈독문이라는 실용문으로의 변화는 어떻게 발생한 것일까요? 이 장에서는 이 문제와 관련하여 생각해보도록 하겠습니다.

이를 위해 먼저, 라이 산요에게 재차 등장을 청할 필요가 있겠습니다.

메이지 시대의 라이 산요 평가

막부 말기뿐 아니라, 유신 뒤의 메이지 시대에도 라이 산요의 시나 문장은 널리 읽혀졌습니다. 대의명분을 존황과 연관시키는 그의 논조가 막부 말기의 존황사상을 고무했고, 메이지 유신의 실현에 커다란 영향을 끼쳤다는 것도 거의 정설이라 할 수 있습니다. 그렇게 되자, 메이지 연간에 걸쳐 라이 산요는 극히 존중되었습니다. 메이지 시대의 초등 한문교육에서는 필수라 해도 좋을 만큼 『일본외사』가 교재로 채택되었고, 특히 고다이고(後醍醐) 천황에게 충성을 다했던 구스노키 마사시게(楠木正成)에 대한 기사와 같은 것은 암송될 뿐만 아니라, 감상문에도 안성맞춤인 과제가 되었습니다. 『일본외사』는 명장면을 한문으로 훌륭하게 기술했기 때문에 교과서로 채용되기에 용이했습니다. 예를 들어 구스노키 마사시게가 미나토가와(湊川, 지금의 고베 시 소재)에서 아시카가 다카우지(足利尊氏)와의 결전에 임하기 전에 그

아들 마사쓰라(正行)와 이별하는 장면, 이른바 '사쿠라이(桜井, 지금의 오사카 시마모토마치)의 이별'과 같은 것은 그 전형이라 하겠습니다.

이 장면을 근거로 국문학자 오치아이 나오부미(落合直文)가 작사한 「푸른 잎 무성한 사쿠라이(青葉茂れる桜井の)」는 문부성 창가(唱歌)로서 패전 이전에 교육을 받은 사람이라면 반드시 불러보았을 법한 노래입니다.

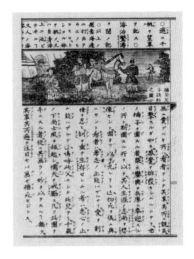

메이지 시대 작문교과서의 일부
구스노키 부자가 헤어지는 장면이 실려 있다.

그러나 이처럼 대중적이라고도 불릴 만한 라이 산요의 수용의 다른 한편에는 서양류의 근대의식을 갖기 시작한 메이지의 신지식계층이 자리하고 있었습니다. 그들이 라이 산요에게 위화감을 느끼기 시작했던 것이지요. 그들의 입장에서 볼 때, 라이 산요는 이미 구시대에 속한 인물처럼 보였던 것입니다.

실증주의를 으뜸으로 하는 근대 역사학의 입장에서 보자면, 가령 '사쿠라이의 이별'과 같은 장면은 『다이헤이키』 같은 소설에밖에 기술되어 있지 않은 대목으로, 확실한 사료의 뒷받침이 없는 거의 창작이나 다름없는 이야기입니다. 그런 걸 통째로 받아들여 명장면을 꾸린 『일본외사』 역시 소설일 수는 있지만 역사서는 아니라고 간주되어버린 것입니다. 물론 『일본외사』에 역사의 실상과는 다른 오류가 많다는 것은 메이지 이전부터 이미 지적되었지만, **전근대적**이라는 꼬리가 붙여지자 양상은 사뭇 달라지게 됩니다.

이런 와중에 도쿠토미 소호는 라이 산요를 근대적 시점에서 재평가하려 시도했습니다. 『고쿠민노토모(国民之友)』를 창간하고 민요샤(民友社)*를 설립한 그는 메이지부터 다이쇼, 쇼와(昭和)에 걸쳐서 언론계의 중요한 위치를 점했던 저널리스트였는데, 메이지 시대 이후 라이 산요를 가장 높게 평가했던 사람 중 하나입니다. 그는 라이 산요를 재평가한 책도 몇 권인가 저술했습니다. 그 중 가장 오래된 것이 메이지31년(1898), 민요샤에서 출판된 '12문호(拾貳文豪)' 시리즈 가운데 하나인 『라이 산요와 그 시대(頼山陽及其時代)』입니다. 이 책의 저자는 『15소년 표류기』 등의 번역으로 알려진 모리타 시켄(森田思軒)으로 되어 있지만, 사실은 모리타 시켄의 사후에 간행된 것입니다. 민요샤의 논객 야마지 아이잔(山路愛山)과 도쿠토미 소호가 모리타 시켄의 유고를 편집하며 자신들의 문장도 첨가하여 만든 책으로 세 사람의 공저라고 해도 좋을 것입니다. 이 저작은 상당히 획기적인 것이었습니다.

우선 그 배경부터 설명해봅시다. 메이지26년(1893), 야마지 아이잔은 「라이 노보루를 논하다(頼襄を論ず)」라는 글을 『고쿠민노토모』에 게재하여 라이 산요의 문학을 극찬했습니다. "문장은 곧 사업이니라"로 시작된 그 평론은 영웅의 검(劍)이 "만약 세상에 이익이 되지 않으면 공(空) 중의 공(空)이 될 뿐이니" 세상에 도움이 되지 않는다면 의미가 없으며 이와 마찬가지로 문사의 붓도 역시 "인생과 상섭(相涉, 상관의 옛말)하지 않을 진데, 시(是) 또한 공 중의 공이 될 따름이라"라고 주장합니다. 사회와 인생에 이익이 되어

---

* 민요샤 : 1887년부터 1933년에 이르기까지 도쿠토미 소호가 운영한 출판사 겸 언론사이다. 초기에는 자유민권주의와 기독교 정신을 바탕으로 세이교샤(政敎社)의 국수주의와 대립했으나, 러일전쟁을 기점으로 제국주의로 급선회했다.

야만 문장은 문장으로서의 의의를 가진다
는 것인데, 바로 이런 점에서 라이 산요를
높이 평가할 수 있다 주장한 셈입니다.

이 글은 즉시 기타무라 도코쿠(北村透
谷)의 반론을 초래하여, 이른바 인생상섭
(人生相涉) 논쟁—이 논쟁은 뒤에 다루는
「무희」 논쟁'과 나란히 메이지 시대 문학
관념의 갈등이나 변동을 보여주는 대표적
인 사례입니다—을 불러 일으켰습니다.
기타무라 도코쿠는『문학계(文学界)』지상

민요샤의 '12문호' 시리즈
『라이 산요와 그 시대』 표지

에 「인생에 상섭함이란 하를 위하오(人生に相涉るとは何の謂ぞ)」를 발표하
여 '문사'의 사명은 눈앞의 이익을 주는가의 여부가 아니라 오히려 "공하고
공한 사업(空の空なる事業)"을 하는 것에 의미가 있다고 주장합니다. "문학
은 적을 겨냥하여 공격하는 일, 즉 라이 산요의 근왕론과 같은 것을 필수로
해서는 안 되나니"라고 말했다는 것입니다. 기타무라 도코쿠에게 라이 산
요는 조잡한 근왕론자에 지나지 않았던 것 같습니다.

한편 기타무라 도코쿠와는 대조적으로 모리타 시켄은 야마지 아이잔의
논설에 촉발된 장대한 글 「산요론에 대하여(山陽論につきて)」를 『고쿠민노
토모』에 연재했습니다. 그러니까 이 글을 중핵으로 삼아 다시금 「귀전여사
(帰展餘事)」나 「간세이 전후의 한학계(寬政前後の漢学界)」 같은 모리타 시켄
의 저술을 더하고, 또한 여기에 야마지 아이잔과 도쿠토미 소호의 산요
론—물론 「라이 노보루를 논하다」도 포함합니다—을 보태어 한 권으로 만

든 것이 『라이 산요와 그 시대』입니다. 덧붙여 12문호란 카아라일, 토마스 매콜리(Thomas B. Macaulay), 오규 소라이, 워즈워스, 괴테, 에머슨, 지카마쓰 몬자에몬(近松門左衛門), 아라이 하쿠세키(新井白石), 위고, 톨스토이, 라이 산요 그리고 교쿠테이 바킨(曲亭馬琴)입니다. 당시 문호의 이미지라는 것이 오늘날과는 상당히 달랐던 듯합니다.

세 사람의 평가와 그 차이점

이렇게 도쿠토미 소호를 중심으로 한 민요샤 계열의 지식인들에 의해 산요의 재평가가 시도되었던 것인데, 여기서는 재평가하려는 쪽과 이를 거절하는 쪽의 대립이 아니라, 재평가하는 쪽 내부에서 생겨난 미묘한 차이에 주의해보고 싶습니다. 야미지 아이잔과 도쿠토미 소호 그리고 모리타 시켄은 다 같이 라이 산요를 높게 평가하면서도, 각각 그 주안점이 달랐습니다. 거기에는 '한문에서 훈독문으로'라는 이 장의 주제와도 관련된 중요한 차이가 있습니다. 『일본외사』가 한문으로 씌었다는 것을 어떻게 평가할 것이냐를 둘러싼 견해차가 바로 그것입니다.

야마지 아이잔은 라이 산요의 한시문을 '지나(支那)*'의 것이라 하여, '일본'적인 것과 명확하게 구별합니다. "산요의 시는 일본인에게 입히는 데 지

---

* 지나 : 중국을 이른다. 화한(和漢) 개념의 해체에 따른 '지나'라는 호칭이 일본 내에서 널리 퍼진 것에 대해서는 지은이의 다음 책을 참조하라. 齋藤希史, 『漢文脈の近代 清末＝明治の文学圏』, 名古屋大学出版會, 2005.

나의 의장(衣裝)으로써 하고자 함이니라", "요컨대 산요는 한학자라, 그러나 그는 일본인이라"라고 말하고 있습니다. 야마지 아이잔은 라이 산요의 중심을 일본 정신에 놓음으로써 이를 높이 평가하고, 한문이나 한학을 지나로부터 가져온 의장으로 간주한 것입니다. 뒤에 다시 한번 서술하겠지만, 한문 안에서 외국으로서의 '지나'를 찾아내려는 자세는 이 시기에 상당히 일반적인 경향이 되었습니다. 근대 국가체제라는 것은 모든 사물이나 현상에 국적 표시를 달고 싶어 합니다. 언어에 대해서도 마찬가지로 적용되면서, 태생을 곱씹어 무엇이 진정한 '국어'로서 적합한 것인가를 정하는 것입니다. 이런 음미와 변별(辨別)에 의해 점차 국가로서의 윤곽이 분명해집니다. 한문을 새삼스레 '지나'의 것으로 여기려 한 것은, 말하자면 '일본'의 윤곽이 애매했기 때문입니다. 야마지 아이잔도 역시 이런 '국민' 의식의 소유자였습니다.

도쿠토미 소호는 『일본외사』에 관해 이런 식으로 적고 있습니다.

> 그(산요 — 원주)가 부자유스런 한문으로써 국속풍습(國俗風習)이 천 리나 서로 격해 있는 일본의 사실을 자유자재로 기록함은 솜씨에 하나라도 오차가 없는 뒤에야 얻을 지니, 차(此)와 같이 함에 열혈(熱血)의 태반은 문자의 위에서 소마(消磨, 마멸하여 없어짐)하여, 애써한 역사적 정미(正味)의 고찰에서 수고가 흩어지는 혐(嫌)이 있기에 유감중의 유감일 따름이라.

부자유한 한문이란 한문을 '일본'으로부터 완전히 분리시켜 이를 '부자유'로 간주한 것입니다. 이런 점에서도 도쿠토미 소호와 야마지 아이잔은 서로 통하는 사고회로가 있었던 듯합니다. 그리고는 『일본외사』가 고증에 있어서 전거가 분명치 못한 것은 한문으로 쓰기 위해 힘을 지나치게 써버렸기 때문이라 말합니다. 비난은 라이 산요가 아니라 한문을 향하고 있습니다. 도쿠토미 소호의 훈독문체가 청년들에게 대환영을 받은 데서 알 수 있듯이, 그는 메이지 일본을 석권했던 문장가였습니다. 예컨대 후타바테이 시메이(二葉亭四迷)도 "메이지의 세계는 비평의 세계이니라. 회의의 세계이니라. 무신앙의 세계이니라"로 시작하는 도쿠토미 소호의 『신일본지청년(新日本之青年)』(1887)에 감격했던 사람 중 하나입니다. 그런 만큼 도쿠토미 소호의 이러한 평가는 중요하다 하겠습니다.

　앞장에서 서술했듯이 라이 산요는 훈독으로 한문을 읽고 쓰는 것에 오히려 집착했기에, 도쿠토미 소호의 비평은 라이 산요의 입장에서 보자면 가당치도 않는 소리였습니다. 라이 산요에게 『일본외사』는 한문으로 쓴 것이 아니라면 아무 의미도 없었던 것입니다. 모리타 시켄은 이를 알고 있었는지, 부드럽게 반론을 폅니다. 당시는 "일반학자의 저술은 대저 한문을 씀으로써 보통문이 되는 것이니라, 그러하니 『외사』의 문장은 이 보통문 중에서도 가장 보통인 것"이라고 말하는 것입니다. '보통(普通)'이란 말에 주의해야 하겠지요. 여기서 모리타 시켄이 말한 보통이란 지금 사용되는 것처럼 일반적 또는 평균적이란 의미가 아니라 **보편적** 또는 **표준적**이라는 의미입니다.

보통문이란 무엇인가

메이지의 '보통문'이란 "대저 한문을 씀으로 보통문이 되는 것이니라"라고 말한 모리타 시켄이 한자·가나 혼용으로 글을 쓰고 있듯이, 훈독조의 문장―문어문이라든지 훈독문으로 불린 그 문체입니다―을 가리킵니다. 도쿠토미 소호가 넌지시 주장하고 있는 바는 라이 산요도 이런 문장으로 썼으면 좋았을 텐데, 하는 바램입니다. 앞장에서 인용했던 라이 산요의 편지글이 그러하듯이 한자·가나 혼용의 훈독문은 그 당시에도 이미 존재하고 있었기 때문입니다.

그러나 모리타 시켄이 말하듯이, 라이 산요의 시대에서는 한문으로 쓰는 것이 **표준**이었습니다. 일반적이지는 않을지 모르지만, 적어도 표준으로서의 위치에는 있었습니다. 이를테면 도쿠토미 소호는 현재의 입장에서 라이 산요를 평가했던 것이고, 모리타 시켄은 역사 속에 라이 산요를 위치시키고자 한 것입니다. 이 차이는 큰 것이라 하겠습니다.

나아가 모리타 시켄은 "한문 중에서도 그 용어와 조어법이 크게 아방(我邦)의 일상 담화와 밀착하여 있는 자와 그렇지 아니한 자가 있음이라"라고 하여, 한문에도 우리의 일상 언어에 가까운 것과 그렇지 않은 것이 있음을 지적했습니다. "산요가 택하여 취한 『외사』의 한문 같은 것은, 즉 그 가장 밀접한 유(類)"라고 했습니다. 『일본외사』의 문장은 가장 일상적인 말에 가까운 한문의 일종이라는 것입니다. 그러나 일상어에 가까운가, 그렇지 않은가 등을 어떻게 판단할 수 있을까요. 모리타 시켄은 그것이 낭송해서 알기 쉬운가의 여부라고 답합니다.

또한 모리타 시켄은 라이 산요의 한문에는 와슈가 많다는 비난에 대해 마치 농담이라도 하듯이, 사마천의 한문 쪽이, 근세의 유명한 유학자인 야스이 솟켄(安井息軒)이나 시오노야 도인(塩谷宕陰)의 문장보다도 와슈가 많다고 말합니다. 실은 이것도 앞서의 말과 동일한 논법입니다. 사마천의 문장은 낭송하면 열 사람 가운데 다섯이나 일곱은 알 수 있는데, 이를 전범으로 한 『일본외사』는 그 내용 또한 일본적인 것이라 한층 이해하기 쉽다. 반면 야스이 솟켄이나 시오노야 도인의 문장은 그렇지 않다. 그렇다면 낭송해 알기 쉬운 사마천 쪽이 와슈가 많다고 말해도 좋을 것이다, 라고 주장하는 것이지요. 한자·가나 혼용으로 작성했을 터인 메이지 정부의 법률포고령도 열 사람 중에 세 사람 정도밖에 이해할 수 없었다고 합니다.

도쿠토미 소호의 입장에서 보자면, 낭송해서 알기 쉬운가의 여부가 문제라면 애초에 훈독의 음성대로 문장을 써버리는 게 낫지 않겠느냐고 대답할 것임에 틀림없습니다. 모리타 시켄이 사망했기 때문에 이런 반론을 받지는 않았지만, 도쿠토미 소호의 생각을 상상하기란 어렵지 않습니다. 결국 읽는 소리를 옮기는 건 마찬가지일 테니 한문이 아니라 훈독문으로 충분한 게 아닌가. 메이지의 보통문, 즉 훈독문은 이런 극히 소박한 지점에서 발상되었다고도 할 수 있습니다.

잠깐 정리해볼까요. 한문은 원래 서기 언어입니다. 따라서 어떻게 읽느냐 하는 문제는 읽는 이에게 맡겨져 있습니다. 중국에서는 지역에 따라 시대에 따라 한자의 음이 달라지기 때문에 실제로 들리는 음은 각양각색입니다. 일본에서도 중국과 마찬가지로 모두 한자음으로 읽어버리는 일이 가능했습니다. 실제 불교의 경서는 그렇게 읽는 경우가 많았습니다. 「반야심경(般若心

經)」 같은 것이 바로 떠오르실 겁니다. 그러나 이렇게 해서는 의미를 이해하기 어렵습니다. 이를 위해 생겨난 것이 훈독이라는 기법입니다. 이는 어디까지나 의미를 취하는 데 주안점이 있습니다. 그러나 라이 산요는 훈독의 음조에 마음을 썼습니다. 훈독할 때 음조가 가지런한 문장을 궁리한 것입니다. 이는 소독의 보급이나 글자음 읽기(字音読み)*를 주체로 한 훈독으로의 변화 같은 현상과 연동되어 있습니다. 그렇다면 자신의 한문을 읽는 라이 산요 나름의 훈독체가 있을 법한데, 그러나 그것은 문자로는 정착하지 못했습니다. 어디까지나 한문으로서의 『일본외사』를 훈독하는 바로 그때 소리로서 나타났던 것입니다.

도쿠토미 소호의 합리주의는 소리나는 음 그대로를 문자로 적으면 그만이라는 것에 있었습니다. 훈독으로 읽을 거면 애초에 훈독 그대로 한자·가나 혼용으로 써버리면 된다는 것이지요. 정치소설 『가인지기우』가 널리 애송되었던 것은 앞장에서도 소개드렸지만, 그 문장은 한자·가타가나 혼용의 훈독체였습니다. 반드시 한문이 아니라 해서 낭독할 수 없는 것도 아니었던 겁니다. 덧붙여 메이지 시대 이전의 『일본외사』의 판본은 어순을 표시하는 가에리텐만 붙어 있고 오쿠리가나는 없어서, 훈독할 때의 세세한 읽기는 독자에게 맡겨져 있습니다. 그런데 메이지 시대가 되어 다시금 출판된 『일본외사』에는 가에리텐은 물론, 어형을 표시하는 오쿠리가나를 매긴 것을 많이 볼 수 있습니다. 음성이 문자로 정착하고 있었던 것입니다. 혹은 모든 음성을 문자로 정착시키지 않으면 편치 않은 기분이었다고나 할까요.

---

*글자음 읽기 : 한자어를 한자음 그대로 읽는 것. '지온요미'라고 발음한다.

어찌되었든 이미 실례를 들었던 것처럼, 메이지 이전에 한자·가나 혼용 문장이 없었던 것은 아닙니다. 한학자뿐 아니라, 한문에 어느 정도 익숙한 이들에게 훈독이란 말은 이를테면 제2의 일본어였기 때문에 그것으로 문장을 쓰는 일 역시 간편했습니다. 친우에게 보내는 편지, 사소한 메모나 목록, 혹은 학자에 따라서는 주기(注記, 책·경전에 주석을 기록하는 것)나 잡식(雜識, 필기노트 같은 것)과 같은 것을 자주 한자·가타카나 혼용의 훈독체로 썼습니다. 구술필기에 가까운 감각일지 모르겠습니다. 『일본외사』를 쓸 때에도 기술적으로는 이런 가능성이 없었던 것은 아닙니다.

그렇지만 라이 산요는 『일본외사』의 저술을 필생의 사업으로 생각하고 있었습니다. 경세에 필적하는 사업이라 생각했던 것입니다. 「입지론」을 한문으로 쓴 이유도 마찬가지입니다. 유학자로서의 긍지도 있었습니다. 지금의 세상을 움직여, 다음 세상에 전하기에 알맞은 문장은 역시 한문이었습니다. 이는 고금과 중국·일본에 통하는 보편의 문장이었던 것입니다.

두 가지 초점 : 기능성과 정신성

이미 제1장에서 서술했듯, 한문이라는 문체를 고찰할 때는 이 문체에 두 가지 초점이 존재함에 유의할 필요가 있습니다. 단적으로 말해 표현매체로서의 기능성, 역사가 곧 자기인식이라는 정신성, 이 두 가지입니다. 이 두 가지 초점은 완전히 중첩되는 것은 아니지만, 상호 인력이 있어서 완전히 떨어져버리는 것도 아닙니다. 타원형을 떠올려주신다면 어떨까 생각합니다.

기능성에 대해서는 한자와 한어가 문명의 언어로 널리 보급된 과정을 생각해보면 쉽게 이해가 가리라 봅니다. 혹은 메이지 시대

기능성	↔	정신성
신한어와 보통문		한시

가 되어 서양의 문물이 대량으로 넘어왔을 때, 한어에 의한 번역이 대단히 유효하게 작용했던 사정을 떠올려 보는 것도 좋겠지요. 표의(表意) 시스템이 다른 언어에 대해 갖는 대응력이나 조어력의 우수성은 한자와 한자어의 특질로, 로마자나 히라가나와 같은 표음문자로는 불가능한 것이기도 합니다. 그리고 이런 특질은 한자와 한자어의 우위성을 말할 때 반드시 강조되는 점이기도 합니다.

한편으로, 한문이 고전문이란 사실도 중요한 의미를 갖습니다. 올바르게 정돈된 한문을 쓰기 위해서는 전고가 빠질 수 없고, 적어도 한문에서 사용하는 어휘나 어법이 일상의 구어와는 다르기 때문에 책을 통해 이를 배울 수밖에 없습니다. 재차 부언할 것도 없겠으나, 문어와 구어의 차이는 '문장으로 쓰는가, 구두로 쓰는가' 하는 사용의 국면 이상으로, 그 학습의 과정상에 결정적인 차이가 존재함에 유의할 필요가 있겠지요. 구어라면, 아이가 언어를 습득하는 것처럼 구두로 이야기를 주고받음으로 언어적 성숙이 이루어지겠지만, 문어의 경우 그 과정은 책에 의해 이루어집니다. 문장을 어떻게 구성할까, 어떤 어휘를 사용할까, 표현은 어떤 것이 알맞을까. 모두 책에서 배우는 것들입니다. 단순히 문자를 읽고 쓸 수 있는가의 문제는 아닌 것입니다.

한문은 그것이 책으로 배우는 고전문인 이상, 중국의 고전에서 사물을 논

하는 방식이나 표현 방식을 기본으로 하여 자신의 문장을 짓지 않으면 안 됩니다. 그런 식으로 읽고 쓰기의 피드백을 거듭하는 가운데, 역사와 자기의 존재방식에 관한 일정한 인식을 형성해가게 됩니다. 한문은 사대부의 언어였기 때문에 그것을 읽고 쓰는 가운데, 자기를 그곳에 중첩시켜, 역사상의 사대부가 어떠했는가, 나 자신은 어떻게 역사에 참여해야만 하는가, 불문곡직 생각하게 만듭니다.

그렇다면 제1장에서 서술했듯이 한문의 특유한 사고나 감각 그리고 의론이 한문이라는 문체와 불가분의 관계임은 분명하다 하겠습니다. 라이 산요의 시문(詩文)이 한문의 본보기가 된 것은 문체가 평속했기 때문만이 아니라, 일본인에게 자못 한문다운 모습을 보여주었기 때문입니다. 좀 과장해서 말하면, 한문은 정신의 규범을 제시해야만 하는 문체였던 것입니다. 기능과 정신이라는 두 가지 초점에 의해 한문이란 문체는 움직이고 있었습니다.

보편과 보통

모리타 시켄이 도쿠토미 소호에게 반론하면서 한문은 일찍이 **보통문**이었다고 했을 때, 그는 이 두 가지 초점을 함께 주시하며 '보통'이라는 말을 썼습니다. "라이 산요의 시대에서 독서사회의 보통문이란 곧 한문이니, 베이컨 이전의 영국 독서사회의 보통문이 라틴문이었던 것과 여일(如一)함이라"라는 말로 모리타 시켄이 뜻한 바는, 그 자신이 한문을 동아시아 세계의 보편적인 고위언어로 간주하고 있다는 사실입니다. 고위언어는 가치규범적인 언어이기도 합니다.

그러나 모리타 시켄은 한문에 의해 성립된 **보편**이 어떤 것인지에 대해 말하지 않습니다. 도쿠토미 소호의 문맥으로 말하면, 보통문은 거의 공통어에 가까운 감각으로 사용되고 있습니다. 국내에서 통용되는 언어입니다. 모리타 시켄이 말한 것과 같은 가치를 내포하고 있는가에 대해서는 그다지 고려하지 않은 채, 그 자신이 지금 살고 있는 일본에서 통용되고 있다는 점에서 '보통'이라고 간주한 것입니다. 원리로서 통용되어야 한다는 강력한 주장은 없는 듯합니다. 공통어와 표준어가 개념적으로 상이한 말이듯, 보통과 보편 또한 다릅니다. 이 차이는 미묘하지만 결정적이기도 합니다.

라이 산요에게 평속함은 물론 중요했습니다. 그러나 이는 **보편적인 가치**에 의해 뒷받침될 때에야 비로소 가능했음을 잊어서는 안 됩니다. 일본인을 위해 쓴다는 말이 그저 일본에서 통용되기 쉬우면 그만이라는 뜻은 아니었습니다. 그러나 도쿠토미 소호는 이런 점에는 눈을 돌리려 하지 않았습니다. 모리타 시켄도 이를 강조하지는 않았습니다. 보편을 향한 의식은 라이 산요에서 모리타 시켄, 모리타 시켄에서 도쿠토미 소호로 이어지면서 엷어진 듯합니다.

왜일까요? 그에 대한 하나의 대답은 메이지20년대가 되면서 한문이라는 문체 그 자체로부터 보편적 가치를 찾아내는 일이 불가능해졌다는 데 있습니다. 한문은 보편이 아니라, '지나'라는 한 지역의 문장으로 간주되기 시작했습니다. 그러나 여기서 서둘러 결론을 내기 전에, 도대체 훈독문이란 무엇인가에 대해 좀 더 생각해봅시다.

문체가 된 훈독

한문에서 보편성이 사라져갔다는 사실과 훈독문이 보통문으로서 유통된 사정은 서로 밀접히 관련되어 있습니다. 도쿠토미 소호가 '부자유한 한문'이라고 말한 것은 그의 수중에 이미 보통문으로서의 훈독문이 존재했기 때문입니다. 그렇다면 당시의 훈독문이란 구체적으로 어떻게 나타났던 것일까요? 간략하게 되짚어보도록 하지요.

근세 후기, 한자어를 일본어로 고치지 않고 글자음 그대로 읽어가는 방식이 점차 정착되고, 이에 적합한 텍스트를 얻게 됨으로써 훈독이라는 읽기 방식이 하나의 리듬으로 독립성을 갖기 시작했음은, 지금까지의 서술로도 이해하실 수 있으리라 생각합니다. 이를 그대로 문자로 나타낸다면 한문도 아니고 일상어도 아닌 문체가 됩니다. 물론 히라가나를 쓰든 가타가나든 가나 혼용문인 이상, 당연히 외관상 한문과는 다릅니다. 하지만 과연 여타의 한자·가나 혼용문—현대 구어문도 역시 한자·가나 혼용 문장입니다—과는 어떻게 다른 걸까요? 일상의 언어와 다른 문체란 어떤 것일까요?

예컨대 중국 고전문으로서 한문의 문체적 특징은 허다한 전고나 대구에서 찾을 수 있습니다. 따라서 전고나 대구를 부단히 담아 넣으면 일상 언어와의 차이를 두드러지게 할 수 있을 법도 합니다. 그러나 문체로서의 차이라 하면 그것만으로는 충분하지 않겠지요. 한문을 현대일본어로 번역한 문장을 떠올려 보는 것도 좋을 듯합니다. "아무리 많이 들었다고 해도, 실제를 보는 것에는 미칠 수 없다"라는 문장을 인용하지 않고, 그대로 현대 구어문의 가운데 두었다면 본문과의 차이를 두드러지게 하는 문체적 특징을 찾아내기란 상당히 어려울 겁니다. 그러나 "백문(百聞)이 불여일견(不如一見)이라"하면 어떻습니까? 일상어와의 관계의 경우도, 마찬가지 방식의 유추가 가능합니다.

글자음 읽기를 기조로 하는 방식은 원래 문장이 한문이라는 사실을 분명히 하는 효과가 있습니다. 아니, 그렇다기보다도 이미 말한 바처럼 이런 효과를 의도해서 글자음 읽기가 주축이 된 것입니다. 반복하자면 오규 소라이는 한문이 다른 시간, 다른 장소에서 온 언어라는 것을 강조하고 그런 이유로 화음에 의한 직독을 제창했습니다. 소라이학에 반대하는 유학자들은 화음이란 단지 지금의 중국음에 지나지 않는다 하여 이를 채용하지 않습니다. 그러나 한문이 이질적 언어임을 의식하지 않을 수 없었기에 근세 후기의 훈독은 글자음 읽기를 늘리고 화어에 의한 보조적 읽기(補讀)를 줄이는 형태가 되었습니다. 다소 도식적이지만, '百聞不如一見'은 글자음 읽기가 주류가 되기 이전에는 "백 번 들음은 한번 봄에 미치지 못한다(百たび聞くは一たび見るにおよばず)"로 훈독되다가, 그 이후에는 "백문은 일견과 여하지 않나니(百聞は一見に如かず)"라고 훈독된 것입니다. 일상어와의 거리가 분명해진 것이지요.

훈독체가 훈독체로서 뚜렷한 윤곽을 얻기까지는 이러한 경위가 있었습니다. 물론 훈독이라는 기법과 훈독체라는 문체는 밀접하게 관련되어 있습니다. 하지만 완전히 겹쳐지지는 않습니다. 모든 훈독이 훈독체를 낳은 것은 아닙니다.

훈독에도 의역과 직역이 있습니다. 그런데 흔히 훈독체를 직역이라고 말하는 것은, 마치 번역문체가 직역에 의해 생겨났더라도 충분히 의역된 문장이라면 번역문체라고 하지 않는 것과 정확히 동일한 의미입니다. 훈독체란 저편에 원문이 있음을 의식하게 하는 문체로서, 또 일상 언어와의 경계를 분명히 가르는 문체로서 존재하고 있습니다.

엷어져가는 한문의 정신세계

한문에 익숙한 사람들이 훈독체로 문장을 쓰는 것은 매우 자연스러운 일이었습니다. 훈독문은 짧은 시간에 글을 짓기 위해 유효한 서기법이었기에 일종의 실용문이라 해도 좋을 겁니다.

한편으로 문장의 형식 즉, 서술이나 의론의 형식 자체는 한문으로 익혔습니다. 한문 작문이란 과목은 이미 소독의 과정을 마친 학생에게 중요한 훈련이었습니다. 공적 장을 향한 문장이란 역시 한문으로 써야 한다고 여겨졌기 때문입니다. 그러나 보다 일상에 가까운 장에서라면, 한문보다도 한자·가나 혼용의 훈독문 쪽이 쓰기 편했던 것만은 확실합니다. 한문이라면 생각지도 못한 새 점차 형식에 속박되어버리는데 반해, 훈독문은 좀 더 자기 뜻대로 쓸 수 있었던 것이지요. 한문 문법에 주의하면서, 오규 소라이가 비판한 와지나 화어에 신경을 써가면서 한문을 가지런히 짓는 일보다는, 확실히 훈독문으로 쓰는 게 훨씬 수월했습니다.

동시에 문장의 형식으로도 한문의 틀을 대강 답습할 수 있기 때문에, 기사이든 의론이든 어디서부터 써야 되나 하는 고충은 없었습니다. 문장을 쓰는 데, 어느 정도의 형식 혹은 모델이 필요한 것은 동서고금이 따로 없습니다. 문장은 도수공권(徒手空拳, 맨손)으로 어떻게 할 수 있는 것이 아닙니다. 그렇다면 초학의 작문 입문을 훈독문으로 시작하는 것이 널리 행해진 것은 하나도 이상하지 않습니다. 특히 막부 말기에서 메이지 시대에 걸쳐 교육받는 계층이 확대되자, 체계적인 작문교육이 필요해집니다. 학제가 정비되고 전국 방방곡곡에 소학교가 설립되자, 국민교육의 관점에서도 읽고 쓰는 능력의 단계적 향상은 중요한 정책목표가 되었습니다. 이런 경우에도 훈독문은 좋은 시작점이 됩니다. 실제로 이 시기에 당송팔대가나 라이 산요의 문장을 훈독문으로 고쳐서 작문의 기본으로 삼은 학습서들이 많이 출판되었습니다.

읽는 이들도 갑자기 한문과 맞붙어 씨름하기보다 훈독문 쪽이 편했음은 말할 것도 없습니다. 확실히 고도로 훈련된 한문 독자라면 요미쿠다시 같은 것은 미적지근하게 느꼈겠지요. 그러나 그런 독자층은 상대적으로 점차 소수가 되어갔습니다. 한문을 훈독이라는 기법으로 읽고 쓰는 일은, 필연적으로 쓰는 문자와 읽는 음성과의 거리를 의식하는 일이기도 합니다. 이 거리는 오규 소라이나 라이 산요 같은 학자에게는 오히려 사고의 탄력으로 전화(轉化) 가능한 거리였지만, 일반 독자에게는 그렇지 못했습니다. 오규 소라이나 라이 산요에게 한문으로 쓰는 일은 고금의 보편과 관계 맺는 것이었고, 한문과 훈독의 거리는 소위 **도달해야 할 보편을 향한 거리**였으나, 유학자도 아닌 일반 사람들에게 이는 꽤나 먼 거리였습니다.

앞서 서술한 '기능'과 '정신'이라는 두 가지 초점 가운데, 기능에 중점을 두면 한문은 훈독문으로 기울어집니다. 근대 이전에는 보편으로 군림했던 한문이, 근대 이후 동아시아 세계의 로컬('지나'로서의 중국을 지칭)한 혹은 뒤쳐진 보편에 지나지 않은 것으로 간주되어버릴 때, 문체를 떠받치던 정신 같은 것은 쓸모를 다하게 됩니다. 근세 후기부터 서서히 확립된 훈독문체 형식은 한자와 한어의 뛰어난 기능을 온전히 간직하면서, 한문의 정신세계로부터 이탈하기 위한 방주가 되었던 것입니다.

번역에 적합한 문체

이와 관련하여 말해두어야 할 것은, 네덜란드어나 영어의 번역에서 사용되었던 문장 역시 이 훈독문이었다는 사실입니다. 그렇게 된 첫 번째 이유는 서구로부터의 신지식 수용이 한문을 경유했기 때문입니다. 청나라에 있던 선교사들이 만든 사전을 활용하면 서양어를 한자어로 번역하는 일은 그다지 힘들지 않았던 것입니다. 그리고 또 한 가지는, 앞에 서술했듯 지식인들이 훈독문을 실용문으로 널리 쓰고 있었다는 점입니다.

난학(蘭學, 네덜란드학)이나 영학(英學, 영국학)은 어디까지나 실용적 학문으로 익혀졌습니다. 화혼양재(和魂洋才)라는 말에서 알 수 있듯이, 양학은 정신이라기보다도 지식의 학문입니다. 그렇다면 이에 대응하는 문장이 보편문인 한문이 아니라 실용문인 훈독문이었던 것은 당연하다고 하겠지요. 게이오2년(1866) 후쿠자와 유키치가 『서양사정(西洋事情)』을 출판했을 때, 이 책에 한자·가타카나 혼용문을 채용한 것은 바로 이런 이유에서였습니다. 그 「서문(小引)」이 이러합니다.

어떤 사람이 나에게 이른 바, 이 책은 가히 괜찮다 하겠으나 문체가 더러 정아(正雅)하지 않으니, 바라건데 이를 한학하는 유학자 아무개 선생에게 상의하여 어느 정도 정산(正刪, 첨삭)을 가하면 더 한층 선미(善美)를 다하여 길이 세상의 보감(寶鑑)이 되기에 족할 것이라 하니, 나는 웃어 가로되, 그렇지 아니하다, 양서(洋書)를 번역함에 오직 화조문아(華藻文雅, 화려한 수사와 우아한 문장)에 주의함은 큰 번역의 취의에 어긋나니, 요컨대 이 한 편 문장의 체제를 꾸미지 않고 힘써 속어를 사용함도 단지 달의(達意, 뜻을 전함)로써 주를 삼기 위함이니라.*

『서양사정』의 원고를 사람들에게 보여준 뒤, 내용은 좋으나 문장이 '정아'하지 못하니 한학자인 아무개 선생에게 첨삭을 받음이 어떤가라는 평이 있었다. 그러나 나는 아니다, 이 번역은 '달의'를 주지로 했기에 이런 것이다 하고 대답했다는 이야기입니다. 물론 오늘의 눈으로 보자면 다음과 같은 미국 독립선언문의 번역이 상당히 딱딱하게 느껴지는 것은 사실입니다. "하늘이 사람을 내었음에 억조(億兆)가 모두 동일한 길을 따르니, 이는 하늘로부터 부여받아 움직일 수 없는 것이라. 이르기를 통의(通義)라 함이라. 즉 통의란 사람이 스스로 생명을 지키고 자유를 구하여 행복을 비는 류로서, 타인으로부터 여하(如何)한 간섭도 불가하니라"(We hold these Truths to

---

*원문은 이렇다. "或人余二謂ヘル者アリ此書可ハ則ナ可ナリトモ文体或ハ正雅ナラサルニ似タリ願ク ハ之ヲ漢儒某先生二謀テ正刪ヲ加ヘヘ更ニ一層ノ善美ヲ尽シテ永世ノ宝鑑トスルニ足ル可シト 余笑テ云ク否ラス洋書ヲ訳スルニ唯華藻文雅二注意スルハ大二翻訳ノ趣意二戻レリ乃チ此編文章ノ体裁ヲ飾ラズ勉メテ俗語ヲ用ヒタルモ只達意ヲ以テ主トスルカ為ナリ."

be self—evident, that all Men are created equal, that they are endowed by their Creator with certain unalienable Rights, that among these are Life, Liberty, and the pursuit of Happiness)[*]. "억조가 모두 동일한 길을 따르니 (億兆皆同一轍)"부터가 한문조입니다.

그러나 앞서 인용한 게이오4년 간행본에서는 요미가나도 잘 매겨져 있고—뒤에 나온 판에는 생략되었습니다—때로는 한자어의 의미를 왼쪽에 붙여서 알기 쉽도록 했습니다. 더욱이 '화조(華藻)'를 '지야카(チャカ)'라고 한 것은 풍아(風雅)하다는 의미의 '지카쓰(茶勝つ)', '지가카루(茶がかる)'가 아닐까 싶습니다만, 그 당시에 자주 사용되던 말이었기에 더더욱 오늘날에는 알기 어렵게 되었다 하겠습니다. 어쨌든 '달의'가 중요한 것입니다.

또한 후쿠자와 유키치는 만일 한학자의 첨삭을 받을 경우 "한학하는 유학자무리(漢儒者流)의 완벽고루(頑僻固陋, 완고히 편벽되고 고루함)한 비견(鄙見, 비루한 견해)" 때문에 원문의 내용이 왜곡될 수 있다는 점을 경계합니다. 그러나 후쿠자와 유키치 자신도 원문의 Creator를 '天'으로 번역하고 있는 것을 보면 이것 역시 정도의 문제라 보입니다. 여기서 주목해야 할 것은 한학하는 유학자무리를 거부하려는 의지입니다. 단순히 문체의 문제가 아니었던 것입니다.

사물을 기록함에도, 의론를 행함에도, 번역을 함에도 훈독문은 유용했습니다. 서양의 것을 한어로 기록하는 일은 일견 번거로운 듯 보이지만, 어휘

---

[*] 통상적인 번역은 이렇다. "우리는 이러한 진리가 자명하다고 견지하는데, 모든 인간은 평등하게 창조되었으며, 그 창조주로부터 양도될 수 없는 권리들을 부여받았으며, 그 권리들은 생명, 자유 그리고 행복의 추구이다."

의 양과, 조어(造語)가 용이하다는 점을 고려하면 동아시아의 언어 중 한자어에 비견할 것은 없습니다. 훈독체는 상당히 간략화된 어법이었고, 매우 경제적인 문장이었습니다. 훈독문 사이에 한자어를 적당히 끼워넣으면 쉽게 일본어 문장을 지을 수 있었습니다. 알기 쉽도록 뜻을 전달하기 위해 갖가지로 고심하는 일보다 훈독문쪽이 수고가 덜한 작업이었습니다. 무엇보다, 문명개화를 향한 지향 속에서 실용은 하나의 가치로서 차츰 솟구쳐 올라오고 있었습니다. 한문이 내포하고 있던 사대부의 에토스를 대신하여 실용이라는 이데올로기가 등장하는 것입니다.

실용성이 요구된 시대

도쿠토미 소호의 경우에도 사정은 같았습니다. 그는 한문이 부자유스럽다고 말합니다. 문체의 가치를 자유로운가, 자유롭지 못한가, 쓰는 이가 사용하기 쉬운가, 어려운가로 판단한 것입니다. 바꾸어 말하면 유용성이나 실용성의 여부를 따지는 것이겠지요.

유용한 것에 가치가 부여되었으며, 편리함이야말로 최상의 가치라고 인정되었던 것입니다.

메이지 시대에 유용이나 실용이라는 관념은 진보나 문명과 결부되어 있습니다. 메이지 시대뿐만 아니라, 현재도 그러할지 모릅니다. 그리고 그 가치부여가 문체에도 투영됩니다. 문명 언어로서의 훈독문. **보통**이란, 요컨대 누구라도 읽고 쓸 수 있고, 누구라도 **사용할 수 있다**는 뜻입니다. 교육의 보급이 훈독문을 **보통**의 것으로 만들었습니다. 문장의 유용성은 보다 넓은 범위에서 통용된다는 사실에 있었습니다. 그렇다면 훈독문이야말로 보통문이어야 했던 것입니다. 쉽게 상상할 수 있듯이, 이런 방향으로 나아가면 훈독문은 이윽고 구어문으로 교체될 터인데, 여기에 대해서는 뒤에서 다시 서술하겠습니다.

한편 훈독문이 그 실용성으로 인해 널리 사용되었다고는 해도, 여전히 한문을 기준으로 삼고 있던, 작문 교사들은 당송팔대가의 문장을 훈독문으로 고친 것을 가르쳤으며 라이 산요의 문장을 암송시켰습니다. 그러나 결국 한문으로 돌아가지 않아도 된다면, 이런 기준 역시 잊혀져버릴 수밖에 없습니다. 하물며 서양어의 번역문으로도 훈독문이 유용하다면, 한문의 두 가지 초점 가운데, 사인적 에토스의 핵심인 정신적 규범을 제공하는 부분이 계승되지 않더라도 이상할 게 없습니다.

물론 이런 전환이 아무런 알력도 없이 이루어지지는 않았습니다. 또한, 한문의 퇴조가 누구의 눈에도 명확해진 시대에 이르자, 오히려 훈독문에서 한문의 에토스를 찾는 경향이 나타나기도 합니다. 상황은 어디까지나 상대적인 것이고, 복합적인 것입니다. 그렇지만 대략적인 그림을 일단 파악해두면, 복잡한 세부도 보다 잘 보일 터입니다.

기능의 중시와 사인적 에토스의 소거를 말하자면, 근세보다 메이지 시대에 한자어가 세상에 넘쳐났다는 것은 항상 지적되어온 바이고, 이따금 이것을 한문 소양이라든지, 한학의 존중이라는 말로 결론지려는 경향이 있습니다. 메이지 시대의 사람에게는 학문이 있었다는 주장입니다. 물론 이런 측면이 없었다 말하지는 않겠습니다. 그러나 주목해야 할 것은, 이것이 **소양**

의 소비이자, **존중에서 이탈하는 과정에서 생겨난 현상**이었다는 것 아닐까요. 이러한 소비와 이탈이 완료되면, 한자어는 서구 원천의 외래어인 가타카나어로 대체됩니다.

현대문으로서의 금체문

훈독문은 금체문이라 불리기도 했습니다. 오히려 메이지 초기에는 보통문이라 부르기보다 금체문이라고 부르는 방식이 일반적이었던 듯합니다. 금체란, '현대의'라는 뜻입니다. 따라서 금체문이란 현대문을 의미합니다. 오늘날에는 구어가 현대문의 필수요건으로 여겨지지만, 메이지 시대의 현대문은 문어였습니다.

확인차 말해두지만, 메이지 초기에 혹은 그 이전에 구어를 기록한 문장이 없었던 것은 아닙니다. 시키테이 산바(式亭三馬)와 같은 이들을 거론할 것까지도 없이, 소설 곳곳에서 사람들의 말투를 생생히 묘사한 문장을 찾을 수 있습니다. 『도카이도를 가로지르며 밤색 말을 타다(東海道中膝栗毛)』 같은 것을 읽어보면 바로 알 수 있습니다. 그러나 이런 문체는 아직 서술이나 의론을 위한 문장의 형식을 갖고 있지 못했습니다. 모델로서 습득해야 할 작문 형식을 가지고 있지 않았습니다. 소설을 생기 넘치게 만드는 대화문에는 사용할 수 있었지만, 풍경을 묘사하거나 의론을 전개하는 형식을 가지고 있지 못했습니다. 잘 정돈된 결구(結構)를 갖추어야만 '문장'이라는 인식이, 지금으로서는 생각할 수도 없을 정도로 강했기 때문에, 단지 입으로 이야기하는 것을 그대로 모사하는 것만으로는 금체문이라 불릴 수 없었습니다.

요컨대 메이지 초기에는 **현대**인가, 그렇지 않은가 하는 경계가 문어와 구어의 사이가 아니라, 한문과 훈독문의 사이에 있었습니다. 훈독문을 금체문이라 부르는 순간에 상정되는 **고체(古體)**란 결국 한문이었습니다. 한문은 부자유하며 예로부터 내려온 질곡에 얽매여 있는 문체이다. 하지만 훈독문은 유용하고 자유로우며 문명개화의 세상에 걸맞은 문체이다. 당시 사정은 이런 것이었습니다.

이렇게 본다면, 훈독문을 보통문이나 금체문으로 불렀던 이유가 이 문체의 위상을 잘 나타내고 있다 하겠습니다. 일반적으로 현재는 메이지 시대의 훈독문을 메이지 보통문이라고 부르지만, 그 역사성을 강조한다면 메이지 금체문이라 부르고 싶어집니다. 이 말에 한문의 보편성이 과거의 것이 되어버린 사정이 잘 나타나 있기 때문입니다.

'국민의 문장'이 성립되다

다시금 주의를 환기시키고 싶은 부분은 훈독문이 한문에서 떨어져나와 금체문이 된 시점으로, 이즈음부터 그 적용 범위가 현격하게 넓어졌다는 사실입니다. 물론 한문에서 유래한 테마를 훈독문으로 쓸 까닭은 없습니다. 메이지 시대의 교과서를 들춰보면 이 장의 서두에서 서술한 것처럼 「구스노키 마사시게론(楠木正成論)」과 같은 훈독문이 작문의 모범으로 제시되어 있는 것이 눈에 띕니다. 여기에는 라이 산요의 자취가 깊게 느껴집니다. 행문

시바타 쇼키치(柴田昌吉)·고야스 다카시(子安峻) 엮음 『부음삽도영화자휘(附音挿図英和字彙)』의 일부
여기서 '비무(比武)'는 시합 혹은 경기라는 뜻.

(行文, 문장 짓기)도 조사(措辭, 수사적 배치)도 라이 산요의 문장을 본보기로 삼고 있습니다.

한편, 백과사전 기술 역시 동일한 훈독문으로 씌어져 있습니다. 외국의 사물을 기록하거나, 광물의 성질을 서술한 것은 훈독문이었습니다. 당연한 말이지만, 특별한 전고를 사용할 것도 없이 소위 유럽어의 번역문과 동일한 방식으로 씌어 있는 것입니다. 국어도, 지리도, 역사도, 요리도 교과서의 문장이라면 기본적으로 훈독문이었습니다. 이른바 훈독문이라는 만능의 문체로 모든 사상을 기록하려 했던 것입니다.

그렇다면 현대의 교과서도 마찬가지가 아닌가, 모두 구어문으로 쓰고 있지 않는가, 당연한 일을 왜 야단스레 말하는가, 라고 생각할지도 모르겠습니다. 그렇습니다. 이런 것이야말로 훈독문이 근대 이전의 문장에서 이탈하여 현대 구어문을 향한 길을 열었음을 보여줍니다. **그런 문장은 그때까지는 없었던 것입니다.**

근대 이전, 작문의 요체는 써야 하는 대상에 따라 문체를 구분해서 사용하는 것이었습니다. 그러나 세계는 한 눈에 들여다 보이는 알기 쉬운 대상이 아니었습니다. 이미 복수의 세계가 각각의 가치로 움직이고 있었기에 문장 역시 그러해야 했습니다. 근대가 되어 국민국가가 탄생하고 국민을 근본으로 균질한 공간을 만들고자 했을 때, 문장 또한 균질하게 되었다고 할 수 있습니다. 도쿠토미 소호가 발간한 『고쿠민노토모』의 기사 중 다수는 금체문으로 되어 있었고, 이는 흔히 **보통국문(普通國文)**이라고 불렸습니다. 즉, 국민의 문장이었던 것입니다.

메이지의 조칙이나 법령의 문체가 한자·가타카나 혼용의 훈독문이었던 것도 간과할 수 없지요. 다섯 개 조의 어서문(御誓文, 메이지 천황이 메이지 원년에 내린 글)이 그러했음을 상기해주시면 좋겠습니다.

하나, 널리 회의(會議)를 일으켜 만기공론(萬機公論, 천하의 공론)을 결정하여라.

하나, 상하(上下)는 마음을 하나로 하여 왕성한 경륜을 행하라.

하나, 관무(官武, 귀족과 무사)가 한길로 서민에 이르기까지 각기의 뜻을 이루며 인심으로 하여금 태만하지 아니함을 요하느니라.

하나, 구래의 누습을 타파하여 천지의 공도(公道)에 근거하여라.

하나, 지식을 세계에 구하여 장대한 황기(皇基)를 떨쳐 일어나거라.

一, 廣ク會議ヲ興シ萬機公論ニ決スヘシ

一, 上下心ヲ一ニシテ盛ニ經綸ヲ行フヘシ

一, 官武一途庶民ニ至ル迄各其志ヲ遂ケ人心ヲシテ倦マサラシメン事

ヲ要ス

一、舊來ノ陋習ヲ破リ天地ノ公道ニ基クヘシ

一、知識ヲ世界ニ求メ大ニ皇基ヲ振起スヘシ

글자음 읽기를 위주로 두 자 숙어를 끊임없이 사용한 문체입니다. 조금 손을 보면, 그대로 한문으로 되돌리는 것도 가능합니다. 메이지라는 시대는 훈독문으로부터 시작되었다고도 할 수 있습니다.

막부에 의한 통지, 즉 근세의 오후레가키(御触書)*는 기본적으로 소로분이었고, 이는 사람들이 일상적으로 주고받는 편지나 계약의 문서 등과 연속된 문체였습니다. 메이지가 되어, 공(公)에서 발표하는 문장이 훈독문으로 변화한 일은 훈독문이 왕정복고의 문체이기도 하고, 문명개화의 문체이기도 했음을 단적으로 보여주는 사건입니다. 메이지 유신을 담당했던 이들이 당연히 한학 교육을 받은 세대였던 까닭에, 훈독문을 쓰는 일은 전혀 고생스럽지 않았습니다. 한자·가타카나 혼용의 훈독문은 메이지라는 시대가 막을 열던 때부터, 공(公)의 문체로서 기능했던 것입니다.

훈독문에 대해 말하자면, 새삼 메이지23년(1890)에 반포된 교육칙어를 다루지 않을 수 없습니다. "짐이 생각하건대 우리 황조황종의 나라를 처음 만들 때, 크고 넓은 덕을 세움이 깊고 두터웠나니"**로 시작되는 교육칙어는 추밀고문관이었던 모토다 나가자네(元田永孚)에 의해 기초되었습니다.

---

*오후레가키 : 에도 시대에 막부나 다이묘가 일반 백성에게 공포한 문서를 가리킨다.

**원문은 이렇다. "朕惟フニ我カ皇祖皇宗國ヲ肇ムルコト宏遠ニ德ヲ樹ツルコト深厚ナリ". 당시 조선에서는 "朕이惟호에我皇朝皇宗이肇國호과宏遠호德을樹호는深厚호니라"라는 식으로 번역되었을 것이다.

모토다는 구마모토의 지슈칸에서 공부한 유학자였으며, 당연한 말이지만 한문을 매우 잘했습니다. 이런 이유에서일까 이 칙어에도 대구가 많습니다. 네 자 구와 여섯 자 구를 중심으로 한 대구로 구성되어 있어, 사륙변려체(四六駢儷體)*를 떠올리게 할 정도의 문투입니다. ─아시다시피, 사륙변려체는 중국 육조 시대에 시작되어 공식적 문체로서 오래도록 사용되었습니다─ 예컨대, "나라를 비롯(肇國)함은, 굉원(宏遠)히 덕을 세움이 심후(深厚)하였나니"로 시작하여, "부모에 효도하고 형제와 우애하고", "부부는 상화(相和)하고 붕우는 상신(相信)하고", "공검(恭儉)으로 자기를 받치고 박애를 무리에게 미치게 하고", "학(學)을 수(修)하고 업무를 습(習)하고", "지능을 계발하고 덕기(德器)를 성취하고", "나아가 공익을 넓히고 세무(世務)를 열어서, 항상 국헌(國憲)을 존중하고 국법을 준수하여" 등등으로 이어진 게 그렇습니다.**

또한 자주 지적되듯이, 이 칙어 가운데 있는 "일단 위급이 있으면(一旦緩急アルハ)"이라는 구절은 일본어 문법으로 따지면 미연형(未然形, 조동사가 결합하는 활용형)이어야 할 곳을 이연형(已然形, 접속조사로 이어지는 활용형)으로 적고 있어 파격적입니다. 이도 근세 후기의 훈독에서는 확정 조건과 가정 조건을 구별하지 않았던 것에서 유래합니다. 전통적인 일본어로는 이상한 부분이지만, 훈독문에서는 이것으로 충분합니다. 이런 경우들은 훈독

---

*사륙변려체 : 문장 전편이 대구로 구성되어 읽는 이에게 아름다운 느낌을 주며, 4자 구와 6자 구를 배열하기 때문에 사륙문(四六文)이라고도 한다.

**위 구절들에서 가타가나를 제거하고 나면, "國肇宏遠 德樹深厚 父母孝兄弟友 夫婦相和 朋友相信" 운운하는 식으로 4자, 6자의 한자 성구만 남아 사륙변려문과 유사한 형태가 된다.

문의 **맹위**를 나타내는 상징적인 사례일지 모르겠습니다. 그리고 교육칙어 가 『일본외사』 등과는 비교가 되지 않을 정도의 강제력을 가지고 국민들에 게 암송되었던 것도 상징적입니다. 어떤 의미에서 이런 현상은 소독의 연장 이기도 했습니다.

신한어의 대량 출현

더하여 훈독문이 미디어의 문장으로 널리 사용된 것도 언급하지 않을 수 없습니다. 훈독문의 보급에 있어 미디어는 다른 어떤 것보다 큰 역할을 했 다고 할 수 있습니다. 문체가 범위를 넓힐 때 어떤 한계를 넘어서면 일거에 퍼지게 되는데 이때 미디어의 역할은 지극히 중요합니다.

막부 말기가 되어 등장했던 신문이라는 미디어에는 갖가지 문체가 포함 되어 있었습니다. 소신문(小新聞)이라 불렸던 민중 상대의 미디어에서는 "이옵니다(ござります)"*처럼 에도 시대의 속어 계통의 말도 빈번하게 사용 되었지만, 지식층을 상대로 하는 이른바 대신문(大新聞)에서는 훈독문이 주 류를 이루었습니다. 『고쿠민노토모』와 같이 대신문과 동일한 독자층을 상 정했던 잡지도 마찬가지였습니다. 도쿠토미 소호의 경우처럼, 메이지 시대 전반기 신문이나 잡지의 기자들은 사숙이나 번교에서 교육을 받은 세대였 기에 그들에게 문장이라 하면 곧 한문이 규범입니다. 즉, 훈독문을 쓰는 것

---

* 고자리마스 : 일본어 '있る'의 공손한 표현인 'ございます'와 동의어. '~하옵니다'라는 표현에 해당된다.

이 가장 빠르고도 편했던 것입니다. 어느 시대에서나 매스 미디어는 속도가 요구됩니다.

또, 한자어의 대량사용은 정보를 집약적으로 보여주는 일을 가능하게 했습니다. 좁은 지면을 효율적으로 쓸 수 있었기 때문입니다. 이렇게 훈독문은 미디어에 적합한 문체가 되었습니다. 미디어를 타게 되면서 보급도 빨라졌겠지요.

한자어의 대량 사용에 대하여 약간 부연할 것이 있습니다. 글자음을 그대로 읽는 일이 많은 훈독을 글쓰기의 기초로 삼는다는 것은, 한자·가나 혼용문으로 쓸 때에도 한자어를 한자음 그대로 대량 사용하게 됨을 뜻합니다. 이런 관점으로 보자면, 금체문을 다량의 한자어를 배치하기 위한 문체로서 재파악하는 일도 가능합니다. 한자어를 어떻게 대량으로, 또 효율적으로 사용할까. 이러한 물음에 답했던 금체문을 문체로서 고찰해보자는 것입니다. 그리고 이는 현대문에 있어, (외래어를 표기하는) 가타카나어가 매우 손쉬운 장치가 된 사정과도 연결됩니다. 신조어를 연발했던, 아니 연발하지 않을 수 없었던 당시의 미디어 입장에서, 신조어를 수월하게 문맥에 받아들이는 훈독문은 매우 편리한 장치였습니다. 이 또한 훈독문의 중요한 특징이라 하겠습니다.

그렇게 되자, 독자이든 필자이든 간에 훈독을 통해 몸에 익힌 정형화된 말투에 익숙해지기만 하면, 그 다음부터는 여기에 한자어를 대량으로 집어넣기만 하면 그만이었습니다. 한자어를 얼마나 알고 있느냐 하는 것이 지적 수준의 지표가 되기도 했습니다. 관청의 문서에도 한자어가 많이 사용되어, 어찌됐든 한자어를 외워야 한다는 생각에 사람들은 마음이 급해집니다. 그때까지 한자어 사전이라 하면 일반적인 사전보다도 시를 짓기 위한 시어집 (詩語集)이 오히려 주류였지만, 메이지 시대가 되자 실용을 위한 한자어 사전이 대량으로 출판되었습니다. 그러니까 이것들은 **한문**을 읽기 위한 사전이 아니라 **훈독문**을 읽기 위한 사전이었던 것입니다.

종래에는 메이지 시대에 대량으로 신한어가 출현한 것에 대해, '근세 후기에 교육을 받은 지식층의 한문 소양이 이를 창출했다'는 식으로 간주하는 경우가 많았습니다. 앞에서도 잠깐 살핀 바, **메이지 시대의 사람들에게는 학문이 있었다**는 논법입니다. 물론 이 말 자체에 대해 이의를 제기할 생각은 없습니다. 이노우에 데쓰지로(井上哲次郎) 등에 의한 『철학자휘(哲学字彙)』 같은 것을 읽어 보면 한문 서적에 많은 빚을 지고 있음을 일목요연하게 알 수 있습니다. 소유한 지식의 근간이 한학에 있었기에 이를 총동원한 것도 당연합니다.

예를 들어, '경제(經濟)'라는 한자어는 '경국제민(經國齊民)' 또는 '경세제민'이라 하여, 확실히 경세의식에 근거한 한자어입니다. 그러나 단어는 어디까지나 단어일 뿐입니다. 단어란 문장을 구성하는 순간에야 마침내 제 뜻을 전달할 수 있습니다. '경제'라는 단어는 분명 영어 economy의 번역어로 채택되어 훈독문 속에 끼워넣어진 말입니다. 물론 '경제'라는 말을 쓰는 이상, 어딘지 모르게 한문맥은 의식될 터이고 이것이 economy라는 원어와 차이를 구성합니다. 하지만 '경제'라는 단어가 사용된 문장은 어디까지나 훈독문이지 고전어로서의 한문은 아닙니다. 새롭게 만들어진 혹은 새로운 의미로 사용되는 한자어를 어떤 문체에서 사용할까. 이 점에 대해서도 유의할 필요가 있습니다. 훈독문이라는 문체가 있기에 신한어도 있는 것입니다.

중국에서보다도 일본에서 서양문명의 사물·개념을 나타내기 위한 한자어가 대량으로 만들어진 큰 이유는 일본에서의 체제 변혁이 보다 빠르게 이루어졌기 때문입니다. 그러나 이와 동시에 한문이 아닌 금체문을 사용하기 위하여 이런 한자어를 대량으로 발명한 사정도 간과할 수 없는 사실입니다. 중국의 경우, 청나라 말기부터 중화민국에 걸쳐 활약했던 개량파 정치가이자 언론인인 양계초(梁啓超)에 의해 일본의 신한어가 많이 도입되었다고 알려져 있습니다. 이때 양계초의 문체 또한 종래의 고전적인 한문에서 신문체(新文體)라고 불리던 일종의 독특한 문체로 변화를 겪고 있었습니다. 이 점, 참고가 되리라 봅니다. 되풀이되는 말입니다만, 메이지 시대의 신한어는 훈독문과 함께 생각할 필요가 있습니다.

계몽의 문체

『서양사정』의 예에서 보았듯이, 번역이 훈독문을 통해 이루어졌다는 것은 매우 중요한 의미를 갖습니다. 그리고 번역이 문명개화의 행위로서 계몽과 그 뿌리를 함께 했던 점은, 훈독문이 곧 계몽의 문체였다는 사실도 보여주고 있습니다. 그 전형적 사례가 메이지 시대의 대 베스트셀러 『서국입지편(西国立志編)』입니다.

『서국입지편』은 영국의 새뮤얼 스마일즈(Samuel Smiles)가 지은 『자조론(Self-Help)』을 나카무라 마사나오(中村正直)가 번역한 책으로, 메이지3년(1870)부터 메이지4년 사이에 출판되었습니다. 나카무라 마사나오는 쇼헤이코의 교수였으나, 일찍부터 양학에 관심을 품고 막부 말기에는 막부의 정부파견 유학생을 인솔하여 영국으로 건너가기도 했습니다. 메이지 유신 후에는 여타의 막부 신하와 함께 시즈오카로 자리를 옮겨 가쿠몬죠에서 한문 서적을 강의하는 한편, 이 책을 번역했습니다. 초판 이후 개정판을 포함해 판을 거듭했는데, 발행부수가 족히 100만 부는 넘는다고 이야기됩니다.

나카무라 마사나오는 막부에서 고쥬샤(御儒者)의 지위에까지 올랐으니, 한학자로서는 최고의 학식을 자랑하던 사람입니다. 당연히 한문은 자유자재였기에 『서국입지편』의 서문 역시 한문으로 쓰고 있습니다. 그러나 번역된 본문은 한자·가타카나 혼용의 훈독문으로 씌어져 있습니다. 본문의 문체를 한번 보시겠습니까. 다음은 11편 19칙에 해당하는 부분입니다.

사람이 헛되이 많은 일을 안다고 하여 귀하게 여길 수는 없느니라. 일을 알기 위해서는 목적과 귀결이 반드시 필요함이라. 대저 독서학문하는 까닭은, 지식을 익히고, 덕행을 바루고, 인선(仁善)의 마음을 더하고, 강의(剛毅)의 힘을 보태어, 유용의 재(才)를 만듦이라. 각각 자기의 선택할 수 있는 고상(高上)의 지향을 이루어, 민주의 복지를 늘리고, 우리나라의 경상(景象)을 좋게 함에 있느니라.

『서양사정』과 마찬가지로 한자어의 옆에 일본말로 의미가 붙어 있는 것은, 이 서적이 확실히 계몽의 문체로 적혀진 것임을 나타냅니다. '목적'이나 '귀결'은 오늘에는 특별할 것 없는 한자어인데, 당시에는 옆에 '가늠'과 '마무리'라고 의미를 첨부해야 하는 어휘였다는 사실도 매우 흥미롭습니다.

음독하더라도 좋은 가락이 느껴지는 문장으로 정돈되어 있습니다. 이는 "지식을 익히고, 덕행을 바루고, 인선의 마음을 더하고, 강의의 힘을 보태어, 유용의 재를 만듦이라"라는 구절처럼 자구(字句)가 가지런히 정돈되어 있는 것을 보더라도 이해할 수 있을 터입니다. 영어 원문은 생략하지만, 원문과 비교해보면 가락을 위해 부분적으로 글의 앞뒤를 바꾸는 등의 방법을 사용해 번역한 것을 알 수 있습니다. 나카무라 마사나오는 후쿠자와 유키치가 말한 바와 같은 한학하는 유학자무리가 아니라 개명한 시야를 가진 학자였기에, 학식을 살리면서도 평명하고, 또 낭독이나 암송을 감당할 만한 훈독문을 쓸 수 있었던 것입니다. 그와 함께 영국에 건너갔던 하야시 다다스(林董)의 회상인 『남은 것은 지난 날의 기록들(後は昔の記)』에는 런던 체재 중에 나카무라 마사나오의 방에서 매일 아침 5시경부터 당송팔대가나 『춘추좌씨전』, 『사기』를 읽는 소리가 들려, 한문 서적은 가지고 오지 않았을 텐데 하며 이상하게 여겼는데 나중에 그 모두가 암송이었음을 알았다는 일화가 소개되어 있습니다. 훈독의 소리가 그의 몸에 배여 있었던 것입니다.

또한, 문체와 동시에 그 내용도 메이지의 청년들에게 환영을 받았습니다. 책이름에 '입지(立志)'가 등장하듯이, 또 위 인용문에서도 선명히 보이듯이, 이 책은 뜻을 세워 공부하는 청년들의 지침서가 되었습니다. 구니기타 돗포(国木田独歩)가 메이지36년(1903)에 발표한 「비범한 범인(非凡なる凡人)」이라는 회상풍의 소설에 이런 부분이 있습니다.

"뭘 읽고 있니"라고 말하며 보니, 양장의 두꺼운 책이다.

"『서국입지편』이야"라고 답하며 고개를 드는데, 나를 보는 그 눈길이 아직 꿈속을 헤매는 사람과 같고, 마음은 오직 책에 가 있는 듯하다.

"재미있니?"

"응, 재미있어."

"『일본외사』하고 어느 쪽이 재미있어?"하고 내가 묻자, 가쓰라(桂)는 미소를 머금으며, 간신히 내게로 몸을 돌려, 여느 때와 같은 활기찬 목소리로 "그거야 이쪽이 재미있지. 『일본외사』하고는 물건이 달라."

두 사람 모두 14세였으니까, 소학교에 다니는 소년들 간의 대화입니다. 구니기타 돗포가 메이지4년(1871) 생이니까, 이 정경은 대체로 메이지10년대 후반의 일이라 상정할 수 있을 겁니다. 『서국입지편』가 『일본외사』가 비교되고 있다는 점이 주의를 끕니다. 신구의 교대가 이루어지고 있음을 목도하고 있는 듯도 합니다.

문체뿐 아니라, 그 내용에서도 『서국입지편』은 메이지 시대에 태어난 소학생의 마음을 사로잡았습니다. 훈독문은 실용을 위한 문체인 동시에 메이지 청년들에게 있어 '입지의 문체'가 되기도 했습니다. 한학에도, 양학에도 정통했던 나카무라 마사나오였기 때문에 가능했던 문장이라고 할 수 있습니다. 그러나 이런 문체가 『일본외사』와 같은 한문으로부터의 이탈을 불러왔다는 점 또한 생각하지 않을 수 없습니다. 한학자의 훈독문이 명문일수록, 이와 같은 딜레마가 생겨버리는 것입니다.

수사를 갖춘 훈독문, 『미구회람실기』

훈독문의 명문으로 또 하나 언급하고 싶은 책이 있습니다. 메이지4년
(1871)부터 메이지6년에 걸쳐, 미국과 유럽을 건너며 조약 개정의 교섭과
시찰을 행했던 이와쿠라(岩倉)사절단의 보고서, 즉 『특명전권대사 미구회람
실기(特命全権大使 米欧回覧実記)』가 그것입니다. 덴보10년(1839)생인 구메
구니타케(久米邦武)에 의해 편찬되었고, 모두 100권(현재의 문고본으로는 5
권)에 이릅니다. 이 보고서는 『서국입지편』과 같은 평명함보다도 오히려 한
문투로 뜻을 응축한 훈독문으로 씌어진 최초의 대작이라 하겠습니다. 구메
구니타케는 사가 현에서 태어나 번교 고도칸에서 배우고, 쇼헤이코에서도
공부하여 번주 나베시마 나오마사(鍋島直正)의 긴슈(近習, 시종)로 지내다가
메이지 유신을 맞이했던 인물입니다. 한문 소양이라는 점에서는, 일단 더할
나위가 없었지요.

그러면 그 문장은 어떤 것이었을까요? 우선 영국 귀족의 정원을 방문했
던 때를 언급한 36권의 기사부터 읽어보도록 하지요.

정원은 넓고 나무가 무성하니, 왼쪽에는 산자락을 지고 오른쪽에는 긴
언덕을 따라 바위를 펼친 나무들 위에, 샛길 따라 숲속에 들어가면 갑
자기 한 나무가 보이니 탱자나무의 잎사귀와 비슷하고 지간(枝幹)이 낭
간(琅玕)처럼 곧게 섰는데(亭立) 걸어서 그 옆을 지나가니 홀연히 가지
끝(枝杪)의 날카로운 말단에서 물이 분출하여 비와 같으니, 모두 경악
하고 각보(却步, 물러섬)하여, 심신을 안정하고 살펴본(諦視) 즉, 물은

재빨리(倏然) 그치매, 이는 그 나무를 동철(銅鐵)로 만든 것이라, 지간의 가운데를 비워서 뿌리로부터 물을 끌어서 나선(螺旋, 밸브)의 장이(張弛, 풀고 당김)에서 분비하느니라.

한번 읽어보면 한자어의 수준이 『서양사정』이나 『서국입지편』과는 다르다는 것을 알 수 있습니다. "왼쪽에는 산자락을 지고 오른쪽에는 긴 언덕을 따라(左二山巒ヲ負ヒ, 右ハ長阜二ヨル)"와 같은 대구는 확실히 한문맥스러운 수사법이고, '낭간(대나무의 아름다운 모양—원주)'이나 '숙연(倏然, 재빠른 모양—원주)'과 같은 것은 현대문 속에서는 이미 사용되지 않는 한자어라 하겠습니다. 그럼에도 불구하고, 여기서 묘사하고 있는 것이 구리로 만든 나무 모양의 분수라는 것을 이해하기란 어렵지 않을 터입니다.

마지막 부분에 가서야 내막이 밝혀지는 것이나, 갑자기 분출하는 물에 일행이 놀라는 모습이 간결하게 제시되는 것이 전체적인 인상을 강하게 합니다. 정형구(定型句)적인 정원의 묘사가 갑자기 분출하는 분수를 더욱 두드러지게 하는 것입니다.

그리고 24권에서 영국의 정치체제를 논할 때는 아래와 같이 서술하고 있습니다.

무릇(抑) 국론(國論)에서 당파를 나누면 그 주의(主義)의 방향에서 목적을 달리하는 것으로 이를 공연히 중인(衆人)의 앞에서 제창하고 논하면, 원래(固) 연질편사(娟嫉偏私, 시기하고 질투하여 치우치고 사사로운)한 벽견(僻見)을 주장하지 못함이라. 고(故)로 매사에 매번 의론함에 반드시 다른 양상의 논(論)을 날조하고 의사(議事)를 착란함이 없으니, 반드시 그 주의에 의해 향배(向背)를 개진(陳)하니라. 필경은 애국의 성의(誠意)에서 나오는 것이라면 정부당(政府黨, 여당)에서도 그 주의에 동의하게 되니 정부의 소위(所爲)에 따르지 아니하고 항거하는 정당(抗政黨, 야당)의 편을 들기도 하느니라.

"연질편사한 벽견" 같은 것은 어려운 한자어라고 느껴질지 모르겠습니다만, '嫉'과 '私'를 알 수 있다면 유추가능하고, "향배를 개진하니라"가 찬성이냐, 반대냐를 주장한다는 의미라는 것은 문맥을 통해 판단할 수 있지 않을까요. '抑', '固', '故', '要'라는 식으로 한문에서 배운 논리 진행이 들어가 있고, 이것이 문맥의 골격을 이루고 있기 때문에, 다소간 어려운 글자와 어휘는 저절로 해독되어버리는 측면이 있겠습니다.

끝으로 스코틀랜드 고지대의 풍경을 묘사한 32권의 한 부분을 보지요.

갑자기 일련(一連)의 증기차, 기적을 울리고 '앗초루' 마을로부터 와서, 홀연 앞 골짜기(忽然前谷)로 사라지고 그 형적(跡)이 없어지네. 대개 대도(隊道, 터널)에 들어섬에 자취는 일말의 매연을 남기며 중첩된 산허리(山腰)에 깔리어 차츰 흩어지나니, 이러구러 저녁놀이 창연하고(晚靄蒼然) 일광이 봉우리 사이(峰隙)에서 흘러나오면 석양의 한없음이 좋은(夕陽無限好) 풍치이로다.

증기기관차가 기적과 함께 터널로 사라져간 뒤, 연기만이 길게 깔리고 이

읔고 그조차 사라집니다. 정신을 차리고 보니, 석양마저도 산들 사이로 기울어 가는 즈음인데, 거기서 만당(晩唐)* 이상은(李商隱)의 「낙유원(樂遊原)」 시구 "석양무한호(夕陽無限好)"─ 일반적으로 "석양, 무한히 좋아라(夕陽無限に好し)"라고 훈독─를 인용합니다. 증기기관차와 스코틀랜드 고지대와 당시(唐詩)라는 조합이 훈독문 속에서 융합하고 있는 것입니다.

서양의 풍경이나 사물을 묘사하고 그곳의 정치체제 논하기 위하여 한문 맥을 구사하며, 사용된 한자어도 다양합니다. '이러구러(已ニシテ, 이럭저럭 하는 사이에)'가 '이윽고(やがて)'를 뜻한다는 사실 등은, 오늘날과 같이 한문에 익숙하지 않은 시대로서는 알기 힘든 대목일지 모르고, 현대적인 관점에서 보자면 애초에 이상은의 시를 느닷없이 인용한 것부터가 리얼리티가 없는 듯 느껴질지 모르겠습니다. 예상대로 한문의 소양이 효력을 발휘한 문장이구나라고 생각되더라도 무리가 아닙니다.

그렇다고 하더라도 여기서 사용되고 있는 전고나 구문은 결코 어려운 것이 아닙니다. 이상은의 시구 등은 오히려 정형구에 가까운 것이라고 하겠습니다. 소독을 조금 넘어선 정도의 학력만 있다면 이런 문장은 결코 읽기 어려운 글이 아니었습니다. 자구의 세부는 어찌 되었든 문장의 흐름은 막힘없이 쫓아갈 수 있었을 것입니다.

---

* 만당 : 중국 당시(唐詩)의 기풍을 시기에 따라 구분하는 용어이다. 초당(初唐)은 7세기, 성당(盛唐)은 8세기 전반, 중당(中唐)은 8세기 후반~9세기 전반, 만당은 9세기 후반~10세기 전반을 지칭한다.

풍격을 갖춘 금체문

그에 더해 강조해야만 할 것은 『서국입지편』이나 『미구회람실기』의 문장이 잡기(雜記)나 필기(메모)처럼 실용 일변의 문체가 아니었다는 점입니다. 금체문의 핵심이 실용에 있음은 틀림없지만, 이것이 문체로서 독립된 가치를 가지고 공식의 문체로서 유통되기 위해서는 아무래도 그 나름의 풍격이라는 것이 필요했습니다. 도쿠토미 소호의 문장도 이런 의미에서는 메이지 시대 이전의 필기적인 훈독문과는 상당히 달랐고 문장의 가락을 살리려 어지간히 애를 썼습니다.

라이 산요가 훈독의 리듬에 심혈을 기울여 『일본외사』를 집필한 것처럼, 구메 구니타케는 금체문을 문체로서 정돈하는 일에 노심초사했습니다. 『미구회람실기』 주변에는 많은 초고가 남아 있는데, 이를 보면 허다한 개고나 퇴고를 거쳐 간신히 이 보고서가 성립되었음을 알 수 있습니다. 물론 보고서였기 때문에 사실의 확인이나 의론을 보충하기 위해서 개고를 거듭했던 측면도 있지만, 다른 한 편으로 문장의 수사와 관련되는 부분에서의 퇴고도 상당히 많습니다.

원래 훈독문은 간편함을 목적으로 하여 씌어진 부차적인 문장이었기 때문에, '훈독문 그 자체에 퇴고를 더하는 일은 없었다'라고 생각할 수도 있습니다. 그러나 메이지의 보고서, 게다가 미국과 유럽이라는 세계를 회람했던 보고서의 공식 문체로서 훈독체가 채용되었을 때, 구메 구니타케는 이를 보다 좋은 문장으로 만들기 위하여 가다듬을 필요를 느꼈습니다. 이는 정식 문체로서의 한문에 퇴고가 필요했던 것과 동일한 이유에서입니다.

훈독문은 금체문으로서는 만능의 문체였으며, 내용도 가지가지입니다. 대체로 한자·가나 혼용의 문어문이라는 틀은 있었지만, 실제로 문체의 폭은 상당히 넓었다 하겠습니다. 그 가운데 『미구회람실기』의 문장은 이를테면 수사적인 훈독문의 본보기와 같은 문장이었습니다. 한문을 규준으로 하더라도, 막상 적고 보면 복잡하게 되기 쉬운 문체가 훈독문인데, 그런 의미에서 이 보고서는 다시금 거기에 일획을 그은 새로운 기점이라 하겠습니다.

생각해보면 그 내용적 측면에서도 『미구회람실기』는 확실히 메이지 초기의 일본을 상징하는 문장입니다. 수많은 동판화와 함께, 이 서적은 서양의 문명을 일본에 도입하기 위한 갖가지 소재를 제공했습니다. 여기서 이루어진 논의는 문명개화를 어떻게 해야만 할까, 정치체제를 어떻게 정비할까, 산업을 어떻게 진흥시킬까 하는 것들입니다. 흡사 『일본외사』가 무문이 어떠해야만 하는가를 논한 일에 정확히 대응한다 하겠습니다. 『일본외사』가 **역사서**인 것에 대비시켜볼 때, 『미구회람실기』는 **지리서**입니다. 따라서 『일본외사』가 중국의 사서(史書) 체제를 쫓아 역사기술과 논찬을 나누어 기록한 것처럼, 『미구회람실기』 역시 견문을 서술한 부분과 이에 대해 논의를 가한 부분을 명확하게 구별하여 기술했습니다. 기사와 논설이 그것입니다. 결과적으로 『미구회람실기』는 『일본외사』를 위상변환시킨 형태의 책이 되었습니다.

실제적인 보급에서는 방대한 분량에 고가의 책이라서 『서양사정』이나 『서국입지편』과 같이 되지는 못했고, 따라서 일반인들이 널리 읽었다고 할 수는 없습니다. 이런 의미에서 『일본외사』와는 크게 다르다 하겠으나, 지금 논한 바와 같은 부분은 역시 주목할 만하다고 생각합니다.

이렇게 이 장에서는 메이지의 훈독문—보통문, 금체문—이 어떻게 성립하여 어떤 위치를 점하게 되었나를 설명했습니다. 근대 일본어의 변화를 이야기할 경우, 일반적으로 언문일치체의 성립에 초점을 맞추는 것이 기본이겠지요. 그러나 한문맥이라는 관점에서 보자면, 중요한 것은 보통문 내지 금체문으로 성립된 훈독문입니다. 앞으로 서술할 언문일치체는 오히려 이로부터의 전개 양상으로 파악하는 편이 적절하리라 생각합니다.

이는 메이지 시대 문학의 성립이라는 문제와도 관련됩니다. 이 문제를 다루는 데 있어서도 언문일치체 소설의 성립에 초점을 맞추는 경향이 있는데, 시작점은 필시 거기에는 존재하지 않을 것입니다. 다음 장에서는 논의를 더욱 진전시켜 이 문제에 관하여 서술하려 합니다.

제 4 장

문학의 '근대'는 언제 시작된 것인가

: 반정치로서의 연애

'근대문학사'를 다시 묻는다

일본 근대 문학을 이야기할 때, 한시문을 본격적으로 다루는 경우는 결코 많지 않습니다. 물론 메이지 시대의 한시문에서 근대성이라고 할 만한 요소를 찾아냄으로써 이를 재평가하려는 시도가 있는데, 특히 나쓰메 소세키의 한시 같은 것이 곧잘 그런 논의의 대상이 됩니다. 전문가들에게 한시문이 메이지문학의 중요한 요소임은 이미 상식이라 하겠고, 최근에는 일반에도 알려지고 있습니다. 그렇다 하더라도 역시 본격적으로 다루어진 경우는 적다고 하지 않을 수 없습니다.

제3장의 마지막에서 서술했듯 언문일치체 소설의 등장에 초점을 맞추어 일본 근대 문학사를 쓰려고 한다면 이 또한 당연한 일이라 하겠습니다. 한시문은 어떻게 보더라도 언문일치와는 거리가 있고, 언문일치체의 보급을 진화로 보는 관점에서는 (한시문을 재평가하려는 시도가) 저항의 최후 보루처럼 보일지 모릅니다. 장르로서도 근대의 주류는 소설입니다. 근대 문학의 성립은 서양 문학의 이입이나 에도 소설의 전개에 따라 설명하는 것이 합당하며 한시문은 어디까지나 조연에 만족할 수밖에 없는 듯합니다.

하지만 한시문을 단지 한자로 쓴 '부자유스러운' 문예라고 볼 게 아니라 훈독이라는 소리를 동반한 것, 즉 한문맥의 한 형태로서 파악한다면 어떨까요. 한시문을 닫힌 장르로서가 아니라 갖가지 장르의 저변에 흐르는 것으로 파악해 본다면 어떨까요. 지금까지 서술해온 것처럼, 한문맥은 한시문을 핵으로 하면서도 보다 풍부한 너비를 가지고 있습니다. 이 장에서는 이러한 관점에서 일본 근대 문학의 성립에 관해 생각해보려 합니다.

　물론 그렇다고 여기서 메이지 시대 문학에는 한시문의 영향이 농후하게 남아 있었다거나, 근대 소설에는 중국의 구소설에서 착상을 얻은 것이 많았다는 이야기를 하려는 건 아닙니다. 물론 앞 장에서 다룬『미구회람실기』만 하더라도 한시문에 의거한 표현은 일일이 거론할 수 없을 정도로 많고, 근대 소설의 소재로『금고기관(今古奇觀)』이나『요재지이(聊齋志異)』등이 쓰인 것도 사실입니다. 그러나 이러한 개별적 사항과는 별개로—이도 중요하기는 하나—좀 더 크고, 보다 구조적인 관점에서 이 문제를 파악하는 걸 목표로 삼고 싶습니다. 예컨대 소설이 근대 문학의 중심적인 장르가 된 것은 참으로 서양 문학의 이입이나 에도 소설의 전개로밖에 설명할 수 없는 것인가. '문학'이라는 한자어로부터 학문이라는 의미가 상실된 것은 한시문 존재방식의 변화와 무관하게 일어난 것인가. 이런 문제들도 한문맥이라는 관점으로 생각하면 지금까지와는 다른 논의가 가능할 듯합니다.

　그러기 위해서라도 우선 메이지 시대의 한시문이란 어떤 것이었는가, 에도로부터 메이지로의 변화 과정에서 무엇이 발생했던가, 이를 확인하는 것으로부터 이 장을 시작할까 합니다.

메이지 시대의 한시단

한문 훈독에서 금문체가 생겨났다고 하여, 한시나 한문을 읽지 않게 되었거나 짓지 않게 된 것은 아닙니다. 목판인쇄에서 동판, 나아가 활자판으로 인쇄기술이 진보함에 따라, 오히려 한시문 서적은 근세보다 훨씬 대량으로 출판되었습니다. 금문체에게 실용의 영역을 내준 만큼, 학예나 교양으로서 자리매김이 확고해졌다고 할 수 있습니다. 한시를 짓는 일 역시 메이지 시대에 한층 성하게 되었다고 말해도 괜찮을 정도입니다.

메이지 초년의 한시인(漢詩人) 중에서 가장 역량을 떨쳤던 모리 슌토라는 인물이 있습니다. 당시에는 '……라는 인물이 있다'라는 식으로 쓰지 않아도 될 정도로 유명한 시인이었지만, 오늘날에는 라이 산요보다도 알려져 있지 않은 듯합니다. 바로 이런 점이야말로 제도로서의 근대 일본문학사가 가진 편향을 보여준다 하겠으나, 어찌 됐든 메이지 시대에 한시가 어떤 것이었던가를 파악하기 위해서도, 우선 모리 슌토에 대해 간략하게나마 보아두기로 하지요.

모리 슌토
이치노미야 시립 도요시마(豊島) 도서관.
『아이치(愛知)를 빛낸 사람들 6』.

모리 슌토는 분세이2년(1819) 오와리 번 이치노미야(一宮, 지금의 아이치 현 서부)에서 태어났습니다. 생가가 대대로 의사 집안이었기에 그도 자연히 의사로서의 수업을 쌓게 되었습니다. 의학서를 읽기 위해서, 또 기초 교육으로도 한학은 필요했기에 사서오경 같은 기본 과정을 사숙에서 마치고 17세부터는 유린샤(有隣舍)에 다녔습니다. 유린샤는 오와리 번의 번유 와시즈 유린(鷲津幽林)에 의해 호레키10년(1760)에 설립된 전통 깊은 한학 사숙입니다. 거기서 모리 슌토는 자신보다 한 살 많은, 후에 시인으로서 명성을 다투게 되는 오누마 진잔—곤도 이사미의 사세시를 첨삭했던 시인—과 책상을 나란히 하며 공부하게 됩니다. 모리 슌토는 이때부터 시작(詩作)에 대한 관심이 고조되었다고 말하고 있습니다.

이윽고 이치노미야에 돌아와 가업인 의원을 이으며, 계속해서 시를 써나갔습니다. 이 시기에 쓴 작품으로 「겨울밤의 잡구(冬晚雜句)」라는 시가 있습니다.

苦吟難療飢	괴로이 읊어도 주림을 달래기 어려워
終日不成句	종일토록 시구 하나 되지가 않으니
隣叟坐圍鑪	이웃 늙은이 이로리*에 앉아서
灰中薶老芋	재 속에 오래된 감자를 묻노니

겨울날, 시를 궁리하는 시인 옆에서 이웃 노인이 감자를 이로리(圍鑪)의 재 속에 묻고 있는 평온한 정경입니다. 주석(『신일본 고전문학대계 메이지편 한시문집(新日本 古典文學大系 明治編 漢詩文集)』—원주)에도 나와 있듯, 후반부는 남송 범성대(范成大)의 시구를 모방하고 있습니다. 모리 슌토는 강개

---

* 이로리 : 방바닥의 일부를 네모나게 잘라내고, 그곳에 재를 깔아 취사용·난방용으로 불을 피우는 장치.

를 소리 높여 읊기보다 이런 식으로 일상의 정감을 시구에 담는 것이 장기였습니다.

같은 한시인으로 에도에서 활약 중이던 오누마 진잔에 촉발되었는지, 이렇게 의원을 하며 시를 썼던 모리 슌토는 마침내 가에이(嘉永)3년(1850) 교토에 있는 고명한 한시인 야나가와 세이간(梁川星巌)을 찾아갑니다. 아울러 게이한(京阪, 교토와 오사카 지역)의 시인들과 친교를 맺고, 이듬해에는 에도에서 반년간 머뭅니다. 오누마 진잔과도 옛정을 새로이 하고, 오노 고잔(小野湖山)이나 스즈키 쇼토(鱸松塘) 같은 시인과의 한시 응수에도 힘쓰게 됩니다. 모두 당시에 한시로 명성이 자자했던 이름들입니다. 이러한 시인들과의 적극적인 교유는 요컨대 한시인으로서 입신을 위한 편력이었던 것입니다. 이런 계기를 통해 모리 슌토는 시단에 자신의 이름을 알리게 됩니다. 흡사 후대의 작가 지망생들이 유명한 소설가를 찾아가 작품을 보여주고, 이를 통해 문단 데뷔를 하는 것과 비슷한 모습입니다. 이시카와 다쿠보쿠(石川啄木)가 모리 오가이의 하이쿠 모임에 불려가 사귐을 얻거나, 다니자키 준이치로가 '판의 모임(パンの会)'*에 나가서 나가이 가후와 인사를 나눈 장면을 연상해도 좋을 것입니다.

그렇지만 실상은 그 반대였습니다. 중국에서도, 일본에서도 근대 이전에는 소설이라는 장르와 관련해 문단이라 할 만한 모임이 없었습니다. 반대로 근대에 이르러 소설가가 문인화되면서 — 혹은 문인적 위치에 있던 이가 소

---

* 판의 모임 : 메이지 말기의 예술가 그룹으로 자연주의에 반항해 신예술운동을 전개했다. '판'은 그리스 신화에 나오는 목양의 신.

설에 관계하면서 — 문단이 시단을 대체했다고 할 수 있는 상황입니다. 그리고 이런 환골탈태야말로 동아시아 근대 문학의 성립과 관련되어 있습니다. 어찌됐든 여기서는 근세 후기에 이런 시단이 이미 존재했음을 확인하고 앞으로 나가보지요.

한시 융성의 주역, 모리 슌토

근세 후기에 들어 사족계급을 중심으로 한 한학 교육이 각 번이 서로 다투든 듯한 양상으로 전국에 보급된 것은 이미 서술한 바대로입니다. 이때 문예로서의 한시 또한 대중적으로 확산되었습니다. 각지에 시사(詩社, 시 짓는 모임 — 원주)가 생겨나 지역 시인과 애호가들의 거점이 되었습니다. 특히 분카4년(1807) 제1권이 간행된 『오산당시화(五山堂詩話)』는 기쿠치 고잔(菊池五山)이 동시대의 한시를 중심으로 골라내 비평한 책으로, 이후 해마다 한 권씩 출간되어 총 10권 — 뒤에 보유(補遺) 다섯 권 간행 — 에 이르고 있었습니다. 말하자면 전국 규모로 유통되는 시평(詩評)이 성립된 것입니다. 창작은 비평이 있음으로 해서 왕성해집니다. 전국 규모로 우열을 다투게 되면, 자연히 그 열기도 높아지게 됩니다. 시인으로서 명성을 바란 모리 슌토가 마침내 이를 널리 얻은 것도 그러한 상황에 힘입은 것입니다.

모리 슌토는 송시(宋詩)풍의 일상을 읊조리는 시를 특기로 했지만, 동시에 이상은이나 이하(李賀)와 같은 환상적 흥취로 가득한 만당의 시도 좋아했습니다. 그는 이들의 시에서 전범을 취해 요염한 느낌이 나는 여성적 시도 많이 지었습니다. 일상을 노래하는 시라면 다른 명수들도 많았기에, 모리 슌토가 한시인으로 이름을 떨친 것은 오히려 여성적 정(情)을 주제로 삼은 염야(艶冶)한 시에 힘입었다 하겠습니다.

湘浦笛殘荷葉涼　상수 포구에 피리 소리 남아, 떨어지는 연잎 처량하고

楚鄕秋澹柳枝黃　초나라 땅에 가을이 엷으니, 버들가지 누르러

雨蕭蕭響空樓暮　빗소리 소소하게 울리고 빈 누각이 저무니

愁絶江南吳二娘　수심에 애끊는 강남 오(吳)나라의 이랑이여

위의 시 「무제(無題)」의 후반은 「설월화(雪月花)」 시구의 출전으로 일본에서도 널리 알려진 백거이(白居易)의 「은협률에게 주나니(寄殷協律)」라는 시의 끝부분인 "오나라 아가씨의 저녁 비에 소소한 노래여, 강남을 떠나오고는 다시 듣지 못하네(吳娘暮雨蕭蕭曲, 自別江南更不聞)"라는 구절을 받은 것으로, 기녀의 우수를 읊고 있습니다. 중국에서는 예로부터 이런 주제의 시가 있어 왔고 하나의 전통을 형성하고 있었습니다만, 염려(艶麗)하고 감상적인 분위기는 라이 산요와 같은 막부 말기 지사들의 시와는 그 흐름을 달리합니다. 모리 슌토의 시는 지사의 시가 아니라 시인의 시였다 할 수 있을는지 모릅니다.

막부 말기에는 이미 오누마 진잔과 나란히 거명되는 수준에 이른 모리 슌토였지만, 기량을 발휘한 것은 오히려 메이지 이후였습니다. 그는 메이지7년(1874), 기후(岐阜, 일본 중부의 서부 내륙지방)에서 도쿄로 거처를 옮겨, 왕성한 시단 활동을 시작합니다. 오누마 진잔의 시타야긴샤(下谷吟社)에 대

항하여 마쓰리킨샤(茉莉吟社)를 조직하고, 나아가 시문 전문월간지『신분시(新文詩)』를 창간합니다. 메이지 시대에는 시문 잡지가 다수 간행되었는데,『신분시』는 그 효시에 해당하는 잡지입니다. 이는 모리 슌토와 마찬가지로 시명이 높았던 막부의 옛 신하 나루시마 류호쿠(成島柳北)가『아사노신문(朝野新聞)』의 국장으로 초빙된 이래, 이 신문의 투고란에 한시를 게재한 일, 더불어 오쓰키 반케이(大槻磐渓)의 시평「독여찬평(読余贅評)」이『아사노신문』에 연재된 것에 영향을 받은 듯하다고 이야기됩니다. 즉 신문이라는 근대 미디어에 한시가 등장한 것이 잡지 발간의 배경이 된 것입니다. 확실히 '신분시(新文詩)'는 같은 발음의 '신분시(新聞紙)'의 패러디이기 때문에, 신문이라는 미디어를 모방한 것만은 틀림없는 사실입니다.

『신분시』지상에는 이른바 프로 한시인 ― 그들은 시작을 지도하는 것으로 생계를 유지했습니다 ― 뿐만 아니라, 아마추어들의 시도 많이 실렸습니다. 메이지 정부의 고관들의 이름이 자주 눈에 띄는데 이토 히로부미(伊藤博文)나 야마가타 아리토모(山県有朋) 같은 이름도 보입니다. 막부 말기의 사족으로 교육을 받았던 이들이 한시문에 얼마나 친숙했던가는 재차 언급할 필요도 없을 것입니다.

메이지라는 세상이 되어 중앙집권이 진행됨에 따라, 전국에서 도쿄로 사람들이 모여들게 됩니다. 이 기회를 틈타 모리 슌토는 유신의 현관(顯官)들과 교제하며 시를 지도하기도 하고, 이를 잡지라는 미디어를 통해 전국에 선전하기도 했던 것입니다. 이렇게 해서 도쿄에는 일대 시단이 구축되어 한시 융성의 시대를 맞이할 수 있게 됩니다. 이는 단순히 이전에 얻은 명성의 연장이 아니라 메이지라는 시대의 변화에 잘 맞추어간 결과였습니다. 뒤에서도 서술하겠지만 모리 슌토와는 대조적인 행동을 보여준 오누마 진잔과 비교해볼 때, 시대에 적응해간 모리 슌토의 모습은 특출난 데가 있습니다.

정신 세계를 구성하는 '공(公)'과 '사(私)'

그런데 간단히 살펴본 바, 모리 슌토가 지사적인 시인은 아니었던 사실과 메이지 고관들에게 시를 지도했다는 것 사이에는 모순이 있는 듯 생각될지도 모르겠습니다. 지금까지 기술한 대로라면, 근세 후기 한시문의 융성은 사대부적 의식과 관련되어 있고 메이지 시대의 고관들은 틀림없이 당대의 사대부였던 셈입니다. 그런 까닭에 그들이 모리 슌토를 시의 사범으로 삼은 것은 왠지 어울리지 않는다고 느껴질 수도 있습니다. 그러나 여기에는 이유가 있습니다. 다소 설명이 길어지지만 중요한 대목이기에 지면을 할애하여 설명을 해보겠습니다.

문체로서의 한문이 사인의 정신적 세계를 기반으로 성립되었다는 점, 이것이 두 가지 초점 중 하나임은 지금까지 말해온 그대로인데, 그 사인의 세계도 실은 이중의 초점에 의해 구성되어 있다고 하겠습니다. 단적으로 말하해, 공(公)과 사(私)가 그것입니다.

중국의 사대부, 즉 지식계급은 관리로 출사하는 것을 존재 이유로 삼는 계급이었습니다. 통치계급이라 불러도 괜찮겠지요. 학문을 익힌 그들에게 경세제민은 의무이며, 출사하여 관직에 나아가지 않는 한 이 의무를 다할 수 없었습니다. 이것이 그들의 '공'이었습니다. 공이란 우선은 치세에 참여하는 것이었습니다.

거슬러 올라가 살펴보면, 한문이 동아시아 세계의 공식 문체로서 유통된 것은 이것이 정치와 외교의 문(文)이었기 때문입니다. 중국을 중심으로 한 정치질서에 참가하는 것을 통해, 일본도 조선도 국가로서의 위치를 정했는데, 이는 또한 한문으로 이루어진 세계에 참여하는 것을 의미하기도 했습니다. 중국 주변지역에서 한문은 우선 외교를 위해 사용되었고, 자신의 생활이나 역사를 적기 위해 이용된 것은 그 이후였습니다.

『주역』, 『시경』, 『서경』, 『예기』, 『춘추』의 오경 — 일찍이 『악(樂)』을 추가한 육경이었지만, 『악경』은 오래전에 실전(失傳)되었습니다 — 은 유학의 경전으로 한문이라는 고전문의 세계 위에 군림하는 존재이지만, 그렇다고 이것들이 성서와 같이 신이나 신앙에 대해 설파하는 것은 아니었습니다. 발생의 경위야 어찌 되었든 이것이 경전으로서 읽히게 된 것은, 세계가 어떤 것인가를 이해하고, 이를 치세에 유용하게 쓰고자 했기 때문입니다. 이러한 경전을 읽는 이는 기본적으로 사대부였고, 따라서 오경은 정치의 지침서였습니다.

하지만 한문으로 적혀진 문장이 모두 정치의 문장, 즉 공의 문장이었던가하면, 물론 그렇지는 않습니다. 본래 사대부라는 존재는 치세에 참여해야하며, 만약 등용된다면 공을 위해 전력을 다하고, 혹 시세를 만나지 못하면 세상으로부터 물러나 인격을 길러야 했습니다.

출처진퇴(出處進退)라는 말이 있어 지금도 정치가들이 곧잘 씁니다만, 본래 이는 '세상에 **나아가다(出)**, 집에 **머물다(處)**, 세상에 **나아가다(進)**, 세상에서 **물러나다(退)**'라는 뜻의 조합입니다. '출'과 '진'이 공의 세계, 즉 **사(仕)**

이고 '처'와 '퇴'가 사의 세계, 즉 은(隱)을 나타내는 것입니다.

결국 '공·출·진·사'가 하나의 범주이고, '사·처·퇴·은'이 이와 대립되는 또 하나의 범주라는 말이 됩니다. 사대부의 삶이란 이 두 가지의 요소에 따라 구성되었다고 말해도 좋을 것입니다. 아무런 파란도 없는 인생이었다 하더라도 집에서 교육을 받는 단계, 즉 아직 관직을 얻지 못한 단계는 '처'이며, 이후에 출사를 하면 '출'·'진', 무사히 소임을 마치고 고령이 되면 '퇴'·'은'이 됩니다. 왕이나 황제의 변덕, 관료들 사이의 파벌투쟁에 의한 풍파까지 생각할 때, 일생을 통해 이 양극을 진자처럼 몇 번이고 왕복하는 것도 드문 일이 아니었습니다. 간단히 말하면 어떤 경우든 모든 사대부에게는 세상에 나아가는 때와 나아가지 않는 때가 있었다는 것입니다. 따라서 어떠한 이유로 치세에서 멀어졌을 때, 스스로의 뜻이나 일상을 시나 문장으로 짓는 것은 전혀 이상한 일이 아니었습니다. 누가 뭐라 해도 사대부는 문필가들의 무리였고, 그 시와 문장은 공에서 벗어난 사의 세계를 이야기하는 문장이었습니다.

'사'의 세계에 충실한다는 것

한대(漢代) 이전의 경우, 이러한 '사'의 세계를 그리는 문장은 어디까지나 공의 세계에 대한 부정으로 쓰이는 경향이 강했습니다. 떨쳐낼 수 없는 울분을 기조로 삼았던 것입니다. 그러나 차츰 사대부의 '사'의 세계는 그 자체로서 가치를 획득하여 성립해가게 됩니다. 공의 세계를 전혀 의식하지 않을

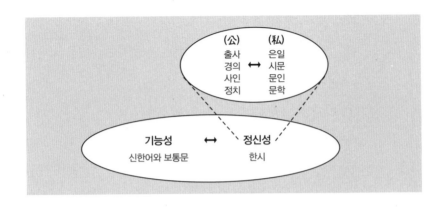

수는 없었지만, 사대부들은 그것과 일정한 거리를 가진 세계를 구축하기 시작합니다. 정치의 세계 밖에도 살 만한 가치가 있는 어떤 세계가 존재한다는 것을 알았다고도 할 수 있겠지요.

대체로 후한(後漢)에서 육조(六朝) 시대에 걸쳐서 볼 수 있는 이러한 변화와 함께 사대부의 삶은 공과 사의 이중성을 가지게 됩니다. 백거이의 경우를 생각해봅시다. 당나라 중기, 그러니까 중당(中唐)의 치세에 태어난 그는 과거에 급제하여 고관에 오른 관료였던 동시에 많은 시문을 남긴 문인이기도 했습니다. 이러한 양면이 있어 비로소 사대부로서의 그의 존재가 두드러질 수 있었던 것입니다. 단순히 관료도 아니고, 그렇다고 문인만도 아닌 존재. 공과 사의 균형은 하나의 모델이 되었습니다. 이런 그가 자신의 시집을 주제별로 풍유(諷喻)·한적(閑適)·감상(感傷)이라는 세 가지 분류로 엮었습니다. 풍유는 정치에 대한 의견을 중심으로 한 공적 세계의 시이며, 한적과 감상은 정치에서 벗어난 사의 마음이 중점인 시입니다. 일본에서는 예로부터 한적과 감상이 자주 입에 오르내린 경향이 있었지만, 백거이에게는 어느 쪽도 소홀히 할 수 없는 것이었습니다.

이러한 이중성의 관점에서 보자면, 메이지 고관들이 무엇을 구하려 모리 슌토 밑에 모여들었는지가 보이지 않으십니까? 백거이의 분류에 따르면, 모리 슌토의 시에는 한적과 감상이 많았다고 할 수 있습니다. 시인으로서의 자기를 의식하며 정치의 요직에 나아가지 않았던 그의 경우를 생각해보면 이 역시도 이상할 게 없습니다. 그렇지만 한시문의 세계에 익숙한 이로서, 즉 사대부의 정신 세계가 몸에 배어버린 이에게 공에 대한 의식을 소홀히 하기란 생각하기 힘든 일입니다.

한편 메이지 고관들은 주야로 정치에 참여하고 있었기 때문에 공의 세계에 대해서는 어찌됐든 충족되었다 할 수 있습니다. 그러나 완전한 사대부가 되기 위해서는 사의 세계를 충실히 하는 것도 필요합니다. 교양 있는 지식인이라면, 정치 밖의 세계, 즉 문화라거나 풍류라고 일컬어지는 세계에도 정통할 필요가 있었습니다. 정치가는 지식인 내지 교양인이어야 한다는 관념이 동아시아적 전통으로 여전히 살아 있었습니다. 모리 슌토의 시풍이 그다지 정치 지향적이지 않았던 것은 서로가 지닌 몫을 교환할 수 있다는 점에서 꽤나 적절했다고 할 수 있지 않을까요.

시문을 즐기는 문인적 에토스

일상의 한 순간을 그리거나 염려한 감상을 읊고 있는 모리 슌토의 시는 한결같이 공으로부터 떨어진 사의 세계를 그려낸 것입니다. 그리고 세상에 출사한 자들의 입장에서 보자면, 벗과 술잔을 나누며 세속의 일을 잊거나,

기루(妓樓)에서의 유희에 정신을 파는 일은, 설령 그것이 일시적 도락에 지나지 않는다 해도 공무에 애써온 사대부의 세계에서 해방됨을 의미했습니다. 마치 지금 우리들이 취미나 레크리에이션이라고 하는 것과 구조적으로 통한다고 하겠지요. 본래의 의미야 어찌되었든 일본에서 문인이라 하면 세속을 벗어나 풍아한 유희를 즐기는 사람들이라는 느낌이 강하다 여겨집니다. 이를 근거로 이러한 세계를 지탱하는 정신을 사인적(士人的) 에토스에 대비되는 문인적(文人的) 에토스라고 부를 수도 있겠지요.

문인적 에토스는 속진(俗塵, 속세의 티끌)을 기피하고, 청담(淸談)을 좋아합니다. 헤이안 시대의 귀족들이 읽고 썼던 한문의 세계는 오히려 이쪽이었다고 말할 수 있습니다. 백거이 또한 문인으로서 대우받았다 할 때, 앞서 말했듯 풍유시보다 한적시가 환영받았던 것도 당연하다 하겠지요. 실제로 과거제도도 없고 이로 인해 지위를 얻는 사대부층도 존재하지 않았던 일본에서—특히 근세 이전의 일본에서는—한문에 수반되는 사인적 에토스란 상당히 모방하기 어려운 영역이었을 겁니다. 반대로 문인적 에토스라면, 귀족들의 풍아한 유희에 접속되기 쉬웠을 터입니다.

근세 후기 일본에서 이 문인적 에토스는 어떤 위치에 있었던 걸까요. 알기 쉬운 예를, 오규 소라이의 제자인 다자이 슌다이(太宰春台)와 핫토리 난카쿠(服部南郭)의 대비를 통해 찾아낼 수 있습니다. 오규 소라이의 고제(高弟, 이름 높은 제자)라면 이 두 사람의 이름이 제일 먼저 거론될 정도인데, 이들에 대해서는 "생각건대 소라이가 죽은 후, 물문(物門)*의 학문이 갈라져

---

* 물문 : 오규 소라이의 원래 성이 모노베(物部)이기 때문에, 그의 문하를 지칭하는 말이다.

둘이 됨이라. 경의는 슌다이를 천거하고 시문은 난카쿠를 천거한다"(에무라 홋카이(江村北海), 『일본시사(日本詩史)』 4권 — 원주)라는 말이 오래전부터 전해올 정도입니다. 모두 소라이학을 계승하기는 했으나 한쪽은 경의에, 다른 한쪽은 시문에 기울었습니다. 다자이 슌다이가 『경제록(経済錄)』 1권에서 "성인의 도는 천하국가를 다스림 외에는 별로 소용이 없음이라 (……) 이를 버려 배우지 않고, 장난삼아 시문 저술을 일삼으며 일생을 보내는 자는 참된 학자가 아니니, 금기서화(琴碁書畫, 거문고·바둑·글씨·그림) 같은 곡예 (曲藝)의 무리와 다를 바 없음이라"고 스스로 말한 바, 치국평천하야말로 유학자의 책무라고 생각하고 있었습니다. 이런 생각이 사인적 에토스에 의해 지탱되고 있음은 말할 필요도 없겠지요. 여기서 경의란 유가 경전을 뜻합니다. 따라서 바야흐로 공의 세계입니다. 한편 다자이 슌다이의 관점에서 보자면, 핫토리 난카쿠는 '시문 저술'을 일삼고 '금기서화'에 정신이 팔린 문인이었습니다. 사의 세계에 사는 주민인 것입니다.

'시문저술'이나 '금기서화'가 사의 세계에 속한다는 점에 주의해봅시다. 다자이 슌다이의 눈으로 보자면 이것들은 현실 정치와는 관계없는 일로, 장난삼아 풍아(風雅)한 체하면서 시문을 짓거나 고증에 몰두하거나, 혹은 거문고나 바둑, 서예나 회화와 같은 놀음에 흥겨워하는 짓에 불과합니다. 문인 취미라 해도 좋겠지요. 여기(餘技)라면 어떨지 몰라도, 오로지 그에만 매달린다면 괘씸하다는 것이지요.

그러나 핫토리 난카쿠의 입장은, 현실을 움직일 힘도 부여받지 못했는데, 정치 운운하는 것은 '공담(空談)'이고, 오히려 정치의 장으로부터 몸을 거두어 도회(韜晦, 재능 따위를 감춤)하는 편이 낫다는 것입니다. 그 자신이 "나는 결코 경제(경세제민)를 말하지 않으리니"(『문회잡기(文会雑記)』1권 상—원주)라고 말하고 있습니다. 핫토리 난카쿠는 17~18세의 나이로 야나기사와 요시야스(柳沢吉保)에게 출사하여, 정치의 현장을 실제로 보고 들은 바 있습니다. 주군의 변덕이나 기호, 가신의 권력다툼이 정치생활의 대부분을 차지하는 것은 숙지하고 있었을 터이지요. 그렇기 때문에 36세로 벼슬을 그만둔 후에는—실제로는 그만두게 되었다는 편이 맞겠지만—굳이 정치에 관여하려 들지 않았다 하겠습니다. 핫토리 난카쿠의 문인세계는 이른바 사인 세계와의 강렬한 대비하에 성립된 것입니다.

문인의 세계를 살다간 오누마 진잔

메이지 시대에 핫토리 난카쿠의 삶의 방식을 따라간 이는, 일찍이 모리 슌토와 같은 사숙에서 책상을 나란히 썼고, 후년에는 시인으로 나란히 유명했던 오누마 진잔이었는지 모릅니다.

모리 슌토보다 한 살 많았던 그의 생애에 대해서는 나가이 가후가 『시타야소와(下谷叢話)』에서 자세히 썼습니다. 『시타야소와』는 오와리 번의 유학자로 메이지 유신 후에는 사법성(司法省)에 출사한 와시즈 기도와 옛 막부의 일민(逸民, 은일하여 지내는 사람)으로 생애를 마친 오누마 진잔을 대비적으로 그린 평전인데, 그 저변에는 나가이 가후와 오누마 진잔이 인척 관계라는 배경이 있었습니다. 오누마 진잔은 모리 슌토가 공부한 유린샤를 창설한 와시즈 유린의 증손자이고, 나가이 가후의 어머니는 와시즈 유린의 증손인 와시즈 기도(鷲津毅堂)의 딸이었던 것입니다. 이 『시타야소와』에는 오누마 진잔을 평한 다음과 같은 구절이 있습니다.

시노부 조켄(信夫恕軒)이 지은 진잔의 전(傳)은 그 사람됨(爲人)을 가장 잘 알려주는 글이다. 그 일절에 가로되 "선생 이미 칠십, 사자(嗣子) 유탕(遊蕩)하여, 가도(家道) 돌연 쇠하다. 사람이 있어 주위에서 권하여 말하길, 고령 예부터 드무나니 생각건대 수(壽)를 경하하는 연회를 설(設)하여 이로써 궁함을 구하시라. 선생 가로되, 중흥 이후(메이지 유신 이후) 세상과 소활(疏闊)토다. 저들 무리 명리(名利)에만 분주하니, 내 침을 뱉는 바라. 지금 차라리 아사(餓死)한데도 저들에게 동정을 구걸하지 않으리라."

유신 이후의 오누마 진잔의 면목이 여실히 나타나 있는 구절이라 하겠습니다. 오누마 진잔이 70세가 되었을 무렵입니다. 적자는 행실이 분명치 못하고, 집마저 곤궁한 것을 보다 못한 이가 희수(喜壽) 축하연을 베풀어 그 궁상을 헤쳐나가면 어떻겠느냐고 권했습니다. 사실을 말하자면, 오누마 진잔의 지인들 중에는 메이지의 세상에서 활개를 치던 사람도 많아 그들로부터 축의금을 모아서 곤경을 이겨내보라고 말한 것인데, 그는 단호히 거절해버린 것입니다. "저들 무리 명리에만 분주하니, 내 침을 뱉는 바라. 지금 차라리 아사한데도 저들에게 동정을 구걸하지 않으리라"며 격렬한 응수를 하고 있습니다.

오누마 진잔의 이런 태도를 옛 막부에 대한 한결같은 충성심과 메이지 정부에 대한 반발이라고만 말할 수는 없습니다. 물론 제1장에서 인용한 곤도 이사미의 시를 첨삭한 이가 오누마 진잔이었으니 그런 의식이 없지는 않았겠지만, 그는 지사의 열정에 감회를 자아내는 한편 무릇 세도(世道)에 관여하는 것을 기피하려고 했던 것입니다. 이미 안세이3년(1856)에 쓴 「음주(飲酒)」라는 시에서 그는 다음과 같이 읊고 있습니다.

今時輕薄子	지금 경박한 자들은
外面表誠純	겉으로 성의와 순수를 꾸며 드러내나
纔解弄文史	간신히 글과 역사로 희롱함을 알면
開口說經綸	입을 열어 경륜을 설하네
(……)	
世情皆粉飾	세정이 모두 분칠에만 힘쓰나니
哀樂無一眞	슬픔과 즐거움 어느 하나 참됨이 없네
只此醉鄕內	다만 이 취중 경지 속에서
遠求古之人	먼 옛 사람을 구함이니
小兒李太白	작은 아이는 이태백이요
大兒劉伯倫	큰 아이는 유백륜이라
隔世抒同飲	세상을 멀리하고 함께 마시기만 하노니
我醉忘吾貧	내 취함에 나의 가난도 잊겠노라

요즈음 경박한 무리는 겉으로만 지성(至誠)이 있는 체 하고, 겨우 학문을 할 만하면 곧 정치를 논하고 싶어 한다. 정치의 계절에 분주한 청년들이 가

진 일면의 진실이겠지요. '소아(小兒)'와 '대아(大兒)'는 막내와 장남입니다. 이백이 술을 즐겼음은 잘 알려져 있습니다. 유백륜은 죽림칠현의 한 사람인 유령(劉伶)이며 이도 술을 즐겨 술을 기리는 「주덕송(酒德頌)」이라는 시문으로 유명한 중국 진나라의 문인입니다. 이들 모두, 취향(醉鄕, 취중의 경지) 속의 아이들이라는 함의입니다. '변(抃)'이란 탐닉한다는 뜻. 오누마 진잔은 술의 세계에 빠진 고인(古人)과 마찬가지로 세간을 등지고 별천지 속에서 살아가고자 한 것입니다. 이 역시도 한시문을 떠받치는 정신 세계의 하나입니다.

한시문은 표의문자로서의 기능성과 함께, 사대부의 정신 세계를 또 하나의 초점으로 삼아 성립한 문체입니다. 더욱이 이것은 공과 사, 혹은 사회와 자기라는 두 가지 초점을 갖고 있습니다. 전자와 후자의 대비는 각각 사인적／문인적─이 경우의 '사인적'이라는 말은 다소 한정적인 의미로, '문인적'이라는 말과 대비적으로 사용하고 있습니다─이라는 말로 요약될 수 있습니다. 오누마 진잔의 시는 바로 그 문인의 세계 자체였으며, 그런 의미에서는 모리 슌토의 경우도 마찬가지입니다. 다른 점이 있다면, 모리 슌토의 시는 세상에 대한 강렬한 의식에 의해 유지되고 있었다는 점이라 하겠지요. 사인과 문인에 대하여, 혹은 공과 사, 나아가 조(朝, 조정)와 야(野, 재야)에 대해, 모리 슌토는 융화적이지만 오누마 진잔은 대립적입니다. 핫토리 난카쿠와 가까운 이가 모리 슌토보다도 오누마 진잔이라고 말한 이유를 이해하실 수 있을는지요.

정치의 '공'과 문학의 '사'

이 두 가지 초점은 근대 이후, '정치와 문학'이라고 이를만한 대립을 향해 이동해갑니다. 이는 문학이라는 것의 위치가 확정되어갔음을 의미하기도 합니다. 그러나 여기에 대해 말하기 전에, 우선 정치와 학문이라는 문제에 대하여 생각해볼 필요가 있습니다. 그도 그럴 것이 막부 말기부터 메이지 시대에 걸쳐 세상이 크게 변동하여, 이전보다도 학문과 정치 혹은 학문과 관직이 훨씬 더 깊이 결부된 점을 간과할 수 없기 때문입니다. 본래 '문학'이라는 말에는 학문이라는 의미가 포함되어 있었는데, 메이지 시대를 통하여 점차 이것이 엷어져간 것도 이와 얽혀 있는 문제라 생각되기 때문입니다.

그런데 오누마 진잔은 "간신히 글과 역사로 희롱함을 알면, 입을 열어 경륜을 설하네"라고 비난합니다. 하지만 유학이 경륜, 즉 천하를 다스리는 것을 궁극의 목적으로 하는 학문인 이상 이는 오히려 당연한 것이었습니다. 오누마 진잔이 말한 "지금의 경박한 자들" 중에는 이후 유신 정부의 고관이 된 이들도 있었을 터, 이 또한 학문과 정치 내지는 관직이 깊이 결부되어 있었음을 보여줍니다. 더욱이 메이지 시대에 들어서자, 새로운 시대의 인재를 육성하기 위해 학교제도가 정비되고 관료를 낳는 정점으로서 대학이 설치됩니다. 이른바 세상에 뜻을 품은 이들에게 '문사'와 '경륜'은 직결되어 있었던 것입니다.

그런데 이쯤에서 다소 복잡한 메커니즘이 작동하게 됩니다. 종래의 학문은 한학을 그 기초로 한 것이었습니다. 여기에는 한문을 읽고 쓰는 것뿐 아니라 한시를 읽고 쓰는 일도 포함되어 있었습니다. 중국의 과거제에서는 시가 출제되었고 이런 흐름을 수용한 한학교육에 한시가 포함된 점은 전혀 이상할 게 없었습니다. 정치에 대한 뜻을 기술하는 데도 시는 유효합니다.

그러나 메이지 시대의 학문에서 한시는 불필요한 존재였습니다. 앞 장에서 서술했듯이 학문은 실용으로 그 중점을 옮겨가고 있었습니다. 한문을 읽고 쓰는 일로부터도 멀어져가는 판에, 더구나 한시로 골머리를 썩이다니, 극히 비실용적인 일이었겠지요. 한시는 차츰 학문의 범주로부터 제외되어 갑니다.

물론 혁명에는 강렬한 감정을 고무하는 시가 필요하지만, 일단 하나의 체제를 성립하고 나면, 이는 골칫거리가 되어버리기까지 합니다. 메이지 정부에 반항했던 자유민권운동의 한가운데에서 한시가 한창 유행하여 읽힌 것은 막부 말기 지사의 계보를 계승했기 때문이라 자주 언급되곤 합니다. 하지만 그러한 국면에서 한시를 이용하는 것 자체가 실은 시대에 뒤쳐진 일이 되어가고 있었습니다. 어떤 의미에서 한시의 퇴조란 민권운동 지사들의 위상 변화를 보여주는 현상일지 모릅니다.

어차피 학문이 관직과 관련된 점은 중국 사대부의 존재방식과 유사합니다만, 학문의 내용이 급격히 전환되기 시작했던 것이지요. 종래에는 공의 세계에 속한다고 여겨진 한시문도 실용문인 훈독문을 산출하고는 그 자신 사의 세계, 즉 취미의 세계로 점차 물러납니다. 공의 세계에서는 훈독문으로 번역된 서양 학문이 그 세력을 넓혀가게 됩니다.

이러한 상황 속에서 모리 슌토는 이른바 두 가지 초점, 공과 사를 이어주는 형태로 한시의 위상을 재정립하고자 했다고 할 수 있습니다. 그리고 오누마 진잔은 이를 거부했습니다. 또 하나의 초점인 사의 세계를 고집하며 어디까지나 방외인으로서의 입장을 고수했던 것입니다.

공을 위한 문장으로서의 한문은 메이지의 금체문을 낳아 정치를 이야기하는 말이 되고, 한편으로 사의 세계를 이야기하는 시문은 '문학'으로서 새롭게 위치부여가 이루어진 것이라고 생각할 수 있지 않을까요? 모리 슌토 밑에 모인 메이지 고관들은 스스로가 정치의 세계에 있음을 인식함으로써 그 균형을 잡기 위해 한시를 짓고 시사(시모임)에 참가했던 것입니다. 물론 이것이 진실로 풍류에 진력하는 일이었는지는 다소 의문입니다. 그 모임이 이해관계가 얽혀든 꽤나 세속적인 것이었음을 상상하기란 어렵지 않습니다. 모리 슌토 자신도 정치가 아닌 '문학의 세계'에서 쌓은 명성으로 세간에 인정받고 싶다는, 조금은 굴절된 데다 세속적이기까지 한 바람이 있었음에 틀림없습니다. 그렇게 보자면 중국의 은자 중에도 은자로서의 명성을 높임으로써 세간의 권세나 부귀와 만날 기회를 바라던 이들도 적지 않았습니다. 하지만 그렇다 해도 일단은 '경륜'과 '시주(詩酒)'의 조화를 이루려는 의도는 인정되며, 한문맥의 전통에서 보자면 이 또한 지극히 당연한 행동이었다 하겠습니다.

막부 말기부터 메이지 시대에 걸쳐, 학문에 의한 인재등용은 커다란 조류가 되었습니다. 일본의 지식층이 처음으로 중국의 사대부에 스스로를 견줄 수 있는 시대가 도래한 것이기도 합니다. 입신출세의 정신은 본디 중국 사대부의 것이었습니다. 『서국입지편』은 그 서양판으로서 받아들여집니다. 그러나 이와 동시에 학문의 내용 변화는 급속하게 전개됩니다. 단순히 옛 사대부인 양하는 일은 이미 무리였습니다. 그런 커다란 흐름 속에서 모리 슌토와 오누마 진잔은 자신들의 위치를 정하고 있었던 것입니다.

학문과 문학의 분리

무릇 '문학'이라는 어휘 자체에 대해서 말하자면, 이는 본래 문장이나 학문을 폭넓게 가리키는 단어이기에 메이지 시대 옥편의 뜻풀이난이나 루비(ルビ, 한자에 다는 독음과 뜻풀이, 후리가나)에 '가쿠몬'(ガクモン, 학문)이라고 적은 예가 많았습니다. 예를 들어 『메이지 말사전(明治のことば辭典)』에서는 다음과 같이 해설하고 있습니다.

> 본래 '학문'이라는 의미였는데, 영어 'literature'의 번역어가 되면서 메이지 시대에는 문자에 의한 예술작품인 '문예'를 가리키게 되었다. 그때, 『철학자휘』(메이지14년(1881) 'Literature 문학' 항목— 원주)가 큰 영향을 미쳤다.

이처럼 애초에 '문학'이라는 한어가 널리 학예(學藝) 혹은 인문학 일반을 가리키는 말이었다는 사실, 그리고 이것이 literature의 번역어가 되면서 시나 소설 등의 문예로 그 범위가 한정된 어휘로 이행했다는 것은, 대개 통설로서 인지되고 있습니다. 문제는 그 전환이 단지 번역어의 의미로 규정된 것에 불과한가 하는 점입니다. 혹은 literature라는 개념이 수입되면서 처음으로 근대적 문학 관념이 생겨났다고 한다면, 그 이전에는 과연 근대의 '문학' 관념에 상당하는 것이 없었겠는가 하는 질문입니다.

위의 해설에서 보자면, '문학'이라는 어휘가 '학문'에서 '문예'의 의미로 이행해갔다는 것은 종래의 학문이 크게 변용됨에 따라 '학문'과 '문학'의 분리—전자는 공적, 후자가 사적— 가 시작되었기 때문이라고도 생각할 수 있지 않을까요? 이와 동시에 종래의 '문학'—이는 근세에서는 한학이라 해야겠습니다만—내부에 근대 동아시아적 의미에서의 문학을 떠받치는 요소가 이미 내포되어 있었다 말할 수 있지 않을까요? 즉 문학이 학문에서 문예로 이동하는 과정에서 한문맥의 공과 사라는 이중 초점의 틀이 중요한 역할을 수행했다는 것입니다.

사인적인 에토스에 대항하는 가치로서 문인적 에토스가 인식되고 있었듯이, 경의와 시문은 병립하는 동시에 대립적인 것으로서 변별되고 있었습니다. literature에는 예술의 한 분과라는 의미도 있습니다. 그렇다면 이런 문인적 에토스와 서양의 literature 개념이 서로 결부되어 나타난 것이 메이지 시대의 '문학'이었다고 할 수 있습니다. 동시에 종래의 '문학'에 내포된 공과 사의 이중성이 다시금 내포되어, 사의 세계를 그릴 때에도 거기에는 공을 향한 의식이 계속 남아있는 채 이어졌다고도 할 수 있습니다. 또한 일본 근대 문학 내부에서 '사의 세계에만 탐닉할 뿐 공을 향한 의식이 부족하다'는 비판이 간헐적으로 일어난 것도, 본래 '문학'의 전통 속에 공을 향한 의식이 존재했기 때문이라고도 할 수 있습니다.

나가이 가후가 『시타야소와』를 쓰면서, 흡사 중국의 사대부 관료를 재현한 것 같은 와시즈 기도가 아니라, 끝내 세상을 등진 채 죽은 오누마 진잔에게 스스로를 중첩시킨 사실은 여러 차례 지적되었습니다. 나가이 가후의 생애와 문학을 생각하면 동의할 수 있는 바입니다. 그리고 그곳에 근대 정치와 근대 문학의 대립이 내포되어 있다고도 볼 수 있을 것입니다. 나가이 가후의 「수박(西瓜)」에 이런 구절이 있습니다. 다소 길기는 하지만 메이지 문학의 한문맥을 살피는 이상 흥미로운 구절이기에 죽 한번 읽어보지요.

나는 원래 그 같은 관념('소극적 처세의 도' — 원주)을 언제쯤 배워 익혔던 것일까. 그 유래한 바를 더듬어볼 때, 어린 시절 친숙하게 보고 들었던 사회 일반의 정세(情勢)를 회고하지 않을 수 없다. 즉 메이지10년부터 22, 23년에 이르는 사이의 세상 형편이다. 이 시대에 사회의 상층에 서 있던 자들은 관리였다. 관리 가운데 그 공훈을 자랑하던 이들이 삿쵸(薩長)*의 사족이었다. 삿쵸의 사족에게 수종(隨從)하는 것을 부끄러이 여긴 이들은 모조리 실의의 늪에 빠졌다. 실의에 빠진 사람들 중에는 동호(董狐)의 붓**을 휘둘러 유설(縲絏, 투옥)의 욕을 본 이도 있고, 또는 도연명의 삶의 태도를 배워 동리(東籬)에서 국화나 살피는*** 도를 구하는 자도 있었다. 내 비록 남들보다 배우지 못했으나 일찍이 학생 시절부터 귀거래(歸去來)의 부(賦)를 외우고 또 초사(楚辭)를 읊조리는 것을 기원(冀願)했을 뿐임은, 메이지 시대의 이면을 흐르고 있던 그 어떤 사조가 끼친 바라. 구리모토 조운(栗本鋤雲)이 "여항의 호젓하고 쓸쓸한 야경이 애달프니 / 부엉이, 올빼미 소리 달밤에 울리네 / 누

---

* 삿쵸 : 현재의 가고시마 현인 사쓰마 번과 현재의 야마구치 현인 죠슈 번을 아울러 이르는 말. 이 두 곳은 메이지 유신의 도화선이 된 지역이다.
** 동호 : 춘추 시대의 진나라 사관이다. 여기서 '동호의 붓'이라는 표현은 역사가가 권력과 위세를 두려워하지 않고 사실대로 쓰는 것을 의미한다.
*** 동리에서 국화나 살피는 : 도연명의 「음주시(飲酒詩)」에 나오는 명구인 "採菊東籬下(동쪽 울타리 아래 국화를 따네)"에서 따온 표현이다.

가 생각해주리, 외로운 장막 차가운 등잔 밑 / 백발의 남은 신하 초사를 읽네 (間巷蕭條夜色悲. 鶗鴂聲在月前夜. 誰憐孤張寒檠下. 白髮遺臣讀楚辭)"라 한 절구를 지금 다시금 뇌기(牢記, 마음에 새겨)하여 잊을 수 없는 것이다.

도연명은 스스로 세상에 어울릴 수 없음을 깨닫고 사의 세계를 즐겼고, 『초사(楚辭)』를 노래한 굴원(屈原)은 자신을 배제시킨 공에 대한 울분을 계속 간직했습니다. 스스로 세상에 등을 돌렸든, 강요로 등을 돌리게 되었든 간에 공의 세계 밖에 있는 사람들의 모습에 나가이 가후가 공감한 것은, 그들이 살았던 옛날을 생각함이 아니라 그가 처한 현실을 생각했기 때문입니다. 제5장에서 서술하겠지만 거기에는 아버지의 모습도 반영되어 있었습니다. 한문맥은 이들에게 극히 현실적인 것이었습니다.

모리 오가이의 『항서일기』

이렇게 메이지 '문학'을 파악할 경우, 한시문이 가진 공과 사의 이중성을 숙지하는 한편 이러한 이중성을 자기 삶의 방식으로서 완수하려고 했던 메이지의 대표적 문학가인 모리 오가이는 중요한 고찰 대상이 됩니다.

모리 오가이가 한시문에 능했던 것은 상식이라 할 만큼 잘 알려져 있습니다. 분큐(文久)2년(1862), 쓰와노(津和野, 지금의 시마네 현 남서부) 번 고덴이(御典医)*의 장남으로 태어난 모리 오가이는 어린 시절부터 한문 서적을 배우기 시작했고, 이 지방 번교인 요로칸(養老館)에서도 공부했습니다. 이곳에서 그는 한학 소양을 먼저 몸에 익혔습니다. 또한 젊은 시절부터 한시 창작에 흥미를 갖고 전 생애에 걸쳐 시를 지은 사실과 그의 저술에 한문의 그림자가 농후한 것도 잘 알려져 있습니다. 덧붙여 말하자면 나가이 가후는 그를 스승으로 우러러, 평생 경외하는 마음을 품고 있었는데, 『시타야소와』는 모리 오가이의 죽음을 계기로 그 사전(史傳) 문학을 본떠 쓴 것입니다. 그런 의미에서도 모리 오가이로부터 나가이 가후에 이르는 계열은 흥미롭다고 생각됩니다.

그건 그렇고, 모리 오가이에게 있어서 문학이 어떤 것이었는가를 고찰하기 위해서는, 문호(文豪) 모리 오가이라는 이름으로 유명해지기 이전의 작품들을 먼저 살피는 게 좋을 듯합니다. 이는 한시문의 세계로부터 나온 것이었습니

明治十七年八月二十三日後六時汽車發東京□抵橫濱□投於林家□此行受命任六月十七日□赴德國健衛生學兼調陸軍醫事也□七月二十八日詣闕拜天顏□辭別宗廟□八月二十日至陸軍省傾封傳□初余之卒業於大學也□蓋有航西之志□以爲今之醫學□自泰西來□縱使脫其文誦其音□而苟非親履其境□鄧黈燕說耳□至明治十四年叨膺學士得□賦詩曰□一笑名優質拙勞□依然古態逞吟肩□觀北偃惣真欽未□題塔誰誇最少年□唯識蠶生愧牛後□從致阿迷箸鞭先□昂々未折雄飛志□夢裏長風萬里船□蓋神已飛於易北河畔矣□未幾任軍醫□爲軍醫本部僚屬□踽踽執掌□汨沒于湖帙案牘之間者□三年於此□而今有玆行□欲毋喜不可得也□

『항서일기』의 해당 부분 원문
가와구치 히사오(川口久雄) 엮음,
『막부 말기부터 메이지 시대까지의 해외체험
시집(幕末 明治 海外体験詩集)』
다이토분카(大東文化)대학 동양연구소 소장.

---

*고덴이 : 의약 관청인 전약료(典藥寮)에서 일하는 의사. 에도 시대에는 쇼군이나 다이묘를 담당한 의사에게도 특별히 '御'를 붙였다. 위는 후자의 경우.

다. 모리 오가이, 즉 모리 린타로(森林太郞)는 도쿄대학교를 졸업하고 3년 후인 메이지17년(1884), 육군 군의로 독일 유학길에 오르는데, 독일에 이르기까지의 여행을 기록한 『항서일기(航西日記)』라는 한문체의 기행문이 남아 있습니다. 여기에는 유학에 이르기까지의 경위가 이렇게 적혀 있습니다. 모리 오가이가 20대에 쓴 한문입니다.(원문은 도판을 참조)

애초에 여(余)는 대학을 졸업하여, 진즉 항서(航西)에 뜻이 있었노라. 생각건대 지금의 의학은 태서(泰西)에서 왔음이라. 설령 그 글을 보고, 그 음을 흉내낸다 해도 만일 몸소 그 경계를 밟지 못한다면, 즉 영서연설(郢書燕說)*이 될 뿐이라. 그리하여, 메이지14년에 이르러 외람되이 학사(學士)의 이름을 황공히 받자왔노라. 시로 부쳐 가로되,

一笑名優質却屝	한 번 웃노라, 이름 높아도 체질 도리어 허약하기에
依然古態聳吟肩	의연히 옛 모양 그대로, 음견(吟肩)을 치켜올려
觀花僅覺眞歡事	꽃을 보고야 간신히 깨닫는 참된 경사
題塔誰誇最少年	탑에 이름 올린 들** 누구에게 자랑하리 최연소
唯識蘇生愧牛後	다만 소진이 우후***를 부끄러이 여겼음을 아노라
空敎阿逖着鞭先	덧없이 저 멀리 나아가 앞서서 채찍 잡으니

---

* 영서연설 : 초나라 영에 사는 사람이 쓴 편지를 연나라 사람이 견강부회하여 해석하는 일. 초나라와 연나라는 말이 통하지 않았다.
** 제탑 : 탑에 이름을 올린다는 의미로 과거급제의 영광을 비유하는 표현.
*** 소진의 우후 : '닭의 주둥이가 될지언정 소의 궁둥이가 되지 마라'의 의미로 중국 전국 시대의 소진이 제후들에게 유세하면서 쓴 표현.

昻昻未折雄飛志   앙앙하게 아직 꺾이지 않았네, 웅비의 뜻

夢駕長風萬里船   꿈은 큰 바람에 올라 만 리의 배에 있으리

생각건대 신(神, 마음)은 이미 엘베(易北, Elbe) 강 둔덕을 날고 있음이
라. 아직까지 얼마 되지 않아 군의에 임명되지 않고, 군의본부의 관속
이 되었네. 척촉(躑躅, 주저함)하고 앙장(鞅掌, 번거로움)하여, 부서안독
(簿書案牘, 장부와 문서) 사이에서 골몰하기 이로부터 3년, 이제 이 떠
남이 있느니라. 기쁨을 누르려 하여도 그리하지 못하니라.

모리 오가이의 자의식

모리 오가이, 그러니까 린타로는 대학 졸업 무렵부터 서양으로 도항하여
학문을 닦고 싶다는 희망을 갖고 있었습니다. 지금의 의학은 유럽에서 온
것이기에 아무리 문장을 읽고 입으로 외웠다하더라도 실제로 그들의 땅을
밟지 않으면 '영서연설', 즉 엉뚱한 오해를 깨닫지도 못할 것이다라고 말합
니다. 그리고 그는 메이지14년 7월 도쿄대학교—그때는 아직 제국대학이
라고 불리지 않았습니다—의 졸업을 맞아 앞의 한시를 지었습니다. 이 시
야말로 린타로가 한문맥 속에서 어떠한 자의식을 형성했는가를 살피는 데
안성맞춤인 시입니다.

이 시의 후반부는 차치하더라도, 자의식의 핵심을 보여주는 전반부 네 구
(句)의 해석과 관련해서는 지금까지 여러 논의들이 있었습니다. 이에 대한
상세한 서술은 유보하겠지만, "이름은 높으나(名優)"가 '명배우(名優)'로 이

해되기도 했고, 이에 대한 반론이 나오자, 또다시 재반론이 생기는 등 꽤나 떠들썩한 논쟁이 있었습니다. 현재는 모리 오가이의 이 한시에 대한 착실한 주석(『오가이역사문학집(鷗外歷史文學集)』 제12·13권 — 원주)이 있으니 해당 번역문을 인용해봅시다.

> 의학사란 자못 훌륭한 호칭이지만 몸이 허약하여 웃음거리나 다름없고 / 졸업 후에도 이전과 마찬가지 모습으로 변함없이 한시 따위나 읊고 있었다.
>
> 그래도 꽃을 보고 있으면 [옛날, 진사과에 합격한 이들이 살구 정원(杏園)에서 연석(宴席)을 열었다는 옛일이 떠올라] 학사가 되었다는 기쁨이 간신히 마음 밑바닥에서 솟아올라왔다. / 졸업생들 가운데, 도대체 누가 가장 젊은 것일까? [실은 그가 바로 나다]

"의연고태용음견(依然古態聳吟肩)"이라는 2구를 "변함없이 한시 따위나 읊고 있었다"라고 옮기고 있듯이, "음견을 치켜올려"는 한시를 읊는 행위를 가리킴이 틀림없습니다. 위 인용문의 주석을 보면 다음과 같습니다.

"어깨를 치켜올리고 시를 읊다. '음(吟)'은 시인 관련의 사물과 연결된 접두사. 송나라 주희의 「유명원과 송자비의 은자의 초빙에 반대함에 붙인 두 수(次劉明遠宋子飛反招隱韻二首)」*에서 두 번째 수를 보면 '아직 방해받지

---

* 유명원(劉明遠)과 송자비(宋子飛)는 사람 이름이다. '반초은(反招隱)'이란 중국 진나라 왕강거(王康琚)의 시에서 비롯된 표현이다.

않았어라, 한가로이 함께 읊조리는 우뚝 솟은 어깨여(未妨閑共聳吟肩)'라고 하였다"

이 주석은 적절하다 하겠습니다. 그러나 어떤 이들은 이 한시 읊기를 지사풍(志士風)의 한시를 소리 높여 낭송하는 것으로 해석해 버리기도 합니다. 예를 들어 "나는 의연히 옛날의 무골 스타일, 여전히 반카라(蛮カラ)[*]처럼 어깨를 치켜올리며, 높은 소리로 노래를 부르며 활보한다"(고지마 노리유키(小島憲之), 『말의 무게(ことばの重み)』— 원주)라고 말입니다.

'치켜올리다'라는 말 자체가 확실히 그런 연상을 불러올 법도 하지만, 실은 앞에 인용한 남송 주희의 시구는 "영달도 불우도 단지 운명일 뿐이니(榮醜窮通祇偶然)"라는 시구와 더불어 한 연(聯)을 구성하고 있습니다. 더욱이 이 구에 나오는 '한가로이'라는 표현을 보더라도 '반카라'라는 방향성과는 좀 다른 의미 아닌가 싶습니다. 린타로가 반카라였는지의 여부도 물론 문제가 되지만, 그 이상으로 역시 '용음견'이 의기가 왕성한 모양을 말한 것이 아니란 점에 특히 유의할 필요가 있는 것입니다.

또한 용음견은 용시견(聳詩肩, 시견을 치켜올리다)이라고도 합니다. 남송 소식의 「증사진하충수재(贈寫眞何充秀才)라는 시를 보면 "또한 보지 못했는가, 눈 속 나귀 탄 맹호연(又不見雪中騎驢孟浩然) / 눈썹 모으고 시를 읊조리니 어깨는 산처럼 솟았어라(皺眉吟詩肩聳山)"라는 구절이 있습니다. 이 시구

---

[*]반카라 : 불량아, 반항아, 깡패, 건달, 반골 등 다양한 함의가 있다. '하이카라(ハイカラ, 상류층, 지식인)'의 '카라'에 야만/오랑캐를 의미하는 '만(蛮)'을 붙여서 만든 신조어로, 주로 근대 일본의 대학생들 사이에서 크게 유행한 일탈적 태도나 풍조를 지칭한다.

에서 눈썹을 모으고 어깨를 움츠린 모습은 눈 속에서 나귀에 걸터앉은 맹호연(孟浩然)의 시 읊는 모습을 가리킵니다. '서생의 느낌'보다도 세상에서 벗어나 작시에 몰두하는 모습을 위의 "의연고태용음견(依然古態聳吟肩)"이라는 2구에서 읽어내야 할 것입니다. 덧붙이자면, 맹호연은 성당(盛唐)의 시인으로 일생을 관직에 나가지 않고 자연과 은일을 즐겼는데 그의 시는 일본에서도 애송되었습니다. 그 유명한 "봄잠에 새벽을 깨닫지 못하네(春眠不覺曉)"도 그의 시구입니다.

이런 식으로 읽으면 1구와의 관련도 더욱 분명해집니다. 대학 졸업으로 얻은 '학사'라는 호칭이 자못 훌륭하나 '질각잔(質却屛)'이다. 즉 내실은 그에 걸맞지 않다. ─굳이 병약하다고 파악하지 않아도 괜찮을 것 같습니다─졸업을 한다 해도 곧 관직에 나갈 수 있는 게 아니니, 변함없이 시나 읊조리고 있는 형편이구나, 라는 이야기입니다.

'사(仕)'와 '은(隱)'이라는 틀

만일 모리 오가이의 열성 독자들이라면 이런 린타로의 모습에서, 예컨대 『호죠 가테이(北条霞亭)』의 첫대목에 있는 다음과 같은 문장을 떠올릴지 모르겠습니다.

가테이(霞亭)가 학(學)을 이루고서 아직 출사하지 못한 서른두 살 때, 제벽산(弟碧山)에 한 사람을 데리고 차아(嵯峨, 험준한)한 곳에 거처하니, 그 모습이 은일전(隱逸傳)[*]의 사람과 흡사하다. 일찍이 나도 어린 시절 대학을 졸업할 무렵, 이와 같은 꿈이 마음 속에 오간 적이 있다. 그러나 나는 그의 행적을 이상으로서 품어야지 행실로 드러내서는 안 된다고 하여, 그에 이르는 도를 강구하지 못하고 그만두었다. 저 가테이는 누구인가. 감히 이를 행하였다.

대학을 7월에 졸업했던 그가 무엇보다 바라던 것은 관리 신분의 유학이었습니다. 수석 졸업자인 미우라 모리하루(三浦守治)와 차석의 다카하시 준타로(高橋順太郎)는 졸업 후에 당직의(當直醫)에 임용되어 유학을 가는 것이 거의 결정되어 있었습니다. 머지않아 두 사람은 귀국 후에 도쿄대학교 교수 지위를 약속받은 신분으로, 문부성의 지시로 독일 유학을 떠나게 됩니다. 그러나 석차 8위에 그친 린타로는 유학에 대한 부질없는 희망을 품고 유학생 정식발표가 나올 11월까지 내내 기다려야만 했습니다. 결국 바람은 이루어지지 않았고 다소 뜻에 반하는 군의관으로 육군에 들어가게 되는데, 이 기간 동안 린타로의 신분은 불안정했습니다. 그 시기의 린타로는 "학을 이루고서 아직 출사하지 못한" 상태였던 것입니다. 원하던 벼슬길에 이를 수 있을지의 여부도 알지 못한 채, 동생인 도쿠지로(篤次郎)와 둘이서 서적에 탐닉하던 시기입니다. 『항서일기』의 시가 이런 상황을 전제로 한 것임을 생각한다면 '용음견'의 숨은 뜻도 보다 분명하게 이해될 것임에 틀림없습니다.

---

[*] 은일전 : 『사기』, 『한서』 등의 기전체(紀傳體) 역사서에 인물의 사적을 기록하는 형식으로 열전이라는 체제가 있으며, 은일전은 이 체제의 하위분류로 혹리전(酷吏傳), 양리전(良吏傳) 등과 비슷한 류이다.

그러니까 이제까지 서술해왔듯 이와 같은 '공/사(私)'나 '사(仕)/은'이라는 틀은 한시문을 배워 몸에 체득한 결과라고 할 수 있습니다. 모리 오가이의 글 중에 학업을 중도에 포기하고 귀향할 수밖에 없었던 동향의 학우 이토 마고이치(伊藤孫一)에게 보낸 시가 있습니다. 여기에도 이런 틀이 보입니다.

도쿄대학교에 재학 중이던 메이지13년(1880) 초여름에 썼다고 추정되는 이 시에서, 린타로는 뜻을 이룰 수 없어 귀향하는 친구에게 "동중서(董仲舒)는 예리한 칼을 품고 / 가의(賈誼)는 올빼미를 꺼리어 부를 짓느니라(董生抱利刀, 賈子賦鵩鵬)"라고 하여 관에서 물러난 동중서와 좌천된 가의의 고사를 듭니다. "지사는 어부와 초부에 만족하고 / 영웅은 큰 사슴을 따르네(志士甘魚樵 / 英雄伴麋鹿)"라며 빼어난 인물이 산림에 머물렀음도 말하고 있습니다. "비록 산림 가운데 있다 하더라도 / 마음속은 모름지기 개척해야 하느니라 / 나는 기다리네 용이 구름 얻어 / 일거에 언덕과 골짜기에서 나오기를(雖在山林中 / 心胸宜開拓 / 我竢龍得雲 / 一擧出邱壑)"과 같은 한시구를 빌어, 뜻을 쌓아 머지않아 세상에 나오라고 호소했던 것입니다.

과장된 수사

이러한 수사법은 물론 중국의 그것과 흡사합니다. 자신과 상대를 옛사람에게 견주는 것은 자신과 상대의 존재를 역사와 사회에 연관시켜 자리매김하는 일이기도 합니다. 앞에 서술했듯 오누마 진잔은 스스로를 이백이나 유령에 견주었습니다. 청년 린타로는 친구를 옛 사대부에 견주어 '지사'라 하고, 또 '영웅'이라 말합니다. 이는 또한 이 시를 보내는 자기 자신도 옛 사대부에 연결된 자라 여기는 의식과 사기의 진작을 보입니다.

다소 과장되고 야단스러운 클리셰가 남용된 경향은 있지만, 이런 사기의 진작이야말로 한시를 쓰게 한 하나의 동력이었음도 사실입니다. 그 시에 친구를 그리는 진솔한 정애(情愛)가 담겨 있지 않다고 할 수 없겠지요. 필시 시를 받아든 쪽도, 보낸 쪽과 마찬가지인 자긍심을 가지고 고향에 돌아갈 수 있었을 것입니다. 시로 인해 귀향은 단순한 귀향이 아니게 되었습니다.

『항서일기』의 시로 돌아가보면, "꽃을 보고야 간신히 깨닫는 참된 경사 / 탑에 제하여도 누구에게 자랑하리 최연소(觀花僅覺眞歡事 / 題塔誰誇最少年)"라고 한 것도 틀림없이 대학 졸업을 과거제에 견주어 말한 걸 겁니다. 확실히 전국에서 수재를 모은 대학은 내용이야 어찌되었든 그 틀에 있어서는 쉽게 과거제를 연상시켰습니다—물론 동시대의 동아시아를 보자면 청나라도, 조선도, 베트남도 아직 과거를 치루고 있었습니다. 한시문을 통해 배운 자의식이 근세보다는 메이지 시대에 현실감을 더했던 사정도 컸으리라고 여겨집니다.

덧붙여 말하자면 "제탑수과최소년(題塔誰誇最少年)"은 본디 "탑에 제하니 (이름 올리니) 누구인가 자랑스런 최연소"라 훈독하고, 앞에 인용한 번역문도 "졸업생들 가운데 도대체 누가 가장 젊은 것일까 [실은 그가 바로 나다]"라고 하고 있습니다. 하지만 이 책에서는 앞서 '탑에 이름 올린 듯 누구에게 자랑하리 최연소'라고 훈독해보았듯이, '최연소 졸업이 누구에게 자랑이 되리오'라고 이해하는 편이 좋을 것 같습니다. 시의 '誰誇'는 '누구를 향해 자랑하리(向誰誇)', '누구를 위하여 자랑하리(爲誰誇)'와 마찬가지로 "도대체이게 무슨 소용인가"하는 공허함을 동반한 표현이 될 때가 많고, 여기서도 '誰誇'는 3구의 '僅覺(근각, 간신히 깨닫다)'과 짝이 되어, 소위 '僅(간신히)'에 의해 나타난 유보가 '誰(누구)'라는 반어를 이끄는 장치가 되고 있습니다. '사(仕)'와 '은' 사이에서 느끼는 일종의 답답함을 여기에서 읽어내자는 것입니다.

그러나 이 답답함 속에서도 린타로는 꺾이지 않습니다. "앙앙하게 아직 꺾이지 않았네, 웅비의 뜻 / 꿈은 큰 바람에 올라 만 리의 배에 있으리(怏怏 未折雄飛志 / 夢駕長風萬里船)"해외로 웅비하는 뜻은 꺾이지 않아서, 꿈속에서 나는 멀리 저편으로 돛을 달리는 배 위에 있다고 하는 문장으로 맺고 있습니다. 이어서 그는 "생각건대 마음은 이미 엘베 강 둔덕을 날고 있음이라(蓋神已飛於易北河畔矣)"라고 적습니다. 즉 이 시는 독일 유학이라는 숙원을 이루고 난 후 억누를 수 없이 기쁜 마음을 내비치기 위해 '그러고 보니 졸업 무렵은 이러했다'라는 문맥에서 쓰여진 것입니다.

한 수의 시에 대해서 상세하게 서술해보았습니다. 다소 번거롭게 느끼셨을지 모르지만, 이렇게 미시적으로 분석함으로써 모리 오가이 역시 모리 슌 토나 오누마 진잔과 마찬가지로 한시 짓기를 자기상(自己像)을 그리는 일 내지 자기연출과 깊이 연결시켰음을 알 수 있습니다. 옛 사대부에 스스로를 견주는 비유나 허구속에서 현재의 자신을 표현하려는 자세는 확실히 한시문 속에서 배양된 것입니다. 이윽고 모리 오가이는 시뿐만 아니라, 소설에서도 비유나 상상력을 구사하며 자기 모습을 확인하는 시도를 시작합니다. 메이지21년 9월에 귀국한 후, 1년 정도 지나 메이지23년 1월에 발표된 「무희(舞姬)」가 바로 그 사례입니다.

「무희」의 모티프

모리 오가이의 「무희」의 모델 찾기가 여전히 끝나지 않고 있는 것을 보면, 이 소설은 모리 오가이의 유학생활이라는 현실과 모종의 관련이 있음에 틀림없습니다. 주인공인 오타 도요타로(太田豊太郎)는 린타로와 중첩되는 존재이며, 앨리스는 실재 인물입니다. 린타로를 따라서 독일에서 도쿄에 왔던 여성이 있었음은 이미 잘 알려진 사실입니다. 그러나 여기서 말하고 싶은 것은 소설 내부에 대한 고증이 아닙니다. 혹은 저 독특한 문체나 세부적 기교도 아닙니다. 전체를 받치고 있는 구도에 대한 이야기입니다. 우선 주인공의 자취를 따라가며 이를 확인해 보지요.

여(余)는 어린 시절부터 엄한 가정의 훈육을 받은 덕택으로 아버지를 일찍 여의고도 학문이 거칠어지거나 쇠하는 일 없이 옛 번의 학관(學館)에 있던 날도, 도쿄에 나와서 예비횡(豫備黌, 예비학교)에 다니던 때도, 대학 법학부에 들어간 후에도, 오타 도요타로라는 이름은 언제나 학급의 맨 앞에 적혀 있었으니 외아들인 나를 힘으로 삼아 세상을 살아온 어머니의 마음을 위로했으리라.

막부 말기에 태어나 번교에서 배우고 도쿄의 예비학교에서 공부한 것이나 법학부에 입학하고 수석을 했던 경력에서 린타로를 연상하는 것은 가능한 일이며 사람들 역시 그렇게 읽고 있습니다. 하지만 여기서는 학문을 쌓아 관리가 되고자 하는 전형적인 메이지 초기 청년을 보여주고 있다는 점에

주의를 기울이려 합니다. 공명심과 어머니를 향한 효심이 중첩된 것도 입신출세를 둘러싸고 흔히 있는 언술이라 하겠지요.

> 열아홉 되던 해에는 학사의 칭호를 받아 대학 설립부터 그 즈음까지, 아직 나오지 않은 명예라 사람들에게도 듣게 되고, 어떤 성(省, 행정부)에 출사하여 고향에 계시는 어머니를 도회에 모셔와 즐겁게 세월을 보낸 것이 삼 년이 되어가는데, 관장(官長)이 각별히 여겨주어서 양행(洋行, 서양으로 감)하여 일과(一課)의 사무를 조사하라는 명을 받을 새, 내 이름을 이룸과 우리 집안을 일으킴도 바로 지금이라 생각하니 마음이 용솟음쳐 올라, 오십을 넘긴 어머니와의 이별마저 슬픔이라고 생각지 않고 멀리 집을 떠나 베를린이라는 도시에 왔노라.

도쿄에서 다시금 베를린이라는 도정이 관리로서의 상승을 의미함은 "내 이름을 이룸과 우리 집안을 일으킴"이라고 말한바 그대로입니다. 위 인용 다음에는 "나는 모호하게 공명의 염(念)과 검속(鈐束)에 익숙한 공부의 힘을 가지고, 홀연히 이 유럽의 신대도(新大都) 중앙에 섰느니"라고 이어지는데, 이 또한 주인공이 '공명'과 '공부'*의 인간임을 단적으로 보여줍니다.

그러나 오타 도요타로가 언제까지나 공명과 공부의 인간이었던 것은 아닙니다. 그래서는 소설이 될 수 없습니다. 유학한 지도 바야흐로 3년이 지

---

*공부 : 여기서는 일반적인 공부가 아닌, 구체적이고 근시안적 목표를 지닌 것이다. '입시~', '고시~' 등의 용례에 통하는 것으로 보면 적당할 듯하다.

날 무렵, 그는 '공부'의 인간으로부터 멀어지려 합니다.

여(余)가 혼자 가만히 생각하매, 우리 어머니는 여를 살아 있는 자서(字書, 사전)로 만들려 하였고, 우리 관장은 여를 살아 있는 조례(條例, 법률)로 만들려고 했음이라. 자서가 된다면 오히려 견딜 수도 있겠지만, 조례가 된다면 참을 수 없음이라. 지금까지 소소한 문제에도 극히 정중하게 대답한 여가, 이즈음부터 관장에게 보내는 글에는 빈번하게 법제의 세목(細目, 세밀한 조목)에 구애되지 않아야 함을 논하고, 만약 법의 정신만이라도 얻으려면 분분한 만사는 파죽(破竹, 대나무 깨듯이)처럼 해야만 한다는 등 큰소리를 쳤노라. 또한 대학에서는 법과의 강연을 소홀히 하고, 역사문학에 마음을 기울여 점점 사탕수수를 씹는 경지에 들었노라.

"살아 있는 조례"가 되는 것이 견디기 힘듦을 느낀 그는 상사인 관장에게 "법의 정신"을 말합니다. 나아가 "법과의 강연을 소홀히 하고 역사문학에 마음을 기울여"하는 식으로 전개됩니다. "점점 사탕수수를 씹는 경지에 들었노라"는 문장은 사탕수수가 씹을수록 더욱 더 단 맛이 강해지는 데서 유래하는데, 이른바 '점입가경(漸入佳境)'이라는 성어에 근거하고 있습니다. 이제 역사와 문학이 가경(佳境)이 되니, 이는 '이름(名)'과 '공부'와는 대립하는 것입니다. 법률이 관리의 실용학문이라 한다면, 역사와 문학은 그렇지 않은 것일까요? 여기서 말하는 문학에는 필시 철학도 포함되어 있습니다. 대학에서의 법학부와 문학부의 대비라고 해도 좋겠습니다. 그런데 '역사문학'은 오히려 종래의 한학에 가까운 이미지로서 사용되고 있습니다. 그러고 보면 나쓰메 소세키에게도 '문학'은 '좌국사한'(『좌전』·『국어』·『사기』·『한서』)이었고, 이는 모두 역사서였습니다.

이렇게 이 책의 앞부분만 대충 살펴보아도 「무희」의 모티프가 극히 간명하다는 것을 알 수 있습니다. '조례'와 '역사문학'. 이 대비를 지금까지 말해 온 한문맥의 두 가지 에토스인 사인적 에토스와 문인적 에토스, 혹은 정치와 문학의 대비에 포개어 보는 일은 어렵지 않습니다. 오타 도요타로는 둘 사이에서 흔들리는 존재로서 먼저 제시되었던 것입니다.

'공명'과 '공부'의 연원

공명(功名)과 공부의 인간을 주인공으로 삼는 것은, 중국의 이른바 재자가인(才子佳人) 소설의 흐름을 이어받은 것으로, 본시 당대(唐代)의 전기소설에 그 근원이 있습니다. 예컨대, 당나라 백행간(白行簡)이 지은 「이왜전(李娃傳)」에서 과거 수험생인 주인공은 수험을 위해서 찾아온 수도 장안에서 기녀인 이왜에게 첫눈에 반해 가진 돈을 전부 털려 곤란한 처지가 되고, 더욱이 목숨까지도 위험한 상황에 처하여 장의사가 되기도 하고 거지가 되기도 합니다. 결국 이왜와 재회하는데, 회개한 이왜의 헌신으로 다시금 공부에 힘써 과거에도 합격, 영달도 이루어 이왜를 부인으로 삼았다라는 이야기입니다. 줄거리는 어찌 되었든, 주인공의 위치는 유사합니다.

당나라 원진(元稹)이 쓴 「앵앵전(鶯鶯傳)」도 유명합니다. 최씨(崔氏)의 딸인 앵앵은 재색을 겸비했는데, 장생(張生)이라는 젊은이가 여행 도중 최씨 가문을 위난으로부터 구해준 덕에 앵앵과 만나고 연인이 됩니다. 장생은 과거를 보기 위해 장안으로 향하는데, 한 번에 합격하지 못하고 수도에 머무는 사이 마음이 변해 앵앵을 버립니다. 1년 뒤 앵앵은 다른 곳으로 시집을 가고, 장생도 고관의 딸과 결혼하게 됩니다. 이후 우연히 장생이 앵앵의 집 근처에 오게 되어, 사촌 오빠로서 만나고 싶다고 하지만 앵앵은 거절한다라는 이야기입니다. 이 작품들은 모두 당대(唐代)뿐만 아니라 후세에도 비슷한 이야기를 많이 낳았는데, 「앵앵전」은 원대(元代)의 희곡 「서상기(西廂記)」가 됩니다. 결말도 두 사람의 연애가 이루어진다는 쪽으로 바뀌게 되지요.

이런 류의 소설은 명대(明代) 이후에도 재자가인 소설로서 다양하게 변주됩니다. 물론 과거를 보는 재자(才子)와 풍류를 아는 가인(佳人)을 주인공으로 배치하는 기본구조는 변하지 않습니다. 오타 도요타로는 이러한 소설에 등장한 재자들보다도 훨씬 성실히 '공부'하지만, 이는 메이지라는 시대에 걸맞는 변주라 하겠습니다. 두말할 것도 없이, 「무희」에도 가인에 해당되는 앨리스가 등장합니다.

오호(嗚呼), 어찌된 악인(惡因, 악연)이랴. 그 은혜를 갚기 위해 스스로 나의 교거(僑居, 집)에 온 소녀는 쇼펜하우어를 오른쪽에 실러를 왼쪽에 놓고 종일 올좌(兀坐, 집중하여 앉음)하던 내 독서의 창 밑에 한 송이 명화(名花)를 피게 하였도다.

주인공 오타 도요타로는 이미 '조례'의 인간이 아닙니다. 법률서가 아니라 쇼펜하우어와 실러를 탐독하는 모습은 그가 사인의 세계에서 문인의 세계로 이행했음을 보여줍니다. 이에 따라 관리에서 면직되어 신문사의 통신원이 됩니다. '관(官)'과 '민(民)' 혹은 '조(朝)'와 '야(野)'의 대비로 보아도 좋겠지요. 이것이 공과 사라는 틀을 살짝 이동시킨 결과라는 점도 손쉽게 알 수 있습니다.

오타 도요타로에게 '관'을 향한 부활의 기회가 찾아왔을 때, 앨리스는 "설령 부귀하게 되시더라도 저를 버리지 마소서"라고 말합니다. 그는 "무슨 부귀 말이오?"라고 말하며, 덧붙여 "정치, 사회 등에 나간다는 바람은 끊은 지 수년이 지났소"라고 단언합니다. 결과적으로 이는 빈말이 되어버리지만, 세상을 등진 장소에 오타 도요타로가 있음을 그야말로 전통적인 어투로 보여주고 있는 것만은 틀림없습니다. '부귀'를 가볍게 여김은 은일한 세계에 사는 자의 가치관입니다. 그리고 거기에 여성이 "한 송이 명화"로서 보태져 있는 것입니다. 여기에 염야(艶冶)를 좋아했던 모리 슌토의 시와 연결되는 무언가가 있는 게 아닐까요?

반(反)정치로서의 연애

사실 당시의 비평가들 역시 이러한 구도를 당장에 알아차렸습니다. 인생 상관 논쟁에 관련해 이미 언급했습니다만, 이시바시 닌게쓰(石橋忍月)가 「무희」를 평한 대목은 유명합니다.

〈무희〉의 착상은 연애와 공명이라는 동시에 성립될수 없는 두가지 경우에 처한 소심한 겁쟁이의 자비심으로— 용기 없고 독립심이 부족한 한 인물을 통해 그의 지위와 그런 경우사이의 관계를 드러낸 것이니라.

이시바시 닌게쓰는 위 인용에 더하여, "이를 요약하여 저자는 오타로 하여금 연애를 버리고 공명을 취하게 하는데, 그러하나 나는 그가 응당 공명을 버리고, 연애를 취해야 함을 확신하노라"라고 쓰고 있습니다. '공명과 연애'의 대비는 즉 '정치와 문학'의 대비이며, 「무희」에서는 '조례'와 '역사문학'의 대비이기도 합니다. 여기서 환기시키고 싶은 것은 '역사문학'과 '연애' 모두 사(私)의 세계에 존재하는 것으로 파악된다는 점입니다.

이 또한 한문맥에 있어서 전통적 대비의 범주에 포함된다 하겠습니다. 공과 사의 대비에서, 사의 세계는 '한적'이나 '감상'을 중심에 둔 것으로 서술해왔는데, 이 지점에서 감상은 곧잘 연애로 접근합니다. 백거이 시의 경우도 그렇고 모리 슌토의 시에서도 그렇습니다. 나가이 가후의 경우에도 그러하다는 것은 다시 덧붙일 필요도 없을 터입니다.

근세 후기의 한시에 미인이나 기녀를 소재로 삼은 시가 많습니다. 이런 시들은 종종 소설에서 이야기되는 여성의 형상을 시에 받아들였습니다. 이역시 사대부나 사대부를 모델로 삼은 사람들에게는, 공의 세계로부터 정신을 해방시키는 일이었습니다. 도연명에게도 여성의 미를 그려낸 「한정부(閑情賦)」라는 노래가 있습니다. 은일과 여성이란 이어지기 어려운 결합처럼 느껴질지 모릅니다만, 여성 또한 공의 세계 밖에 위치해 있다—특히 기녀는 그렇습니다—고 생각한다면 쉽게 이해할 수 있지 않을는지요.

이시바시 닌게쓰의 주장은, '연애'의 주장이자 '문학'의 주장이었습니다. 한시문 이외의 근세 일본 문학에서도 세간의 굴레에 의해 방해받는 사랑이라는 주제가 극히 일반적인 모티프가 되어왔습니다. 그러나 이런 소설의 주인공은 **사대부**라고 하기 어려우며 「무희」의 주인공과 접속시키기에는 상당한 거리가 있습니다. 게다가 장애물은 어디까지나 장애물일 뿐이어서, 오타 도요타로에게 '관(官)'이 스스로가 원했던 가치였던 점에 비해 큰 차이가 있습니다. 장애물은 외재적인 것이어서 공명과 연애 모두 자신의 욕망인 것과는 다릅니다.

다만 한문맥의 '감상'은 기녀와의 사랑이 그러하듯 결코 공명을 희생하면서까지 실현해야 할 것은 아니었습니다. 한문맥의 '감상'과 이시바시 닌게쓰가 주장하는 '연애' 사이에는 커다란 차이가 있습니다. 그리고 바로 거기에 근대 문학을 성립시킨 계기가 존재했던 것으로 보입니다. 위에서 살핀 당대(唐代) 전기소설만 하더라도, 주인공인 젊은 남성은 (사랑하는 여성을 버리고도) 결국 과거에 합격합니다. 출세와 여성 모두를 얻을 것인가, 아니면 여성을 '감상'의 가운데 남겨둘 것인가의 문제는 설령 세상에서 물러나더라도 어디까지나 스스로의 뜻에서 비롯한 것이어야지, 여성에 빠진 결과라면 세간은 갑자기 거센 비난을 던질 것입니다. 오타 도요타로가 두려워한 것도 이 점이었습니다. 「무희」는 연애소설이 아니라 감상소설입니다.

그런데 이시바시 닌게쓰는 이 두 가지 중에서 마땅히 연애를 취해야 한다고 말합니다. 독립적인 인간이라면 이를 선택할 수 있다고 말한 것입니다. 거칠게 말하자면, 모리 오가이는 근대 소설로서 「무희」를 쓴 것이 아닌데, 이시바시 닌게쓰는 그렇게 받아들인 건지도 모릅니다.

'감상'에서 '연애'로의 흐름은 연애의 가치가 '공명'과 대등한 것으로 끌어올려졌음을 의미합니다. 덧붙이자면, '연애'를 최고의 것으로 만들기 위하여 그 맞수로 공명이 내세워졌다고도 볼 수 있습니다. 「무희」는 아직 감상이라는 코드 안에 있는 듯합니다. 오타 도요타로는 공명을 향하는 길로 돌아갈 기회가 찾아왔을 때, 앨리스를 버리지 않는다고 생각하면서도 입으로는 이를 수락해버리고, 결국 눈 속을 헤매다가 인사불성이 되어버립니다. (공명을 버리고) '연애'를 선택할 수는 없다. 그러나 시대는 오히려 '연애'를 선택하는 쪽으로 기울어지고 있었습니다. "연애는 인세(人世)의 비약(秘鑰, 비밀의 열쇠)이니, 연애 있어 후에 인세 있나니"(「염세시가와 여성(厭世詩歌と女性)」─원주)라고 외쳤던 기타무라 도고쿠 같은 이가 그 필두였다고 해도 좋을 겁니다.

'문학'의 재편

이렇게 이 장에서는 근대 이전 한문맥의 이항대립에 대한 사실을 서술했습니다. 즉 메이지 시대가 되자 구조에서는 공과 사의 두 가지 초점을 유지하면서, 그 내용은 크게 변용되기 시작했다는 것입니다. 공과 사의 양쪽에 걸쳐 있던 '문학'이 주로 사적 영역을 주축으로 재편되어, 학문에서 문예로 이행하는 근대 문학의 핵을 만들게 된, 바로 그 맹아 부분을 보여드렸습니다. 또한 「무희」를 둘러싼 논쟁을 통해 '감상'에서 '연애'로의 이행이 공과 사의 균형보다도 후자의 신성화를 향해 가는 것이었음을 살펴볼 수 있었습니다.

　작가별로 살펴보자면, 모리 슌토는 시 쓰기에서는 사의 세계에 주축을 두었지만, 행동에서는 공의 세계로 나아가 균형을 취했습니다. 이는 모리 오가이의 경우에도 마찬가지였습니다. 모리 오가이에게 소설은 어디까지나 육군 군의라는 공인의 세계와 균형을 맞추기 위한 사의 세계의 일종이었습니다. 양쪽 모두 한시를 통해 자신의 심정을 표현하는 것과 동시에 정치가들과 어울려 시를 읊조리는 것도 마다하지 않았던 것을 보면, 그들이 모두 균형을 중시한 사인형이었음을 보여줍니다. 이에 반하여 오누마 진잔이나 나가이 가후는 문인형입니다. 사의 세계에 잠겨 세상으로부터 등을 돌리는 것입니다. 기타무라 도코쿠나 이시바시 닌게쓰는 어떨까요. 실은 그들이야말로 한문맥에서 사의 세계를 발판으로 삼아 그 재편을 도모했던 유형의 인물들이었습니다. 그리고 바로 거기에 근대 문학 성립의 계기가 있었던 것입니다.

　이 문제에 대해서는 다음 장에서 계속해서 고찰해보겠습니다. 이제 한문맥이 어떻게 재편되어갔는가. 이것이 근대 문학의 성립과 어떻게 관련되었는가에 대해 살펴보도록 합시다.

제 5 장

소설가는
동경하던
이국땅에서
무엇을
보았는가

: 염정과 혁명의 땅

근세 일본과 소설의 위상

감상에서 연애로 이어지는 흐름은 근대 문학 성립을 이해하는 중요한 지표입니다. 또한 그것은 '연애'를 주제로 한 소설이 '문학'의 중심적 존재가 된 사정과 깊이 관련되어 있습니다. 두 가지 모두 한문맥이 근대를 향해 전개해 간 중요한 계기가 되었다고 할 수 있습니다.

「무희」를 재자가인 소설의 흐름 속에서 설명한 것처럼, 한문맥의 시점에서는 근대 소설이 어떤 장르로 성립해갔는지가 또한 중요합니다. 먼저 소설의 위상에 대해 살펴보지요.

근세 일본에서는, 한시문뿐 아니라, 중국에서 건너온 소설도 한문맥의 한 흐름을 형성하고 있었습니다. 『수호전』이나 『삼국지연의』 등 백화(白話) 장편소설이 '통속물'이라 하여 일종의 번역으로 널리 읽혔습니다. 중국 명나라 말기에 엮인 백화 단편소설집인 『금고기관』 등이 쓰가 데쇼(都賀庭鐘)나 우에다 아키나리(上田秋成)의 근세 소설에 모티프를 제공했다는 점은 익히 알려져 있습니다. 또한 산유테이 엔쵸(三遊亭円朝)의 괴담 「모란등롱(牡丹灯籠)」이 명나라 초기의 문언 단편소설집인 『전등신화(剪燈新話)』 속의 「모란등기(牡丹燈記)」에서 유래한 것과 아사이 료이(浅井了意)나 우에다 아키나리 등의 번안을 거쳤음을 알고 계신 분도 많을 듯합니다.

덧붙여 말하자면, 백화는 구어와 비슷한 알기 쉬운 문체—예를 들어 '적(的)'이나 '료(了)' 등의 어조사가 많은 문체라고 하면 쉽게 이해가 갈까요—로 앞에서 예로 든 『수호전』이나 『삼국지연의』와 같은 장편에 많이 쓰였습니다. 종종 작자의 신원이 확실치 않는데, 이는 백화소설이 거리에서 행해지는 공연이나 강담과 밀접한 관련이 있기 때문입니다. 이 소설들은 마치 TV드라마처럼 하나 이상의 클라이맥스를 가진 '회(回)'가 계속 이어지며 장편을 이룹니다. 이는 이야기가 하루하루 진행되면서, 관객의 흥미를 끌기 위해 흥미진진한 대목에서 다음 회로 이어지는 수법을 전용한 결과입니다. 이런 스타일의 소설을 장회소설(章回小說)이라 부릅니다. 마찬가지로 『금고기관』 등과 같은 단편소설 역시 본래는 강담, 즉 가타리모노(語り物)[*]입니다. 백화소설과 가타리모노의 관계는 밀접합니다.

한편으로, 문언 즉 한문으로 쓴 소설은 문인들의 소일거리인 경우가 많았습니다. 기사이문(奇事異聞)은 별나거나 괴이한 이야기를 기술한 것으로 일반적으로 단편입니다. 작중에 시를 다수 삽입하는 『전등신화』류는 사륙변려체를 많이 사용한 미문인데, 그 괴이함과 염정(艶情)을 엮어낸 세계가 어우러져 탐미적인 매력을 발산합니다. 너무 널리 읽혀져 중국에서는 부도덕한 서적이라며 오히려 금서가 되기도 할 정도였습니다.

어쨌든 일본으로 건너온 이 중국소설들이 많은 독자를 획득한 것만은 확실합니다. 물론 백화든 문언이든 일본에서는 이를 직접 읽을 수 있는 사람

---

[*] 가타리모노 : 서사를 지닌 이야기에 가락을 붙여서 구연하는 일 혹은 그런 장르를 뜻한다. 곡조를 중시하는 우타이모노(謠物)의 상대어이며 헤이쿄쿠(平曲), 조루리(淨瑠璃), 나니와부시(浪花節) 등이 여기에 속한다.

이 제한적이었습니다만, 번역되거나 갖가지 소설에 수용되어 유형무형의 그림자를 드리웠음도 가벼이 여길 수 없습니다. 중국소설의 존재감은 애초부터 가볍지 않았습니다.

시와 소설의 배치

그렇지만 근대 이전에 부여된 소설의 위상은 오늘날과는 달랐습니다. 소설은 기본적으로 오락물이었습니다. 사대부의 자기 확인과 관련된 중요한 표현수단이었던 시문과는 확실히 다릅니다. 물론 근대적인 관점에서 볼 때 작자 자신이 드러나 있다고 보이는 소설도 없지는 않습니다. 근대적 문학연구는 이따금 이런 식으로 해석하려 하지요. 하지만 시문에서 작자 자신과 연관성을 미리 전제로 삼는 것과 비교하면, 소설은 역시 질이 다른 장르입니다. 물론 작가가 소설 속에 직접 등장해 말하는 경우도 있습니다. 그러나 이는 어떤 사정이 있어 그렇게 해야 하는 경우로 제한되어 있습니다.

이러한 시문과 소설의 차이를 아속(雅俗)의 차이로 파악할 수도 있습니다. 중국이든 일본이든 근대 이전의 동아시아에서는 어떠한 세계라도 아속의 경계라는 것이 있었습니다. 한문맥에서도 기본적으로 그 경계가 지켜졌습니다. 소설은 속(俗)에 속하는 것이어서 시문보다 낮은 것으로 간주되었고, 더러는 그 고저를 따질 수 없을 정도로 완전히 다른 대상으로 취급되었습니다. 물론 문인이 소일거리로 소설을 쓰는 경우도 있었습니다. 백화소설의 성립에도 어떤 형태로든 문인이 연관되어 있을 터입니다. 그러나 그것이

본업일 수는 없었습니다. 한문맥에서 소설의 위치란 역시 번외의 것임을 부정할 수 없습니다.

지금은 어떻습니까? 앞 장에서 서술한 문학의 성립과도 연관되는데, 오늘날 문학이라 하면 우선 소설부터 떠오릅니다. 실제로 도서관이나 서점에서도 '문학' 코너의 3분의 2 이상은 소설이 차지하고 있습니다. 그 다음이 에세이, 시집 순입니다. 시인은 소설가보다 마이너한 존재이며, 시집 매출은 1년간 발행된 시집 전부를 합쳐도 그해 베스트셀러 소설 하나의 매출에도 미치지 못할 정도입니다.

단지 양적인 측면뿐이 아닙니다. 예를 들어 현재 국어교과서에 실린 소설을 이상하게 여기는 사람은 없습니다. 소설을 교재로 삼아서 학생들에게 인생이나 사회에 대하여 생각해보도록 하는 수업을 당연하게 여깁니다. 교과서에 실려 있는 소설은 무언가를 진지하게 배우기 위한 교재이며, 단지 재미있으면 그만인 존재가 아닙니다. 그리고 교실에서는 소설의 사이사이에 시를 가르치기도 하고 수필을 읽히기도 합니다.

그러나 우리들의 이러한 감각은 근대 이후의 것입니다. 근대 이전 혹은 좀 더 내려가 메이지 전반까지 소설은 학교에서 배우는 것이 아니었습니다. 소설은 교실 안으로 들이는 물건이 아니었던 것입니다. 얼마 전까지의 만화나 애니메이션 같은 지위였다고 보면 이해하기 쉬울 겁니다. 지금은 어떤지 모르겠습니다만 예전에는 학교에 만화를 가지고 오는 건 금지되어 있었습니다. 학교는 공부하는 곳이라는 이유에서 말이죠. 국어 교사가 만화를 교재로 수업하는 것은 있을 수 없었습니다. 만화의 질이 낮았다기보다는, 만화 자체가 그런 식으로 취급되었습니다.

백화소설은 차치하고 문장 측면에서 보자면 문언소설(文言小說)이나 당송팔대가의 고문이나 다 같은 한문입니다. 한문을 언어로서 배우고자 한다면 어느 쪽을 봐도 무방할 터입니다. 그러나 지금까지 누누이 서술해왔듯이 한문의 세계는 기능성과 동시에 정신성이 중시됩니다. 단지 언어를 언어로서 배우는 것이 아니라, 그 언어를 지탱하고 있는 사대부의 정신—그것이 '공'이든 '사'이든 간에—이 중요한 것입니다. 이런 정신을 소설이라는 장르에 기대한다면 역시 번지수가 틀렸다 하겠습니다.

'정(情)'이라는 테마

메이지 시대에 들어와서 잠시 동안은 한문과 사대부의 정신이 한층 깊이 연결되기도 했습니다. 기능적인 문체로서 금체문이 창안되었고 이에 따라 한문의 영역은 점차 침식되어갔지만, 한편으로 문인의 영역이 확보되기도 했습니다. 뒤에 다시 얘기하겠지만 청나라와의 교류에 따라 그곳의 사대부들과 교우하는 기쁨도 얻을 수 있었습니다. 그러나 바로 그런 이유들로 인해 시문과 소설의 경계는 흔들리기 시작합니다.

순서대로 설명해보지요. 우선 사대부의 정신 세계에는 사인적인 것과 문인적인 것이라는 두 가지 초점이 있습니다. 더욱이 문인적이라 여겨지는 세계에도 좀 더 자세히 보면 핵심이 되는 초점이 몇 가지 더 있습니다.

예를 들어 백거이가 말한 '한적(閑適)'과 '감상(感傷)'이 그것입니다. '한적'은 세속을 벗어난 평온한 경지이며, '감상'은 그때그때 사물을 접하며 일

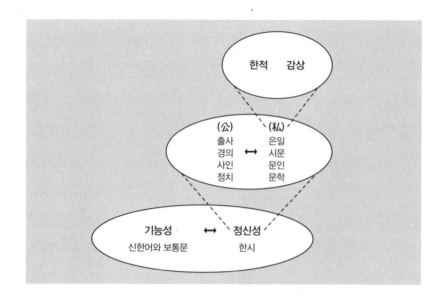

어나는 감개(感慨)라 하겠습니다. 문인적이라 하면, 덧없는 세상을 벗어난 은자처럼, 어쩐지 고요한 시간만이 흐를 거라 생각하는 경향이 있지만, 그곳에는 지(志)와는 다른 **정(情)**이라는 것이 있습니다. 바로 이 정에 의해서 '감상'이 생겨납니다. 그리고 그것은 문인적 세계의 주요 구성요소였습니다. 여기서의 '정'이란 짧은 인생을 한탄하고 계절의 변화에 마음이 흔들리며, 의지할 곳 없는 여로를 근심하고 벗과의 이별을 애석하게 여기는 그런 정인데, 이는 동시에 남녀의 애정도 포함합니다.

모리 슌토의 사례에서 기술한 바, 여성적 정을 읊는 것은 한시의 전통 중 하나였습니다. 중국에서는 예로부터 규원시(閨怨詩)*라는 장르가 있어, 멀

---

*규원시 : 규방의 '원(怨)'과 '한(恨)'을 노래한 시. 실제로 여인들이 썼다기보다는 염정이나 충(忠)을 가탁하는 전이/메타포로서 씌었던 것들이 대부분이다.

리 군역에 나간 남편을 그리거나, 왕의 총애가 멀어진 궁녀의 비애를 노래
하곤 했습니다. 정확히 말해 규원이라는 명칭아래 작품활동이 왕성해진 것
은 육조(3~6세기) 시대부터이지만, 이러한 시의 패턴은 그 이전부터 있었
습니다. 육조 시대와 그 이전과의 차이는 비탄에 잠긴 여성의 모습을 **아름**
답게 그리고자 고심했다는 점에 있습니다. 시의 작자가 기본적으로 남성이
기에 여성의 정을 읊는 일은 일종의 허구인데, 여성의 미를 강조하게 되면
한층 더 그 허구성이 강해진다고 할 수 있습니다. 시름에 잠긴 미인의 모습
을 그린다는 말입니다. 그런 의미에서 규원시 계열은 자기표현과는 다른 상
황에서 읊어진 시라 하겠습니다.

하지만 미녀의 시름이 반드시 사대부의 삶과 무관하게 그려진 것은 아닙
니다. 그 시름이 효과를 발휘하는 것은, 바야흐로 사대부인 스스로를 의식
하면서 시작됩니다. 황제는 그 정점이겠지요. 당나라 왕창령(王昌齡)의 시
를 예로 들어보지요. 제목은 말 그대로 「규원(閨怨)」입니다.

閨中少婦不知愁	규방의 젊은 부인 시름을 알지 못해,
春日凝妝上翠樓	봄날 단장을 한껏 하고 누각에 오를 새
忽見陌頭楊柳色	문득 길가 수양버들 빛을 보고서
悔敎夫壻覓封侯	보내고 후회하네, 봉후를 구해 나간 지아비

시름 모르는 젊은 처자가 그 젊음과 아름다움이 어울리는 봄날에 화장을
한껏 하고 누각에 올랐는데, 거리의 버드나무에 돋은 푸르른 싹이 눈에 들
어왔다. 그렇다면 남편이 떠나고부터 시간이 상당히 흘렀구나. 시름이 일시

에 밀려와, 출세 따위는 권하지 않았어도 좋았는데 하며 후회에 잠긴다. 고스란히 미인화로 담을 수 있는 설정입니다. 여러 말 할 것 없이, 이로부터 재자가인 소설까지의 거리는 극히 가까운 것이지요.

혹은 백거이의 「장한가(長恨歌)」를 상기해보아도 좋을 것입니다. 치세에 대한 풍자를 담고 있다고도 하지만, 이 시의 주안점이 양귀비의 아름다움을 비련의 형식으로 부각시켜 그려낸 것에 있음은 누구도 부정할 수 없을 터입니다. 「장한가」와 함께 진홍(陳鴻)의 산문 「장한가전(長恨歌傳)」이 지어졌는데, 이로써 바야흐로 정(情)이 시와 소설의 경계에 걸쳐 있음을 알 수 있습니다. 이미 언급했듯 당대(唐代) 전기소설 이래 남녀의 정을 주축으로 한 문언소설은 별날 것도 없는 것이 되었습니다. 두 장르는 자주 교착되었고 또 원·명·청으로 시대가 내려감에 따라 백화문학의 소재로도 빈번히 사용되었습니다.

여러 시대에 걸친 이러한 집적은 사태의 중대한 변화를 낳았습니다. 시와 소설이 정이라는 주제 안에서 그 경계를 접하고 있던 것, 또 장르로서의 시와 소설이 전혀 다른 취급을 받고 있던 사정은, 역으로 장르가 아닌 정이라는 주제로 무게 추를 옮길 수만 있다면 장르의 차이를 무시하는 것도 가능하다는 뜻이 됩니다. 정이라는 지점을 지렛대 삼아 장르의 격차를 뒤집는다고 해도 좋겠지요. 이러한 뒤집기는 어떻게 가능해지는가. 시에서의 공과 사 두 영역 중 사―즉 문인적 에토스―를 초점으로 한 영역 안에 남녀의 정―염정―을 주제로 하는 부분이 있습니다. 이 부분이 소위 시라는 장르를 확장하는 테두리의 역할을 맡고 있습니다. 바로 거기서 소설이라는 장르와 시가 교착할 수 있는 가능성이 생겨납니다.

정치소설과 연애

이러한 전환과 '문학'의 성립 사이에는 어떠한 관련이 있는 것일까요. 앞 장에서 서술했듯이 한시문에서 공적 영역과 사적 영역의 균형이 차츰 후자로 기울자 이와 병행하여 문인적 에토스를 핵심으로 한 '문학'이 활발해집니다. 아름다운 시를 읊으며 풍류를 자랑하는 것과 기녀와의 교정(交情)을 기록한 연애담을 읽는 일 모두 '문학'이라고 인식합니다. 이 단계에서는 훈독문으로 번역한 서양소설도 얼마간의 역할을 하게 됩니다. 서양 소설에 묘사된 '연애'가 정이라는 주제와 연관되면서 강도 높은 가치부여가 이루어졌던 것입니다. 이는 명확히 지(志)와 대립되는 가치를 지닙니다. 이시바시 닌게쓰가 「무희」를 평하여 말했던 '공명'과 '연애'가 그것입니다.

「무희」 이전의 소설에서도 한문맥의 정은 이미 커다란 주제가 되어 있었습니다. 메이지10년대(대략 1878~1887년 전후) 자유민권운동의 고양과 함께 주로 정치사상의 계발을 기도하는 소설이 많이 씌어졌습니다. 이른바 정치소설입니다. 그 중에는 근세의 게사쿠(戲作)*를 본보기로 삼은 것도 있지만 한문맥에 근거하여 쓴 작품도 있었습니다. 예를 들어 도카이 산시(東海散士)의 『가인지기우』는 사륙변려체와 유사한 한자 · 가타가나 혼용문으로 쓴 정치소설입니다. 그 제목에서도 알 수 있듯이 우국지사인 도카이 산시와 서구의 망명자인 가인의 만남과 우정이 기본적인 구도를 이룹니다.

도카이 산시는 지사였습니다. 문인적이라기보다는 사인적 에토스의 소유

---

* 게사쿠 : 에도 시대의 통속 서사물인 쇄락본, 활계본, 담의본, 인정본, 독본, 초쌍지 등의 총칭.

자이지만, 조(朝)와 야(野)의 대비로 말하자면 야에 있는 지사입니다. 관료
사회 즉 공적 영역으로부터 배제된 인물이라는 점이 중요합니다. 앞서 도쿠
토미 로카의 『검은 눈과 갈색 눈』을 인용하며 살펴본 바, 작중에서 가인은
"내 생각이 가는 곳(我所思行)"을 읊조리는데, 이는 지(志)를 설명하면서, 정
을 표현하는 노래입니다. 이 노래의 근간이 된 후한 장형(張衡)의 「사수시
(四愁詩)」*는 표면적으로는 멀리 떨어진 연인을 생각하는 '규원'의 시입니다
만, 자신의 입장을 비유하여 세상의 어지러움을 한탄하고 명군을 만나고자
하여도 만날 수 없다는 의미가 있다고 해석되어왔습니다. 뜻을 이룰 수 없
다는 점에서 지와 정, 이 두 가지는 서로 포개어져 있습니다. 한시의 패턴
중 하나로 남성을 향한 여성의 마음을 군주에 대한 신하의 마음으로 암시하
는 일이 흔히 있습니다. 장형의 시는 이를 이용하고 있는 셈입니다.

　『가인지기우』와 함께 일세를 풍미했던 정치소설 『경국미담(経国美談)』에
서도 한문맥에 연애가 미끄러져 들어온 모습이 발견됩니다. 고대 그리스에
서 소재를 취한 이 소설도 문체는 한자·가다가나 혼용문의 훈독체를 토대
로 삼았지만, 『가인지기우』와는 달리 그 기본이 된 것은 『삼국지연의』와 같
은 장회소설이었습니다. 플롯 역시 아테네, 테베, 스파르타라는 세 도시국
가과 관련된 것으로 등장인물의 캐릭터도 어딘가 『삼국지연의』를 연상시킵
니다. 차이가 있다면 주인공에게 연인을 짝지어 놓았다는 점입니다.

　본래 『삼국지연의』든 『수호전』이든, 영웅에게 연인은 없습니다. 감상을
동반하는 일시적 정분은 있어도, 영웅의 인생에 깊은 각인을 남기는 경우는

---

*사수시 : 초기의 칠언고시(七言古詩). 네 가지 시름이 주제가 되기에 후대에 이런 이름이 붙었다.

없습니다. 그러나 『경국미담』의 주인공 펠로피다스(Pelopidas)는 연모하고 있던 레오나의 죽음으로 "마음의 갈피 어지러워 실가닥처럼 되었거늘, 몸은 일군의 장군으로서 뭇 사관 무리 앞에 있을 새, 안검에 한 방울 눈물도 흘리지 않고자" 행동합니다. 이렇게 해서 소설은 "뭇 사관 무리도 그 정을 살펴 이때 감히 일언을 내는 자가 없는" 장면을 구성합니다. 깊은 정은 "몸은 일군의 장군으로서"라는 사실에 의해 간신히 억제되며, 감상과 연애 사이의 거리는 여기시 눈에 띄게 줄어들어 있습니다.

『가인지기우』와 『경국미담』 모두 작중 여성에게 중요한 역할을 부여하고 있으며, 그녀들과 주인공이 **지**를 공유한다는 설정도 흥미롭습니다. 정치소설이란 기본적으로 공의 영역을 향한 것이기에, 그 영역과 여성을 관련시키자면 지를 가진 여성을 등장시키는 편이 자연스럽습니다. 한편 이 시기의 '문학'적 방향성이 아직 유동적이었던 까닭에―이후에는 분명히 문인적인 것으로 향하게 되지만 이 시기까지도 여전히 '사인적'인 것과 '문인적'인 것 간의 상극이 존재했습니다―연애를 공적 영역의 것으로 처리하려는 모색이 있었고, 그럴 여지도 있었습니다. 메이지23년에 등장한 「무희」와는 다른 면이라 하겠습니다.

연애소설 대전

메이지 시대의 한문맥에 나타난 정에 대해 서술하고자 할 때, 결코 무시할 수 없는 서적이 있습니다. 한문 단편소설집 『정사초(情史抄)』가 그것입니다. 이 책은 훈점이 붙은 화각본으로, 오늘날에는 별반 알려져 있지 않지만, 메이지 초기에는 널리 읽혔습니다. 이 책의 원본은 『정사(情史)』라는 책으로 중국 명나라 말기에서 청나라 초기 사이의 문인 풍몽룡(馮夢龍)이 썼다고 합니다. 『정사』는 상당히 분량이 많은 서적이기 때문에 중심이 되는 이야기를 발췌하여, 메이지12년(1879) 새로이 가에리텐과 오쿠리가나를 붙여 출판한 것입니다. 원고의 발췌와 정리 및 훈점은 다나카 마사쓰네(田中正彝)라는 사람에 의해 이루어졌는데, 발문에 "사이타마 현 평민"이라고 적혀 있을 뿐 상세한 것은 알 수 없습니다. 그러나 「자서(自序)」를 통해 이(理)만을 중시하고 정은 돌아보지 않는 '개화자류(開化者流)'를 비판하고, 스스로 조조취사(嘲嘲醉士, 껄껄대는 취한 선비)라 일컫는 것을 미루어보면 시대를 등지고 있던 사람이었던 것만은 틀림없다 하겠습니다. 정을 이에 대립시키고 있듯 이 서문에도 사인과 문인, 공과 사, 정치와 문학 등의 대비와 겹쳐지는 논리가 있습니다. 물론 조조취사라는 호(號)로 미루어 그 위치가 후자에 있었음은 명백합니다. 실은 풍몽룡도 후자 타입의 인물이었습니다.

　『정사』는 정, 즉 주로 남녀의 정에 관련된 일화나 소설을 모아 24종류로 나누어 배열하고, 이곳저곳에 "정사씨왈(情史氏曰), 외사씨왈(外史氏曰)" 등의 평어를 끼워 넣은 서적입니다. 『정사초』 역시 이와 비슷한데 일화의 수는 대폭 줄였지만 구성은 그대로 답습하고 있습니다. 일화의 길이는 갖가지인데, 한 줄로 끝나는 것이 있는 반면, 앞 장에서 언급한 「앵앵전」을 그대로 재수록하는 등 상당히 긴 것도 있습니다. 분류 항목을 들어보면 '정정류(情貞類, 정의 굳음)'·'정연류(情緣類, 정의 인연)'·'정사류(情私類, 정의 사사로움)'·'정협류(情俠類, 정의 협기)'·'정호류(情豪類, 정의 호한)'·'정애류(情愛

類, 정의 사랑)'·'정치류(情癡類, 정의 바보)' 등과 같은 형식입니다. 항목 자체에 의미가 있다기보다 여하튼 정이라 명명할 수 있는 것은 모두 포함시켜버린 느낌입니다. 중국 연애소설 대전(大全)이라 할까요.

이 소설집은 문어체로 쓴 것을 모았기에 백화문 어법에 익숙하지 않았던 메이지 사람들이 쉽게 읽을 수 있었습니다. 더욱이 가에리텐과 오쿠리카나가 세심하게 붙어 있어 초학자도 읽기 쉽게 되어 있습니다. 훈독문 사용이 에도부터 메이지까지 걸쳐 있기는 하나 훈독본이라 해도 (어순을 표시하는) 가에리텐만 있는 경우가 많아서 결국 독자를 제한해버리곤 했습니다. (어형과 품사를 표시해주는) 오쿠리카나만 있어도 상당히 읽기 쉬워집니다.

더욱이 어려운 글자나 숙어, 말의 표현 등에는 옆쪽에 후리가나를 달아 이해를 돕기도 했습니다. 예를 들어 '고(蠱)'의 오른쪽에 '꼬이다(マドハス, 惑わす)', '위협(威脅)'의 오른쪽에 '겁주다(オドス)', '변우지하(辨于地下)'의 오른쪽에 '저승에서 정을 나누고자(メイトニテイエハケセン)' 등과 같이 말이죠.* 이러한 기법은 막부 말기에서 메이지의 문인 나루시마 류호쿠 등의 희문(戲文)—원래 한문으로 쓸 만한 내용이 아닌 것을 한문으로 유희하듯 쓴 것—에서도 볼 수 있는 것인데, 앞서 다룬 『서양사정』이나 『서국입지편』에서도 활용되었습니다. 정을 말한다는 점에서는 나루시마 류호쿠의 유희에 가까운 듯도 보이지만, 『정사초』는 오히려 후자와 같은 계몽적 색채가 더 강한 듯합니다. 그 '범례'에는 이렇게 적혀 있습니다.

책 가운데서 애써 일의 풍아(風雅)한 것, 문의 청려함을 가려내었다. 대저 외설(猥褻)로 풍속을 어지럽힐 만한 것은 일절 빼고 수록치 않았다.

세교(世敎)에 작은 보탬이 되고, 더불어 후진이 글을 배움에 이바지하기 바람이라.

書中務﹅採﹅事之風雅. 文﹅之清麗﹅者﹅.

若﹅夫猥褻亂﹅俗者. 一切省﹅而不﹅收﹅.

欲﹅少益﹅于世敎. 併供﹅後進學﹅文之一助﹅也.*

"후진이 글을 배움에 이바지하기 바람이라"라는 부분을 가만히 생각해 보면 이 책은 한문 교재로서 사용될 수 있다는 말입니다. 이는 상당히 큰 변화라고 할 수 있습니다. 『정사초』가 한문학습의 기초가 된 것은 아니지만, 『당송팔가문(唐宋八家文)』같이 한문을 배우는 교재로 쓸 수 있다는 사실을 보면, 책에 대한 위상이 확연히 달라졌음을 알 수 있습니다. 이것은 정이라는 주제가 커다란 무게를 지니는 시대에 접어들었음을 보여줍니다.

---

*위의 부호들 중 상변의 후리가나는 품사와 어형 표시이며, 하변의 부호들(훈점, 오쿠리가나, 가에리텐)은 어순을 지시한다. 통상 "ㅣレ一二三四上中下"은 전체적 어순 표시인데, 위의 "レ"는 앞 뒤 글자의 어순을 바꾸어 읽으라는 표시이다. 즉, 독해 순서는 "ㅣレ一二三四上中下甲乙丙丁天地人"순이 된다. 위 인용문을 이 순서에 의거해 해석하면, 본문의 번역문으로 재구성된다. 훈독 순서를 구체적으로 적으면 아래와 같다.

書中務採事之風雅.　　文之清麗者.
(1, 2, 3, 13, 4, 5, 6, 7)　　(8, 9, 10, 11, 12)

若夫猥褻亂俗者.　　一切省而不收.
(6, 1, 2, 3, 5, 4, 7)　　(1, 2, 3, 4, 6, 5)

欲少益于世敎.　　併供後進學文之一助也.
(15, 1, 5, 2, 3, 4)　　(6, 14, 7, 8, 10, 9, 11, 12, 13, 16)

소설의 주안점, '인정(人情)'의 모사

시대는 조금 다르지만, 나가이 가후가 메이지 30년대를 회상한 글 중에도 '염사(艶史)'가 문장의 본보기가 되었음을 보여주는 대목이 있습니다. 당시 『문예구락부(文藝俱楽部)』의 주필이었던 미야케 세이켄(三宅青軒)은 나가이 가후와 그 회원들을 향하여 "문장을 쓰고자 뜻하면 다른 것은 제쳐두고 한문을 잘 읽어야 하나니, 그것도 한유(韓柳)의 문만으로 족하다 못할 새, 염사소설의 류가 특히 필요함이라"(「쓰지 않아도 되는 기록(書かでもの記)」—원주)라고 말했던 것입니다.

'염사'란 『정사초』나 『연산외사(燕山外史)』— 사륙변려문으로 쓴 청나라 시대의 장편소설로 메이지11년(1878)에 훈독본이 나왔습니다—등을 가리키는데, 이를 당송팔대가의 필두인 한유(한유(韓愈)와 유종원(柳宗元)— 원주)와 정면으로 견주는 일은 라이 산요 시대에는 생각할 수도 없는 일이었습니다. 바로 후술하겠지만, 나가이 가후의 아버지인 나가이 규이치로(永井久一郎)는 나가이 가겐(永井禾原) 혹은 라이세이(来青)라고 알려진 한시인이기도 했습니다. 가후가 아버지를 추모한 문장에도 "선고(돌아가신 아버지)께서 밤낮으로 애독하시던 바, 중화의 시가·악부·염사의 류"(「내청화(来青花)」—원주)라는 문구가 있고, '염사'가 '시가'와 나란히 아버지의 애독서였음을 아무런 저항도 없이 쓰고 있습니다.

정을 주축으로 '문학'이 재편되고 있었다고 보아 좋을 것입니다. 쓰보우치 쇼요(坪內逍遙)가 『소설신수(小説神髄)』(메이지18년, 1885)에서 소설의 주안점을 '인정'의 모사라고 한 것은, 확실히 서양의 소설론을 근거로 한 것입니다. 이를 일본에서 주장하기 위해서는 그 나름의 조건이 갖추어질 필요가 있었습니다. 역으로 조건의 상태를 알고 있었던 쓰보우치 쇼요가 눈치 빠르게 서양의 소설론을 이용했다고 해도 좋겠지요. 물론 다른 한편으로 인정을 주축으로 한 에도 시대 문예의 흐름이 있었을 터입니다. 이와 동시에 한시 세계에서 축적되어온 규원의 계보와, 유곽까지를 포함하는 도시 풍속을 주제로 삼은 죽지사(竹枝詞)라는 장르— 원래 당나라 유우석(劉禹錫)에 의해 시작되었으며 칠언 사구로 토지의 풍속이나 남녀의 정을 읊은 민요풍의 장르로서 근세 일본에서도 유행했습니다—의 성숙도 중요한 역할을 했습니다. 한문맥의 구조적인 변동과 '문학'의 성립은 불가분의 관계였습니다.

사대부 관료의 아들, 나가이 가후

메이지 시대가 되어 한문맥에 일어난 큰 변동으로 '정'으로의 이행 외에, 또 하나 보아두어야 할 것이 있습니다. '지나(중국)'의 등장입니다. 한문맥의 흐름으로부터 근대 문학이 일어나는 과정에서, 지나의 등장은 상당히 커다란 구실을 하게 됩니다. 본 장의 후반에서는 나가이 가후, 다니자키 준이치로, 아쿠타가와 류노스케라는 소위 '지나 취향'이 강한 작가의 계보를 더듬어 가면서 이러한 현상에 대하여 기술해보려 합니다.

우선 나가이 가후의 아버지에 대한 이야기로부터 시작해보지요.

나가이 가후의 아버지 나가이 규이치로는 바야흐로 막부 말기라 할 가에이5년(1852) 오와리 번의 나루오무라(鳴尾村, 지금의 아이치 현 나고야)에서 태어났습니다. 모리 오가이보다 딱 10살 연상입니다. 얼마 지나지 않아 나고야에서 나와 번유인 와시즈 기도의 문하생이 되었고, 메이지 유신 후 스승을 따라 도쿄로 옮겨 학업에 힘씁니다. 가이세이학교(開成学校)─지금의 도쿄대학교 전신─에 다니며 오누마 진잔에게 시를, 게이오의숙(慶應義塾)에서 양학을 배웠습니다. 한학과 양학을 모두 익힌 막부 말기의 엘리트라고 해도 과언이 아닐 겁니다. 엘리트 코스는 계속되어서 다이가쿠난코(大学南校)─이깃도 도쿄대학교의 전신─에 들어갔고, 메이시4년(1871)에는 나고야 번의 명령으로 미국으로 유학을 떠나게 됩니다. 이때 나가이 규이치로의 나이 22세였습니다. 동시대의 청년들처럼 그 역시 일본을 떠나며 한시를 남겼습니다. 한시는 인생의 고비를 의식하게 하는 역할도 했습니다.

誰占人間第一功　　누가 차지하리, 이 인간 제일의 공(功)
飄然去國此心雄　　표연히 나라를 떠나는 이 마음 웅대하다
書生須豁讀書眼　　서생은 모름지기 독서에 눈을 열 일
欲駕火船凌大空　　화선(火船)에 올라 큰 하늘을 헤쳐 나가리

'인간'은 '진칸(じんかん)'*, 곧 이 세상을 의미합니다. '서생'은 서적을 읽는 사람을 말하며 물론 학생이라는 의미도 포함하고 있지만 지식인에 가까운 분위기입니다. '화선'은 증기선입니다.

---

* 일본어에서 人間은 일반적으로 '닌겐'이라 읽지만, 속세 혹은 세상을 뜻할 때는 '진칸'으로 읽는다.

전체적으로 상당히 씩씩한 시인 것만은 쉽게 알 수 있습니다. 모리 오가이의 독일유학보다 13년 앞서 있는데, 이곳에도 해외로 웅비하는 기대감에 가슴 뛰는 청년이 있었습니다. 아니, 그렇다기보다는 모리 린타로가 이런 선배들을 목표로 면학에 힘썼을 테지요.

대략 2년의 유학을 마치고 돌아온 나가이 규이치로는 이윽고 문부성에 출사하여 메이지10년(1877), 스승 와시즈 기도의 둘째 딸을 아내로 맞이합니다. 그리고 메이지12년에 장남 소키치(壯吉), 즉 나가이 가후가 태어납니다.

이렇게 보면 나가이 가후가 이른바 **메이지 사대부 관료**의 아들로 태어났음을 잘 알 수 있습니다. 한학을 닦고, 양학을 배워 유학까지 마친 신진기예 관료의 장남인 나가이 가후는 아버지의 주선으로 미국에 유학도 하고 은행원으로 프랑스에 건너가기도 했으나, 결국 아버지가 바라던 인생을 살지는 않았습니다. 유곽에 빈번히 드나들며 게이샤와 사랑을 나누고, 에도 취향에 탐닉하는 등, 본인이 쓸모없는 사람임을 공공연하게 알리고 다닙니다. 요컨대, 아버지와 정반대의 인생을 보낸 것처럼 보입니다. 부자간에 갈등이 있었으리라는 상상 정도는 쉽게 해볼 수 있겠지요.

정반대였던 부자지간

그러나 이 둘의 관계에서 간과해서는 안 될 것은 이들의 갈등이 단순한 갈등이 아니라는 점입니다. 오히려 계승이라고 해야 할지 모르겠습니다. 정반대로 보이는 것이야말로 결국 계승이 아니겠습니까. 조금 기이하게 들리겠지만, 나가이 가후는 아버지와 반대인 삶의 방식을 취한 것이지 연고가 없는 삶의 방식을 취한 것이 아닙니다. 두 사람은 동전의 양면입니다. 그는 아버지를 위해, 아버지로 인해 그 뒷면이 된 것입니다.

이 책에서 사용한 틀로 말하자면 이는 공과 사, 관과 민, 사와 은이라는 대비적인 두 가지 초점에 겹쳐집니다. 동전의 양면이라는 비유를 조금 바꿔보면, 나가이 가후가 아버지와 대립되는 삶의 방식을 택한 것은 한문맥에서 볼 때, 아버지는 자식으로 하나의 타원이 구성되었다고도 볼 수 있습니다.[*] 아버지가 정치와 사업으로 살아가는 사인적인 삶의 방식을 완수했다면, 그는 세상에 등을 돌린 문인적 삶의 방식을 택했습니다. 세간을 향한 태도는 대조적이지만 각각을 타원의 두 초점으로 간주한다면, 오히려 **훌륭한 대칭을 이루고 있는** 듯 보입니다.

아버지 때문에 동전의 뒷면이 되었다거나 아버지와 아들이 타원을 구성한다는 게 좀 이해하기 어려운 말일지 모르겠습니다. 사실 나가이 규이치로가 분명히 엘리트의 길을 걸었지만 영달이라는 점에서 동세대 관료들에 비해 처지는 측면도 있었습니다. 삿쵸가 아닌 오와리 번의 출신이었기 때문이라고도 이야기됩니다. 후술하겠지만 관료에서 물러나 일본우선(日本郵船)[**]에서 근무한 것도 그런 사정 때문이었겠지요. 앞 장에서 인용한 나가이 가후의 회상에 따르면, 당시는 관리 중에서도 삿쵸 출신이 권세를 휘두르고 있었습니다. 그리고 그 추세를 따르지 않은 이들은 "만사 실의의 늪에 빠

---

[*] 208쪽 도표를 참조.
[**] 일본우선 : 1893년 설립된 일본의 대표적 해운회사로서 미쓰비시(三菱) 그룹의 전신이다.

졌"습니다. 그의 아버지도 노골적인 좌천 같은 쓰라린 경험은 하지 않았지만, 어느 정도 '실의'를 품고 있었던 것 같습니다. 실제 『대일본인명사전(大日本人名辞典)』의 나가이 규이치로의 항목에는, "내 벼슬길에 있어서 뜻을 얻지 못할 새, 다시 민업(民業)에 취해서도 남의 뒤로 처지나니, 다만 한 권의 시가 있어 이로서 내가 생애의 전함을 얻으리라"라는 말이 실려 있습니다. 나가이 규이치로는 시인으로 죽은 셈입니다.

이렇게 보자면 나가이 가후가 사의 세계에 침륜했던 것은 아버지에 대한 반발임과 동시에 아버지의 자취를 밟은 것이라고도 파악할 수 있지 않을까요. 과연 아버지와 아들로 하나의 타원이 완성된다고 말할 수 있습니다. 나가이 가후는 회상에서 "내 비록 남들보다 배우지 못했으나 일찍이 학생 시절부터 귀거래의 부를 외우고 또 초사를 읊조리는 것을 기원했을 뿐임은, 메이지 시대의 이면을 흐르고 있던 그 어떤 사조가 끼친 바라"고 쓰는데, 이는 아버지의 경력을 자신의 경력으로서 받아들이고 있기 때문입니다.

물론 이러한 관점이 상당히 인상비평적으로 느껴질 수도 있습니다. 그렇다면 도연명이나 『초사』의 영향은 나가이 가후의 작품 어디에서 발견되는가, 아버지를 모델로 한 소설이나 아버지에 대한 언급은 그것과 어떻게 관련되는가. 실증주의적 근대 문학연구라면 이렇게 비판할지도 모르겠습니다. 그러나 지금껏 반복해 서술해왔듯 구체적인 작품의 영향을 운운하는 문제를 넘어선 커다란 문맥으로 한문맥를 파악해보자는 것이 이 책의 출발점입니다. 나가이 가후라는 작가의 존재방식에 있어서 이 문제는 꼭 고려해야만 할 대목이 아닐까 합니다.

반발과 계승

나가이 가후와 그의 아버지는 염정이라는 면에서도 극단적인 대조를 보입니다. 나가이 가후는 다이쇼5년에 쓴 「걸어둘 만한 이야기(矢はず ぐさ)」* 라는 수필에서 "나의 아버지는 더 할 나위 없이 신중하고 올곧은 분이셨다" 라고 적고 있습니다. 이는 자신의 여성관계와 대비해 한 말입니다. 그는 아버지의 뜻에 따라 결혼하기는 했으나 몇 개월 뒤 아버지가 갑자기 돌아가시고, 그 후 2개월도 지나지 않아 아내와 이혼해버립니다. 그리고는 예전부터 정을 나눈 예기(藝妓) 야에지(八重次)와 결혼을 하지요. 이러한 가후의 소행이 아버지에 대한 화풀이라고 생각될 만도 하나, 한시에서의 염정이 기녀를 주제로 삼은 것이 많았음을 생각해보면 이런 가후의 성향 역시 묘하게 한문맥의 틀에 들어맞는 것입니다.

나가이 가후는 「걸어둘 만한 이야기」에서 "신중하고 올곧은 분이셨다"라고 기록한 후, "그렇지만"이라고 하면서 나가이 규이치로가 스스로 가려뽑은 시집인 『내청각집(来青閣集)』에 있는 '염체의 시(艶体の詩)' 네 편을 짐짓 다시 싣고 있습니다. 자신이 아버지의 이면을 실천했다는 주장으로도 해석할 수 있습니다. 나가이 가후가 실생활이나 소설 모두에서 예기와의 교분을 중요한 요소로 삼았음은, 확실히 그가 '염체의 시' 자체를 살았다는 뜻이기도 합니다. 이미 서술했듯 이 주제에 있어서만큼은 시에서 소설로의 전환이

---

*야하즈구사 : '矢はず'는 오늬(화살의 끝을 활시위에 끼도록 짜갠 부분) 혹은 얇은 대나무를 족자 등에 걸기 위해 쪼개 놓은 부분을 가리키며 'ぐさ'는 접미어로 '~할 거리'이다.

용이했습니다. 시인 아버지 대 소설가 아들이라는 균형은 예비되어 있었다 하겠습니다.

또 하나, 아버지를 염두에 두고 나가이 가후를 생각할 때 주의해야 할 점은 외국 취향의 계승입니다. 그는 「양복론(洋服論)」에서, 아버지는 "관청에서 귀가하시면 양복의 상의를 벗고 검붉은 색의 스모킹 재킷으로 갈아입고, 영국풍의 커다란 파이프를 물고 독서하셨다"라고 회상합니다. 검붉은 색의 스모킹 재킷에 파이프라니, 이건 그야말로 서구여행에서 돌아온 신사의 풍취입니다. 나가이 가후가 메이지44년(1911)에 정리한 수필집 『홍차를 마신 후(紅茶の後)』의 서문에 다음과 같은 대목을 보면 그도 아버지와 같은 서양 정서를 가지고 있었음을 알 수 있습니다.

'홍차를 마신 후'란 조용한 날 오후, 종이보다도 얇은 지나 도자기로 맛보는 난국(暖國)의 차 한 잔에 약간의 코냑을 섞거나 혹은 거기에 시트론 열매 한 조각을 띄워서, 짐짓 자극적 향기를 강하게 하여 졸음을 이기는 마음을 불러 깨움이니, 두서없는 일을 쓴다는 뜻이다.

그리고 마침 이 글에 적절히도 "지나 도자기" 운운하는 대목이 있어, 지나 취향도 가후에게 하나의 뼈대가 되었음을 보여줍니다. 이 역시 아버지의 훈도(薰陶) 덕택이겠지요. 이미 말했다시피, 나가이 규이치로는 모리 슌토 등과 교제했던 한시인이기도 했습니다. 따라서 집에는 자연스레 그런 풍취가 있었습니다. 여기에 대해 나가이 가후는 다음과 같이 회상합니다.

어린 시절, 나는 아버지의 서재나 객간(客間, 사랑)의 도코노마(床の 間)*에 하여장(何如璋), 엽송석(葉松石), 왕칠원(王漆園)과 같은 청조(淸 朝) 사람들의 서폭(書幅)이 걸려 있었던 것을 기억하고 있다. 아버지는 당송의 시문을 좋아하여 일찍부터 지나인과 문묵(文墨)의 사귐을 맺고 계셨던 것이다.

하여장은 메이지10년(1877)에 초대 주일공사로 청나라 공사관에 부임했 던 인물로 유명합니다. 엽송석은 메이지7년(1874)에 외국어학교 교사로 초 빙된 문인으로 귀국 후 일본을 다시 찾았다가 오사카에서 객사했습니다. 왕 칠원은 왕치본(王治本)이라 부르는 편이 이해가 쉬울 듯한데, 서예가이며 시도 잘 짓는 인물로 일본 각지를 순방했습니다. 이들 모두 당시 일본에 온 청나라 사람 중에서도 특히 유명했던 인사들이라 하겠습니다. 나가이 규이 치로는 그런 청나라의 사대부와 교유를 맺으며 휘호까지 받았던 것입니다.

청나라가 가져다준 일본의 이국의식

여기서 확인해두어야 할 것은 메이지4년(1871)의 청일수호조규에 의해 청나라와의 왕래가 왕성해진 바, 이것이 일본에서의 한시와 한문의 존재방

---

*도코노마 : 객실인 다다미방의 정면에 바닥을 한 층 높인 공간으로 주로 족자, 도자기 등의 장식물을 두 어 꾸민다.

식에 커다란 변화를 초래했다는 사실입니다. 생각해보면 메이지 일본의 개국은 미국이나 유럽에 대한 개국임과 동시에 중국을 향한 개국이었음으로 이는 당연한 일인지 모릅니다.

메이지 이전, 즉 개국 이전의 한시문에 대해 살펴보면, 조선통신사와 나가사키라는 예외가 있다 해도 실제로 일본인의 한시나 한문은 거의 전적으로 일본인끼리 읽는 것이었습니다. 메이지 시대 청나라와 다시 국교를 맺으면서 청나라에서 온 관료, 문인과 직접 시문을 주고받을 기회가 도래했습니다. 애써 나가사키로 가서 청나라 상인과 시를 주고받거나 조선통신사를 쫓아 어떻게든 한줄의 글이라도 받으려는 고생을 하지 않아도 되었던 것이지요. 특히 연회석 등에서 한시를 서로 짓는 이른바 창화(唱和)나 응수(應酬)는 메이지 시대 크게 성행하여 일대 활황이었다 해도 좋을 정도였습니다. 또한 일본인의 한시문집에 청나라 문인이 비평을 붙이는 일도 본 고장의 '추천사'*라는 의미에서 대단히 유행했습니다.

저쪽에서 건너온 사람이 있다는 건 이쪽에서 건너가는 사람도 있음을 의미합니다. 주로 구미 쪽으로 시찰이나 유학을 간 건 사실이지만, 당시는 배로 여행을 했기 때문에 유럽을 왕복할 때 반드시 상해나 홍콩 등의 연안에 들렸습니다. 이와쿠라사절단처럼 미국에서 유럽을 거쳐 돌아올 때도 마찬가지입니다.

물론 외교나 보도 혹은 사업을 위해 청나라에 건너간 사람도 적지 않았습

---

* '오스미쓰키(御墨付き)'로 추천사, 허락, 보증서. 권력자/권위자의 보증서라는 뜻이다. 막부나 다이묘가 허가/보증의 증표로 내어주던 검은 도장이 찍힌 문서에서 유래했다.

니다. 예를 들어, 기시다 긴코(岸田吟香)는 저 유명한 제임스 헵번(James C.urtis Hepburn)의 일영사전『화영어림집성(和英語林集成)』의 편찬을 도운 것이 계기가 되어 막부 말기에 중국 상해로 건너갔습니다. 그는 메이지 전반기에 신문기자로, 실업가로 자주 청나라를 왕래했습니다. 청나라에서 안약을 팔거나—헵번에게 처방을 배웠습니다—출판업을 경영하거나 하는 사이에 그곳의 문인들과도 빈번히 교류했습니다. 그는 당시 유명한 학자였던 유월(俞樾)에게 일본인의 한시집 백수십 여 종을 건네주며, 좋은 시를 선정해서 사화집을 엮어 달라고 부탁했습니다. 유월은 5개월동안 이 일에 몰두하여 메이지16년(1883) 봄에『동영시선(東瀛詩選)』40권과 보유 4권을 완성했습니다. 획기적인 사업이었다고 하겠습니다. 청나라 문인들도 일본의 한시에 눈을 돌리기 시작했습니다. 정치, 경제, 문화 모든 면에서 일본과 청나라 양국의 교류가 단숨에 확대되었습니다.

나가이 가후의 집에 걸려 있던 글들은 바로 이러한 교류의 상징이었습니다. 본디 한시문을 짓는 일에 익숙해지면 익숙해질수록 중국 땅에 대한 동경이 자연스레 깊어집니다. 아직 보지 못한 풍경을 시로 짓고 상상 속의 옛사람을 전고로 삼는 가운데 중국에 대한 동경이 차츰 커져가기 때문입니다. 청나라 주일공사관 또한 적극적인 문화 활동을 했는데, 시문과 서화를 통한 청일 간의 교류는 메이지 전반기의 특징적인 현상이 되었습니다. 메이지 시대 한시 융성의 한 자락이 바로 여기에 있음은 좀 더 강조해두어도 좋으리라 봅니다.

이런 상황 속에서 한시문을 지을 때는 그전까지 없었거나 혹은 희박했던 새로운 의미가 부여됩니다. 이국으로의 창구라는 면이 바로 그것이지요. 한시문이 청일 양국 문인의 공통언어임을 확인하고, 또 중국 한시에 묘사된 풍경이 단지 상상 속의 것이 아니라 바다를 건너면 실제로 볼 수 있다는 리얼리티를 갖기 시작합니다. 근세 일본이라는 닫힌 공간에서 일종의 허구적 보편세계의 언어였던 한시문이 현실의 국경을 넘는 도구로서 기능하기 시작했습니다. 바꾸어 말하면 이국인 중국과 통하는 말로서 한시문이 다시금 자리매김하게 되었습니다. 나가이 가후 역시 그런 분위기 속에서 자라났던 것입니다.

상해어 도취된 남자

메이지30년(1897) 9월, 19세의 나가이 가후는 아버지에게 이끌려 처음으로 이국 땅 상해를 방문했습니다. 그의 아버지는 그해 3월에 문부성 회계국장직을 사임하고, 5월에는 일본우선의 상해 지점장으로 가족을 일본에 둔 채 혼자서 부임합니다. 8월에 일단 도쿄로 돌아와 가족을 데리고 9월 다시 상해로 돌아갑니다. 앞에서도 그 한 구절을 인용한 「열아홉의 가을(十九の秋)」은 그 시절의 일들을 쇼와10년(1935)에 회상하며 쓴 글입니다. 그 중에서 상해에 막 도착한 청년 소키치의 흥분을 읽어보도록 합시다.

이윽고 뒤편 한 방에 들어가 잠자리에 들었지만, 나는 여행의 피로를 느끼면서도 좀처럼 잠을 이룰 수 없었다. 나는 상륙한 순간부터 그저 신기하다고 말하기에는 좀 더 심각한 감격에 벅차 있었다. 그 무렵에는 엑조티시즘이라는 말을 아직 알 턱도 없어, 나는 다만 감각[*]이 앙분(昻奮)하고 있음을 느끼기만 할 뿐 이를 자각하고 해부할 만한 지식은 없었던 것이다.

 그러나 이윽고 나날이 경험하는 이상한 감격이 어렴풋하게나마 해외의 풍물과 그 색채로부터 비롯된 것임을 알게 되었다. 지나인의 생활에는 강렬한 색채미가 있다. 거리를 걷고 있는 지나의 상인이나 일륜차를 타고 가는 지나 부인의 복장. 길가에 서 있는 인도인 순사가 머리에 두르고 있는 천이나 터키인의 모자 등등의 색채. 강 위를 왕래하고 있는 작은 배에 칠해진 색깔. 그에 더하여 가지가지 불가해한 말소리. 이것들의 색과 음이란 아직 서양의 문학예술을 알지 못했음에도 불구하고, 나의 감각[*]에 강한 자극을 주지 않을 수 없었던 것이다.

 상해는 이 청년에게 커다란 충격을 주었습니다. 이국의 색과 음에 어지러워하는 모습이 눈에 선합니다. 다만 여기서는 "엑조티시즘이라는 말을 아직 알 턱도 없어"라고 한 대목에 주목하려 합니다. 이는 후년의 다니자키 준이치로나 아쿠타카와 류노스케가 이미 마음속 깊이 엑조티시즘을 품은 채 중국으로 건너간 것과는 상당히 다른 부분입니다. 나가이 가후는 어느 정도 한학 교육을 받은 사람입니다. 따라서 그에게 중국은 한시문을 통해 이미 접한 친근한 존재였다고 하겠습니다. 그러나 그가 마주한 상해는 그러한 한

---

* 원문은 '관각(官覺)'으로 다섯가지 감각기관을 통한 감각적 지각을 뜻하며 감각과 지각의 분리 이전 상태를 의미하는 듯하다. 나가이 가후는 관각이라는 말로 근대적 경험이 잃어버린 정조와 생각을 표현하곤 했다.

학이나 한시문의 연장선상에서 미리 가정했던 것 이상이었습니다. 라이 산요는 아마쿠사 바다에서 대륙을 상상했지만, 나가이 가후는 직접 그 땅에 서서 예상 밖의 "감각의 양분"을 느꼈던 것이지요.

"서양의 문학예술을 알지 못했음에도 불구하고"라는 대목에도 주의을 기울여 봅시다. 이 말은 상해가 중국이면서 동시에 서양의 입구였다는 사실—상해라는 도시는 서양 열강에 의해 강제된 반식민지적 장소였습니다—을 나타냅니다. 또 "서양의 문학예술"이 후년의 나가이 가후에게 무엇보다도 '감각'의 '자극'이었다는 점에서도 매우 시사적인 언급입니다. 어떻든 간에 이 청년은 만국박람회장을 헤매는 듯한 기분에 도취되었습니다. 그리고 나가이 가후는 중국 토착의 풍속으로부터도 강한 인상을 받습니다.

어느 날 나는 동라(銅鑼, 쇠북)를 울리며 거리를 줄지어가는 도태(道台)의 행렬과 마주쳤다. 또 어느 날 저녁때에는 큰 목소리로 울면서 걷는 여자의 행렬을 선두로 한 장례식 행렬과 마주쳐 그 기이한 풍속에 눈이 휘둥그레졌다. 장원(張園)의 나무 사이에 계화(桂花)를 머리에 꽂은 지나 미인이 몇 량이나 되는 마차를 달리는 광경. 또 낡은 서원(徐園)의 회랑에 걸려 있던 연구(聯句)의 서체. 어둑한 그 안뜰에 피어 있는 가을 꽃의 적막함. 극장이나 찻집이 늘어선 사마로(四馬路)의 번화함. 그것들을 보게 되어 이국의 색채에 대한 감격은 점점 강렬해졌다.

'도태'란 지방장관을 뜻합니다. '장원'이나 '서원'은 정원의 이름이고, '사마로'는 상해의 번화가입니다. 여기에 열거된 장면만 늘어놓더라도 상해

풍속을 담은 그림엽서가 될 법합니다. 어쩌면 옛 시절을 회상하는 나가이 가후의 마음속에서, 이미 그 시절은 낡은 그림엽서와 같은 장면이 되어 있었는지도 모릅니다. 그럼에도 불구하고 역시 청년 소키치의 '감격'은 전해져옵니다.

'리얼리티'를 얻은 한시문

한편 한시인이기도 했던 나가이 가후의 아버지가 상해에서 어떻게 지냈는가도 이 회상 속에서 살짝 엿볼 수 있습니다. 예를 들어 중양절(重陽節, 음력 9월 9일)에 쓴 절구에 가족과 함께 교외의 고찰에 가서 그 탑에 올랐던 것 등이 적혀 있습니다. 이것이 한시를 읊던 아버지 나름의 행락이었음은 "중양절에 산에 올라, 국화 혹은 수유나무 열매를 따서 시를 짓는 것은 당시(唐詩)를 익힌 일본의 문인이 에도 시대부터 즐겨하던 바이다"라고 말한 대목에서도 알 수 있습니다.

사실 나가이 규이치로는 이 상해 부임을 계기로 돌연 시 짓기에 몰두하게 됩니다. 관리에서 물러남으로 사인 지향에서 문인 지향으로 전환된 측면과 상해에 부임한 덕분에 일하는 짬짬이 "사대부와 문주(文酒)의 교분을 맺는"(『서유시속고(西遊詩続稿)』자서―원주) 기회를 얻은 것, 이 두 가지가 서로 어우러져 나타난 현상일 테지요. 한시문에 새로운 리얼리티가 더해졌던 것입니다. 『서유시고(西遊詩稿)』, 『서유시속고』 등의 시집을 통해 당시의 왕성한 시작 활동을 살필 수 있습니다. 나가이 가후의 회상기 중에도 나가이 규

이치로의 시가 한 편 수록되어 있습니다. 이향(異鄕)의 땅에서 가족과 함께
십삼야(十三夜)[*]를 보낸 일을 읊은 시입니다.

蘆花如雪雁聲寒　　갈대꽃 눈과 같고 기러기소리 차가운데

把酒南樓夜欲殘　　술 마시는 남루에는 이 밤이 사그라지려 하네

四口一家固是客　　한 집안 네 사람이나 본디는 객이러니

天外俱見月團欒　　하늘 밖에서 함께 보느니 달의 단란함이여

　상해는 갈대가 흐드러지게 펼쳐진 땅입니다. 아직 눈이 내리는 계절은 아
니었지만 갈대꽃이 마치 눈과 같다고 말합니다. "야욕잔(夜欲殘)"은 밤이 깊
어지려 함, "객(客)"은 이향의 땅에 있는 사람, "단란(團欒)"은 달이 차 둥근
것을 뜻합니다. 이는 물론 달이 둥근 것과 가족이 모두 모여 있음을 표현한
것이지요. 장소가 다름 아닌 중국이었기에 이러한 대수롭지 않은 시를 즉흥
적으로 지어 가족에게 보이며 그 단란함을 기뻐할 수 있었을 터인데, 이런
읊조림은 에도 시대의 문인들이 끝내 못다 이룬 꿈이었습니다. 메이지의 문
인이었기에 가능했던 일이지요.

---

[*]십삼야 : 음력 13일 밤. 특히 음력 9월 13일 밤을 가리킨다. 한가위 다음으로 달이 밝고 아름답다 하여,
일본에서는 이날 밤에 달 구경을 하는 풍습이 있다.

한문맥 안에 있었던 나가이 가후

나가이 가후는 완전히 상해에 마음을 빼앗기게 되는데 진학할 학교를 찾아내 그곳에서 계속 살고 싶다고 느낄 정도였습니다. 사실 그는 상해에 오기 직전인 7월, 제일고등학교*의 입학시험에 실패했기 때문에 더욱 그러한 기분이 되었을 터입니다. 관리에서 물러났다고는 하나 여전히 사업의 요직에 있는 아버지가 이를 허락할 리 없었고, 때문에 그해 11월 어머니와 함께 일본으로 돌아오게 됩니다.

그는 중국에 대한 그리움을 주체하지 못한 채, 도쿄고등상업학교 부속외국어학교 중국어과에 입학합니다. 메이지 42년(1909)에 쓴 「나의 20세 전후(子の二十歲前後)」에서도 "나는 2~3개월 상해에 놀러갔다. 그리고 지나의 생활이 재미있어 보여 어쩐지 그쪽으로 가고 싶은 마음에 돌아오자마자 조속히 지나어를 공부하기 위해 외국어학교에 다녔다"라고 회상합니다.

나가이 가후는 쇼와10년(1935) 당시 중일관계의 긴박함속에서 과거를 회상하며 「열아홉의 가을」을 썼습니다. 그 옛날 부모를 따라 상해에 갔던 시대와는 달라진, 세상의 커다란 변화에 격세지감을 느끼면서 과거를 회상합니다. 외교상의 긴장은 이윽고 전쟁으로 향하게 됩니다. 어쩌면 이에 대한 위화감으로 인해 이 문장을 썼던 게 아닐까요. 방금 전 인용했듯이 그는 상해를 회상하며 우선 집에 있던 한시 족자로부터 이야기를 꺼냅니다. 정월

---

*제일고등학교 : 도쿄대학교의 전신 중 하나였던 구제고등학교(舊制高等學校)이다. '구제일고'라고도 불린다. 지금의 도쿄대학교 교양학부(고마바 캠퍼스)의 전신이다.

즈음에 하여장이 휘호한 소동파(蘇東坡)의 절구가 걸려 있었던 사실도 적고 있습니다. 지금도 그 구절은 암기하고 있다며 다음의 시를 인용합니다.

梨花淡白柳深靑　　　배꽃은 담백하고 수양버들 짙게 푸르러
柳絮飛時花滿城　　　버들개지 날릴 때 꽃이 성에 가득하니
惆悵東欄一樹雪　　　애달파라, 동쪽 난간 한 그루 나무의 눈(雪)
人生看得幾淸明　　　인생을 살펴봄에, 청명은 몇 차례인지

이 시는 「공밀주의 오언절구에 화답하다(和孔密州五絶)」 속의 「동쪽 난간의 배꽃(東欄梨花)」인데, 소동파가 밀주(密州, 지금의 중국 산동성 소재) 지사(知事) 임기를 마치며 후임 지사의 시에 응수한 것으로 청명절(淸明節)에 배꽃과 버들개지로 새하얗게 된 뜰을 보며, 앞으로 몇 번이나 청명절을 맞이할 수 있을까라고 읊고 있습니다. 소동파의 시집에서는 '수(樹)'가 아닌 '주(株)'라고 적고 있습니다. 이 점을 고려한다면, 나가이 가후가 머리에 떠오르는 대로 이 시를 옮겨 적었음을 알 수 있습니다. 그는 중국과의 인연을 여기서부터 이야기하기 시작합니다.

이것뿐이라면 단지 본가의 추억을 적은 것에 지나지 않을 터이나 나가이 가후는 역시 뿌리 깊이 문인이었습니다. 청년 시절의 상해에 대한 회상을 매듭지으려는 순간, 그는 다시 이렇게 적었습니다.

모든 게 36년 전 옛 꿈이 되었다. 세월은 사람을 기다리지 않고, 총총히 지나는 것이 참으로 동파가 말한 것 같구나. "애달파라, 동쪽 난간 한

그루 나무의 눈. 인생을 살펴봄에, 청명은 몇 차례인지"이다.

극히 자연스럽게 이런 결구로 끝을 맺는 것도 그의 한문맥적 면모라 하겠습니다. 그것은 한자어를 많이 사용하거나 사대부 의식을 내세우는 것과는 다른, 더욱 깊은 곳에서 시로 인생을 이야기하도록 하는 방법이라 할 수 있습니다. 그에게 그리고 어쩌면 아버지 나가이 가겐에게도 한시문은 지나라는 이국으로 향하는 입구가 되었습니다. 이는 한시문이 그들에게 정신의 틀이었다는 사실과 깊이 관련되어 있습니다.

상인 집안 출신의 다니자키 준이치로

메이지44년(1911), 나가이 가후는 자신이 편집을 담당하고 있던 『미타분가쿠(三田文学)』의 지면에서 다니자키 준이치로의 소설을 격찬했습니다. 다니자키 준이치로는 이로 인해 문단에 이름을 알리게 되는데, 그 역시 오래 전부터 나가이 가후를 흠모하며 본받으려 했습니다. 『청춘이야기(青春物語)』(1932~1933)에는 반자연주의를 표방했던 '판의 모임'에서 나가이 가후를 처음 만났을 때의 감격이 잘 표현되어 있습니다. 다니자키 준이치로는 자신이 목표로 삼는 작가로서 나가이 가후를 우러러 보고 있었습니다. 일본의 근대 문학사에서 나가이 가후로부터 다니자키 준이치로에 이르는 계열을 '탐미파'라 부르고 있음은 새삼 말할 필요도 없습니다. 덧붙여 소년 시절 한시를 지었고 한학 사숙에 다닌 그의 초기 작품 「문신(刺青)」이나 「기린(麒

麟)」등에는 한문학의 그림자가 짙게 드리워져 있습니다. 이러한 사실을 고려할 때 동시대의 작가 중에서는 한학 소양이 있었다 여겨집니다.

그러나 다니자키 준이치로가 태어난 것은 이미 메이지19년(1886)입니다. 즉 모리 오가이나 나쓰메 소세키의 소양과 비교하기에는 무리가 따른다는 이야기입니다. 그는 한문이 아닌 훈독문의 환경에서 자란 세대입니다. 메이지19년은 문부대신 모리 아리노리(森有礼)에 의해 새로운 학교령이 제정된 해이기도 합니다. 입헌군주제를 전제로 한 근대 학교제도가 정비되기 시작한 것이지요. 나가이 가후와는 7년밖에 차이가 나지 않지만, 이러한 시대적 전환은 큰 것이었습니다.

그들의 차이를 이야기하자면, 한시인을 아버지로 둔 나가이 가후와 니혼바시(지금의 도쿄 중심가)의 상인 집안에서 태어난 다니자키 준이치로의 한시문에 대한 의식은 다를 수밖에 없었다는 사실에도 주의할 필요가 있습니다. 나가이 가후의 경우 어린 시절부터 한시문의 분위기에는 친숙했지만, 실제로 한시를 짓고자 하면 결코 아버지에게는 대적할 수 없음을 스스로 인식했습니다. 어떤 의미에서 이것이 콤플렉스가 됐을 수도 있지요. 다니자키 준이치로는 그 점에서 자유로웠습니다. 막부 말기에 태어났거나 나가이 가후와 같은 한학자의 가계였다면 기초교육으로 한학이 반쯤 강제되었을 것입니다. 그러나 메이지19년생인 다니자키 준이치로가 속한 세대나 그가 자란 환경에서는 그런 강제력을 거의 느낄 수 없었습니다. 그에게 한시문을 배운다는 것은 지적 유희에 가까운 일이었습니다. 게다가 소학교 시절부터 중화요리점 아들과 친구였던 그에게 한시문은 어쩌면 처음부터 이국을 향한 창구였다고도 할 수 있습니다. 중국 문화로서의 한시문인 것이지요.

미(美)를 탐닉하다

이러한 사정을 염두에 두고 여기서는 다니자키 준이치로의 한문맥을 두 가지 측면에서 생각해보려 합니다. 하나는 '염정'이고 하나는 '지나'입니다.

「문신」이나 「기린」의 주제가 여성의 미와 마력에 있음을 그의 독자라면 이미 잘 아실 겁니다. 메이지43년(1910)에 발표된 「문신」의 줄거리는 이렇습니다. 자신의 혼을 새겨넣기에 적합한 피부를 가진 미녀를 염원하던 문신사 세이키치(淸吉)는 마침내 한 어린 게이샤를 만납니다. 그는 그녀의 등에 무당거미를 새겨넣는데, 문신을 새기기 전에 세이키치는 사내를 잡아먹는 악녀의 그림을 보여줍니다. 이 그림을 차마 보지 못하던 소녀가 문신을 끝내고 마취에서 깨어나자 겁먹은 마음을 떨쳐내고 요염한 미녀로 변신한다는 내용입니다. 「문신」과 같은 해에 발표된 소설 「기린」의 내용은 다음과 같습니다. 위(衛)나라를 방문한 공자가 남자(南子)라는 이름의 여인에게 매혹되어 있던 국왕 영공(靈公)의 정신을 차리게 하고자 도덕을 설파합니다. 영공은 일단 공자의 말을 따르는 것처럼 보입니다. 한편 남자는 어떻게든 공자를 농락하고자 하나 실패합니다. 하지만 결국 영공은 남자에게서 벗어나지 못합니다. 공자는 "내 아직 덕을 좋아함이 색(色)을 좋아함과 같은 자를 보지 못했다"*라 말하고 위나라를 떠납니다.

「문신」에서 소녀에게 보여주는 그림 중에 은나라 주왕(紂王)이 총애하는 후궁인 말희(末喜, 달기)가 산제물로 올려진 사내를 바라보는 것이 있습니

---

* 『논어』의 「자한(子罕)」에 나오는 "吾未見好德如好色者也"라는 구절이다.

다. 흥미로운 것은 「기린」에서 남자라는 미인이 공자에게 말하기를 자신의 이마가 달기(妲己)와 닮고 눈은 주나라 유왕(幽王)의 총비인 포사(褒姒)와 닮아 사람들이 놀란다고 말하는 대목입니다. 달기와 포사는 단지 경국지색의 미녀일 뿐 아니라 잔인한 행위를 좋아했다고 전해지는 악녀들입니다. 이는 「앵앵전」의 장생이 앵앵을 버리는 장면에서 주왕과 유왕이 부인 때문에 나라를 망친 것을 들어 앵앵을 '요얼(妖孼, 요망한 것)'이라 하여 멀리한 것과 반대의 입장입니다. 물론 「문신」과 「기린」에서 「앵앵전」의 영향을 찾을 수 있다고 말하려는 게 아닙니다. 또한 달기와 포사는 미녀이자 악녀의 대표적 인물이니 단순히 수사의 문제라 치부할 수도 있습니다. 하지만 제가 주목하고 싶은 것은 「앵앵전」이 앵앵의 아름다움과 장생과의 달콤함을 강조하면서도 한편으로 이를 부정하기 위해 달기나 포사를 거론하는 구도를 가짐에 비해, 다니자키 준이치로의 소설에서는 이를 부정하기보다 오히려 미를 강조하기 위해 사용한다는 점입니다. 미를 표현하기 위해 달기와 포사를 열거하는 식의 전환이 생겨났다는 것이지요.

이 전환은 소설이 달기나 포사를 부정하기 위한 도덕적 세계—이것은 사인적 에토스와 통하는 것입니다—에 근거하는 것이 아니라 오히려 악에 이를 정도로 염정에 탐닉하는 세계—이미 문인적 에토스의 범위를 넘어서고 있지만 원천은 여기에 있습니다—에 근거하고 있음을 보여줍니다.

「기린」은 공자를 주인공으로 『논어』를 군데군데 삽입해놓은 소설이지만, 오히려 이 소설은 공자 편에 서 있지 않음을 노골적으로 드러냅니다. 그렇다고 거기에 '공명'과 '연애'의 대립이 있을 리도 없습니다. 연애가 공명의 대항원리로 그 가치를 높여왔다면, 다니자키 준이치로에게 염정은 이미 공자적 세계의 완전한 외부에 존재하는 듯합니다. 오로지 미에 깊이 빠져들어 있다는 말이 맞을 겁니다. 한문맥에 의거한 듯 보이면서도 그로부터 뛰쳐나간 아슬아슬한 장소에서 이 소설은 성립하고 있는 듯합니다. 나가이 가후가 격찬했던 부분이지요. 나가이 가후처럼 한문맥에 얽매이거나 그 내부에서 자란 것이 아니었기에 다니자키 준이치로는 쉽게 이 경계 영역에 설 수 있었는데, 나가이 가후가 선망했던 부분이 바로 그 점이 아닐까 싶습니다.

달리 말해 다니자키 준이치로에게 한문맥은 이러한 방향의 전환이 극히 자연스러울 정도로 **소재적인 것**이 되어 있었던 것인지도 모릅니다. 앞서의 장들에서 서술했듯이 한문 소양이라는 것은 단순한 지식의 집적이 아니라 하나의 정신세계를 배경으로 이루어집니다. 나가이 가후는 사대부인 아버지의 뜻과 좌절을 바로 옆에서 보았고, 자신이 그 길로 나아가지 않더라도 자신의 정신이 머무는 곳이 그곳임을 알고 있었습니다. 그렇기 때문에 그는 작가로서 스스로의 위치를 정할 수 있었던 것입니다.

다니자키 준이치로에게 사대부적 정신이란 먼 옛날의 이야기로 그의 모델은 나가이 가후였습니다. 그에게는 나가이 가후가 무엇에 대항하여 그러한 위치를 선택했던가는 보이지 않았으며 단지 나가이 가후가 있는 위치만이 눈에 들어왔던 것입니다. 이것이 작가 다니자키 준이치로의 출발점입니다. 그는 나가이 가후가 한문맥 속에서 외부로 발버둥치며 빠져나오려 했던 그 장소를 외부로부터 무심코 찾아들었다고나 할까요. 그는 자신의 소설에 사인적인 부분은 고려하지 않고도 한문맥의 어느 부분을 도입할지 선택할 수 있었습니다. 문인적 탐미가 매력적이라면, 오로지 이를 추구하면 그만이지요. 제가 소재적인 것이라 말한 건 바로 이러한 이유에서입니다.

중국, 덤정의 땅

'지나'에 대한 시선에 대해서도 마찬가지 이야기를 할 수 있습니다. 여러 차례 지적되었듯이 다니자키 준이치로가 다이쇼7년(1918) 중국여행에서 소재를 취하여 쓴 소설들, 즉 「진회의 밤(秦淮の夜)」, 「서호의 달(西湖の月)」, 「빌로드의 꿈(天鵞絨の夢)」 같은 작품에는 과연 '지나 취향'인 작가의 면목이 여실히 드러나 있습니다. 「진회의 밤」은 중국 남경을, 「서호의 달」과 「빌로드의 꿈」은 중국 항주를 무대로 하고 있습니다. 이 강남 지방들은 소위 문인묵객(文人墨客)들에게는 동경의 장소라고 할 수 있는 땅입니다. 그는 퇴폐적이라고도 할 수 있는 탐미적 시선을 가지고 이 장소에 들어옵니다.

「진회의 밤」은 남경의 오래된 환락가인 진회에서 중화요리를 먹고는 기녀를 찾아 길가를 돌아다니다 마침내 목적을 이룬다는 이야기. 「서호의 달」은 항주 구경을 위해 상해를 출발한 주인공이 차 안에서 본 아름다운 아가씨와 같은 여관에 묵게 되고, 그날 밤 둥근 달의 서호(西湖, 항주의 명승지)를 배로 유람하던 중 자살한 아가씨의 시체를 발견한다는 이야기. 더욱 엽기적인 색채를 띠는 「빌로드의 꿈」은 서호 근처에 있는 별장 주인과 그 첩을 위해 '환락의 도구'가 되었던 아름다운 노예들의 긴 고백을 친구들로부터 전해 듣는다는 이야기. 어느 것이나 색정이 얽혀 있다는 점에서 역시 다니자키 준이치로답다 하겠는데, 이 이야기들이 '지나'라는 장소이기 때문에 가능했다는 점이야말로 주목해두어야 하겠습니다.

이 소설들이 오리엔탈리즘으로서의 '지나 취향'를 바탕으로 해 짜여져 있음은, 이미 여러 방식으로 논해져 왔습니다. 굳이 덧붙여 말할 필요는 없겠지요. 다만 여기서 말하고 싶은 것은 이 오리엔탈리즘적인 지나 취향을 지금까지 살펴본 한문맥의 계보에서 본다면 어떻게 될까 하는 점입니다. 다시한 번 염정이라는 시점을 도입해보지요.

나가이 가후의 세계가 문인적 에토스 중에서도 한층 더 정에 치우친 중심에 의해 유지되고 있음은 재차 설명해온 바입니다. 그는 염시(艶詩, 염정의시) 내지 염사(艶史, 염정의 사적)의 흐름에 스스로를 위치시키며 소설가로서의 자신의 위치를 정하였습니다. 다니자키 준이치로도 이 점에서는 일견동일한 듯 보입니다. 그러나 나가이 가후가 어딘가 아버지의 그림자를, 즉사인의 그림자를 느끼면서 문인으로 행동했던 것과 달리, 다니자키 준이치로는 좋게 말하면 천진하게―나쁘게 말하면 경박하게―문인적 세계 그 자체를 탐욕스럽게 소비하려 했습니다. 염시나 염사는 그에게 자신의 위치를정하는 것이라기보다는 그러한 욕망을 충족시키는 것입니다. 자신의 위치가한문맥에 의해 정해지는 것이 아니었기에 그것은 단지 소재 이상의 것이 될수 없습니다. 그러니까 '지나' 역시 다니자키에게는 그런 것이었습니다.

강남이 문인묵객들에게 동경의 장소였다는 것을 전제로, 다니자키 준이치로에게도 동경의 땅이었다는 의미를 되새겨볼 필요는 있습니다. 서호팔경(西湖八景)은 시의 제목이나 그림제목으로도 근세 일본의 문인들에게 친숙한 대상이었고, 옛 도읍인 남경에서 망국의 비애를 노래하는 일 또한『당시선』에서 자주 발견되는 주제였습니다. 육조 이후 문예의 중심은 북방보다는 강남에 있었습니다. 시로 읊은 풍광의 찬란함은 바야흐로 백거이로 하여금 「강남을 생각함(憶江南)」이라는 글을 짓게 했고, 그 풍경은 지금도 여전히 암송될 정도입니다. 다니자키 준이치로의 첫 번째 중국 여행은 조선을 거쳐 육로로 북경으로 들어가 남쪽으로 내려오는 경로였습니다. 그는 여행을 하면서 지나간 고장에 대한 기록을 약간씩 남겼으나 소설의 무대가 된 곳은 강남뿐입니다. 이것만을 고려한다면 결국 나가이 가후도 똑같지 않았나 싶습니다. 왜냐하면 강남이야말로 문인의 땅이니까요.

그렇지만 다니자키 준이치로에게는 분명 독특한 편향이 있었습니다. 요컨대 한문맥에서 강남은 특별히 염정의 무대로만 의미가 있는 게 아닌데도, 그의 시선은 항상 염정에서 벗어나지 않는다는 겁니다. 「소주기행(蘇州紀行)」에서는 「연방누기(聯芳楼記)」(『전등신화』에 수록된 단편)를 인용하고, 「진회의 밤」에서는 두목(杜牧) 식의 풍류로 점잔을 빼고, 「서호의 달」에서는 자살한 처자에게 소소소(蘇小小)*를 겹쳐봅니다. 모두 염정과 관련된 것이지요. 지금까지 설명해왔듯 확실히 이는 한문맥에 속하지만, 그렇지만도 않다는 것이 문제입니다. 문인적 세계에서 감상이 한적과 균형을 유지하고, 사대부의 정신 세계에서 문인적 에토스가 사인적 에토스와 균형을 잡는 것이 한문맥이었습니다. 그런데 그는 이것을 전혀 개의치 않습니다. 이미 문인적 에토스와 사인적 에토스는 분리되었고, 정치와 문학은 전혀 다른 것이 되었습니다. 문학자는 문학에 관한 일만 생각해도 상관없게 된 것이지요. 바로 다니자키 준이치로가 그 전형이었다고 할 수 있습니다.

그러나 이는 조금도 비난할 것이 못 됩니다. 바로 이러한 무관심이 있었기에 그는 한문맥에서 염정을 끄집어내어 자연주의적인 연애와는 다른 세

---

*소소소 : 육조 남제 시대의 유명한 기생. 완욱(阮郁)이라는 청년을 만나 사랑을 나누지만, 완욱이 아버지를 따라 수도로 가버렸고 이후 소소는 요절한다. 많은 문학 작품의 모티프가 되었다.

계를 성공적으로 구축할 수 있었습니다. 염시나 염사의 상상을 부풀리던 그는 실제의 무대를 찾아가서 그 상상을 더욱 확장시킵니다.

아쿠타가와 류노스케가 본 진짜 중국

아쿠타가와 류노스케의 '지나'는 다니자키 준이치로와는 대조적입니다. 다니자키 준이치로의 「진회의 밤」을 환골탈태시켜 「남경의 그리스도(南京の基督)」를 쓴 아쿠타가와 류노스케가 실제로 중국 땅을 찾은 것은 다니자키 준이치로보다 3년 늦은 다이쇼10년(1921)이었습니다. 이 기행을 정리한 『지나유기(支那游記)』는 자주 다니자키 준이치로의 중국기행이나 거기서 소재를 취한 소설들과 비교되어왔습니다. 다니자키 준이치로가 중국을 로맨틱하게 즐기고 있는 것과 대조적으로 아쿠타가와 류노스케는 지나치게 리얼함에 사로잡혀 신경질적으로 매도하고 있는 듯한 기분까지 듭니다. 확실히 『지나유기』에 수록된 여러 편의 글을 읽어보면 그 기조에 환멸과 불만이 있음을 부정하기 어렵습니다. "나는 지나를 좋아하지 않는다"라고까지 말하고 있으니까요.

어디서든 게걸스럽게 먹어대고 어딜 가든 여자를 사는 다니자키 준이치로와 상해에 도착하자마자 건성늑막염으로 입원해버리는 아쿠타가와 류노스케는 성향과 자질부터 달랐다 이야기하고 싶어지지만, '지나'에 대한 이 시선의 차이는 이미 예비되어 있었던 듯합니다. 다니자키 준이치로의 입장이 염정에 있었다면, 아쿠다카와 류노스케의 입장은 역시 '경세'에 있었습니다. 이는 『지나유기』의 "필경 하늘이 나에게 베푼, 혹은 나에게 내린 재앙인 저널리스트적 재능의 산물"이라는 대목만 봐도 알 수 있습니다.

저널리스트와 경세는 상당히 다르지 않나 하실지 모르겠습니다. 더구나 아쿠타가와 류노스케가 저널리스트라고 한 것은 소설처럼 각색한 게 아니라 사실을 있는 그대로 썼음을 뜻하는 게 아니냐는 의문이 생길지도 모릅니다. 그러나 소설가와 저널리스트와의 대비는 단순히 어떻게 쓰는가라는 점에만 관련된 문제가 아닙니다. 우선 어떻게 볼 것인가 하는 시선부터가 다릅니다. 소설가는 마음에 드는 부분만 보면 그걸로 족합니다. 그러나 저널리스트에게는 공평하게 전체를 조망하는 시선이 필요합니다. 적어도 아쿠타가와 류노스케가 생각한 저널리스트는 그런 것이었습니다. 자신은 중국을 보고 실망하지 않을 수 없었다. 그러나 이것이야말로 저널리스트적 재능이 아니겠는가 하는 이야기지요.

아쿠타가와 류노스케 역시 나름대로 한시문에 친숙한 작가였기에 중국에서 시적인 정취만을 찾아내었다면 틀림없이 행복했을 테지요. 불결한 곳, 부도덕한 곳으로는 눈도 돌리지 않은 채 신경쓰지 않는 일도 불가능하지는 않았을 테지요. 그러나 그는 그렇게 할 수 없었습니다. 시정(詩情)만을 일삼을 수는 없었던 겁니다. 이것이 바로 저널리스트적 재능이라는 것이고, 또 이 책의 주제에 입각해 말하자면 사대부적인 감각이라는 것입니다.

다니자키 준이치로가 나가이 가후의 계보라면, 아쿠다카와 류노스케는 나쓰메 소세키의 제자였습니다. 나쓰메 소세키에 대해서는 이 책의 마지막 장에서 다루겠지만 일단 그가 항상 세상의 동향을 살피며 동시에 그것과는 거리를 유지하는 삶의 방식을 선택했다는 점만은 언급해두고자 합니다. 나쓰메 소세키 또한 근대에서의 한문맥적 삶의 방식을 모색했던 사람 중 하나였습니다. 아쿠타가와 류노스케도 나쓰메 소세키를 통해서 그런 감각을 익혔는지 모릅니다. 나쓰메 소세키의 중국기행 역시 아쿠다카와 류노스케와 마찬가지로 실망과 불만으로 물들어 있습니다.

다니자키 준이치로 대(對) 아쿠타가와 류노스케

그러나 앞서의 내용은 어디까지나 아쿠다가와 류노스케를 다니자키 준이치로와 대비시켜볼 때의 이야기로, 아쿠다가와 류노스케에게서 경세의식만을 보는 것은 그다지 적절치 못한 것 같습니다. 그가 중국에 건너가기 전의 일입니다만, 1920년 1월의 『문예구락부』에는 「한문한시의 재미(漢文漢詩の面白味)」라는 인터뷰가 게재되었습니다. 여기서 그는 "모두들 한문한시를 한결같이 극히 조잡한 고담(古淡, 옛스럽고 담담한)의 문자처럼 생각하고 있다. 그러나 실제로는 조잡하기는커녕 자못 섬세한 신경이 움직이고 있는 작품이 적지 않다"라고 말하며 명나라 고청구(高靑邱)의 세밀한 풍경시를 그 예로 듭니다. 다음으로 "서정시적(lyrical)인 감정은 한시와는 별로 인연이 없는 듯 생각되고 있으나 이 또한 반드시 그런 것은 아니다"라며 당나라 한악(韓偓)의 시집 『향렴집(香奩集)』*을 소개합니다. 한악은 여성들의 규방의 정이나 아름다운 자태를 그리는 데 심혈을 기울였던 시인으로, 화려하고

---

* 향렴 : 화장품을 담는 그릇이나 상자를 말한다.

고운 그의 시는 후세에 향렴체(香奩體)라 불릴 정도였습니다. 그가 한악의 시를 들어 "한문한시의 재미"라고 한 것은 근대 문학으로서 읽을 만한가라는 관점에서 평하고 있기 때문일 겁니다. 이는 이쿠타 슌게쓰(生田春月)나 요시이 이사무(吉井勇) 같은 동시대 시인들의 이름을 들어, 되풀이하는 것만 봐도 짐작할 수 있습니다. 여기에는 경세의식을 함양하는 것으로서의 한문한시라는 의식은 없습니다. 어쩌면 아쿠타가와 류노스케와 다니자키 준이치로의 출발점은 그다지 다르지 않은 것이었는지도 모릅니다.

그런 점에서 아쿠타가와 류노스케가 자신의 중국 여행을 소재로 쓴 단 한 편의 소설 「호남의 부채(湖南の扇)」는 바로 이러한 점에서 주목을 요합니다. 이 소설은 장사(長沙, 지금의 중국 호남성)를 찾은 '나'가 중국인 친구 담영년(譚永年)과 기관(妓館)에서 자리를 함께했을 때의 이야기입니다. 담영년이 처형당한 도적 황육일(黃六一)의 정부였던 기녀 옥란(玉蘭)에게 그의 피가 묻은 과자를 내밀자 그녀가 "저는 기꺼이 제가 사랑하는 황 나리의 피를 맛보겠습니다"라고 말하며 과자를 씹어먹는다는 내용입니다.

이 소설은 기녀나 기관이 무대가 된 점뿐만 아니라 엽기적이라는 점에서도 다니자키 준이치로와 비슷합니다. '지나'라는 공간은 이미 소설의 무대로서는 그러한 것이 되어버렸다고도 할 수 있겠습니다. '나'가 기녀의 이름이 적힌 리스트를 보며 "지나 소설의 여주인공에나 어울리는 이름뿐"이라고 말하는 것도 그 공간이 염사의 연장선에 있음을 단적으로 보여줍니다.

그러나 다니자키 준이치로와 결정적으로 다른 점은 이 이야기가 **정치와 얽혀 있다는** 것입니다. 소설의 초입부터 호남이라는 토지가 혁명가를 많이 배출한 것은 "호남 백성의 지기 싫어하는 강한 기질"에 기인한다는 설명이

나옵니다. 황육일은 어디까지나 토비(土匪), 즉 도적이지 혁명가는 아닙니다. 그러나 혁명가는 종종 토비와 동일시되었으며, 소설의 서두만 보더라도 옥란의 "지기 싫어하는 기질"은 혁명가의 그것과 통하는 것으로 설정되어 있습니다.

다니자키 준이치로의 '지나'는 현대의 '지나'를 입구로 하면서도 별세계로 이어지는 '지나'입니다. 「빌로드의 꿈」 등은 그 전형이겠지요. 이에 반하여 아쿠타가와 류노스케의 '지나'는 어디까지나 현대의 '지나'인 것입니다. '토비'나 '혁명가'가 있는 '지나'입니다. 역시 이 둘은 마지막 순간에 대조적입니다.

다이쇼 교양주의란 무엇인가

물론 아쿠타가와 류노스케의 경세적 감각은 메이지 전반까지의 그것과는 상당히 다릅니다. 오히려 제국대학을 정점으로 한 근대학교 제도 속에서 길러진 엘리트의식이라고 말해 버리는 것이 좋을지도 모르겠습니다. 사실 일본의 고등교육에서 엘리트 의식은 사대부 의식—혹은 사족의식—의 연장으로서 재편성된 측면이 있지만, 메이지 후반부터 다이쇼에 걸친 교양주의와 근세까지의 수양론은 그 내용이 판이하게 다릅니다. 하지만 학문으로 인격을 함양한다는 틀 자체는 별반 달라지지 않았습니다.

제3장에서 인용한 『서국입지편』의 문장을 상기해보아도 좋을 듯합니다. 인용한 조문(條)이 포함된 제11편 첫머리에 "사람에게는 각각 두 개의 교양

이 있음이라. 하나는 타인으로부터 받아들이는 것, 또 하나는 자기로부터 이루는 것이라. 이 둘 중 스스로 교양에 이르는 것이 가장 중요함이라"라는 에드워드 기번(Edward Gibbon)의 말을 소개하고 있는 점이야말로 교양이 왜 교양이라 불렸는지를 확실히 보여주는 사례가 아닐 런지요. 여기서 교양이란 자신이 자신을 교육하는 일입니다. 그리하여 교양주의는 단지 인격의 도야로 끝나는 것이 아니라 사회에 대한 책임을 떠맡는 것으로 이해되었습니다. 경세의식의 계승이라고 할 수 있겠지요.

아쿠타가와 류노스케에게 있어 이러한 의식은 중국으로 가기 전에는 그다지 인식되지 않았을 가능성이 높습니다. 스스로에게 저널리스트적 재능이 있음을 발견한 것은 어디까지나 중국에서 시정(詩情)에 취하지 못한 채 현실을 보아버린 스스로를 강하게 의식하면서부터가 아닐까요. 다니자키 준이치로가 탐닉의 정도를 한층 더해갔던 것과는 대조적으로 아쿠타가와 류노스케의 눈은 점점 각성되어갔습니다.

「남경의 그리스도」는 중국으로 가기 전의 소설이지만, 이런 관점에서 보자면 어딘가 사대부적인 시점이 존재하는 듯 느껴집니다. 물론 직설적으로 사회개량의식을 드러내지는 않습니다. 선악 판단의 어려움을 토로하기도 합니다. 그러나 "가난한 가계를 돕기 위하여 밤마다 방에 손님을 맞이하는 올해 15세의 사와자(私窩子)*"라는 설정에서 그의 사회의식을 느낄 수 있습니다. 창부가 가진 신앙과 윤리란, 염정에만 탐닉하는 다니자키 준이치로의

---

*사와자 : 공창(公娼)이 아닌 사창가에서 관의 허락 없이 몸을 파는 창녀를 말한다. '와(窩)'는 '소굴' 정도의 의미.

소설에서는 찾아볼 수 없는 요소입니다. "젊은 일본 여행가"가 창부의 "몽매함을 깨우쳐주어야만 하는가"라는 문제를 두고 고민하는 그의 모습 역시 사대부 의식의 흔적이라는 관점에서 이해 할 수 있습니다. 스스로의 위치를 항상 높은 곳에 두지 않을 수 없었던 것이지요. 이런 위로부터의 시선 역시 다니자키 준이치로에게는 존재하지 않는 요소입니다. 어느 쪽이 좋다 나쁘다 하는 이야기가 아닙니다. 새로운 두 가지 초점을 구성하고 있다고 이해해야 하겠지요. 새로운 다이쇼의 문맥이 바로 거기에 있었다고 말해보면 어떨까요.

이번 장에서는 메이지 시대가 되면서 부각된 '염정'과 '지나'라는 두 가지 요소가 메이지 이후의 한문맥에서 어떤 작용을 했는가를 나가이 가후, 다니자키 준이치로, 아쿠타가와 류노스케를 중심으로 살펴보았습니다. 이외에도 논해야 할 작가는 적지 않지만, 대강의 그림을 제시함으로써 근대 문학의 흐름을 한문맥이라는 시점에서 본다면 어떨까 하는 문제가 조금 이해되지 않았을까 생각해봅니다.

마지막 장에서는 지금까지의 이야기를 정리하면서 보다 큰 시야로, 근현대 일본에 있어 한시문이란 무엇인가, 한문맥이란 무엇인가를 생각해보고자 합니다.

제 6 장

한문맥의
지평

: 또 하나의 일본어를 향해

언문일치체의 특징

지금까지 본문에서 한시문을 핵심으로 형태화된 한문맥이 일본말의 큰 흐름을 담당했다는 관점을 가지고 라이 산요부터 아쿠타가와 류노스케에 이르는 한문맥의 형성과 전개에 대해 서술했습니다. 이 과정에서 채용한 틀은 극히 간단합니다.

기능과 에토스, 사인과 문인, 한적과 염정. 이것들로부터 훈독문과 신한어 등장 등의 의미를 생각하고 시문과 소설과의 접점을 찾아, 근대 문학과 현대일본어의 성립 과정을 대체적으로 살펴보았습니다.

물론 실제적인 말의 존재방식은 간단히 단정지을 수 없으며, 타원의 비유로 설명했듯 초점은 어디까지나 초점일 뿐 그 중간적 형태도 얼마든지 존재합니다. 이분법적 개념을 고집하려는 게 아닙니다. 그러나 한문맥이란 무엇일까를 생각해 볼 때 이와 같은 대략의 스케치는 역시 유효합니다.

이렇게 획득한 대략적 스케치에 더하여 이 장에서는 오늘날 한문맥은 어떤 의미를 지니는가, 현대 일본을 살아가는 우리들에게 한시문이란 무엇을 의미하는가에 대해 좀 더 생각해보려 합니다.

먼저 확인해두어야 할 것은, 일본의 근대는 한시문적인 것으로부터 이탈함에 따라 혹은 그것을 부정함에 의해, 더러는 그것과의 격투를 통해 성립된 것이며 현대의 우리들도 그 연장선에 살고 있다는 사실입니다.

확실히 한자나 한자어의 사용이라는 점만을 본다면 일본어 표기에는 연속성이 있습니다. 베트남이나 북한이 한자의 사용을 원칙적으로 금하고 있고, 한국도 일반적으로 한자를 없앤 문장을 쓰고 있음에 비해, 일본에는 한문의 전통이 아직 살아 있다고도 말할 수 있습니다. 그러나 그 전통이 이미 파편화되어 있는 것도 사실입니다. 일본의 근대는 한문맥을 파편화해 소비함으로써 성립되었다 할 수 있습니다. 제3장에서 서술했듯 훈독문과 신한어는 그 전형적인 예일 것입니다. 한시문을 자원으로 하면서도 말이 생겨난 문맥보다는 현재 사용되는 문맥을 중시하는 것, 그것이 훈독문이며 또 언문일치이기도 합니다.

훈독문과 언문일치체—혹은 현대문—는 상당히 다른 듯 보입니다. 그러나 문장, 즉 에크리튀르(ecriture, 글·문자언어)의 중심을 지금까지 쌓아왔던 말의 집적에서 찾지 않고, 말하고자하는 사물이나 마음을 그대로 표현하는 것에 둔다는 점에서, 커다란 하나의 흐름 안에 놓여있다 하겠습니다. 언문일치의 특징인 구어성은 '눈앞에 있는 사물이나 마음을 말의 집적과는 관계없다는 듯이 그대로 표현한다'라고 하는 지향을 촉진하기 위하여 사용되었으며, 그 지향 자체는 이미 한문에서 훈독문으로의 전환에 의해 시작되었습니다. 물론 한시문과 울타리를 접하고 있는 훈독문은 고전문적인 요소도 다분히 포함하고 있습니다. 이미 현대문이 성립된 이후의 눈으로 본다면 더욱 그렇습니다. 그러나 훈독문을 공식문체로서 유통시킨 근거가 '보통'이자 '금체'였음을 고려한다면 이 역시 현대문을 향한 지향의 일부였습니다. 훈독문을 한문으로부터 이탈하고자 한 문체라 보지 않을 이유가 없습니다.

그리고 그로부터 더 한층 이탈하기 위해, 또 고전문의 요소를 완전히 불식시키기 위해, 투명한 말로 나아가기 위해, 구어로의 접근이 꾀해졌다고도 할 수 있습니다. 훈독문은 『가인지기우』에서 알 수 있듯 한문맥에 기반한 소설 쓰기 역시 가능하게 했습니다. 그러한 반동을 저지하기 위해서도 언문일치체는 필요했습니다. 간단히 말해 훈독문이 '탈(脫)한문'이라고 한다면, 언문일치체는 '반(反)한문'으로서 성립한 것입니다.

한문맥의 외부

이러한 틀에서 보자면 모리 오가이가 「무희」를 의고적인 아문(雅文, 우아한 문장)으로 쓴 의미도 분명해집니다. 그 기조가 '감상'에 있음을 보다 효과적으로 나타내기 위해서는 언문일치체도 아니고 '보통문'으로의 훈독문도 아닌 아문을 채용함이 이치에 맞습니다. 독일유학까지의 기행문을 한문으로 발표한 것과 「무희」의 아문체는 하나의 쌍을 이룹니다. 모리 오가이의 아문은 오히려 한문적인 것입니다. 반한문인 언문일치에 대한 안티테제였다 해도 좋겠지요. 앞 장에서 언급한 나가이 가후의 「걸어둘 만한 이야기」가 훈독문보다 아문체에 가까운 것 또한 같은 흐름 위에 있습니다.

동일한 도식을 문학의 흐름에 적용하는 일도 가능합니다. 염정을 계기로 시작된 일본 근대 문학이 '연애'로 이동해가는 과정에서 기타무라 도코쿠를 낳고 이른바 낭만주의가 탄생하는데, 이것이 바로 '탈한문맥'입니다. 문학사 교과서에서는 낭만주의 다음에 자연주의가 등장합니다. 이게 바로 '반한문맥'입니다. 문체의 변천을 보더라도 자연주의는 언문일치체에 해당합니다. 교과서적인 일본문학사에서는 '문체는 언문일치체, 문학사조는 자연주의'라는 식으로, 메이지부터 다이쇼까지의 문학을 문체나 사조의 발전 측면에서 서술합니다. 하지만 당시의 사정을 보면 언문일치나 자연주의는 어디까지나 한문맥의 외부로서 거기에 다시 돌아가는 것을 거부하며 성립된 것입니다.

외부라는 곳이 중요합니다. 왜냐하면 한문맥의 외부에서 그 기반을 공고히 하는 근거로서 서양문학의 사실주의나 자연주의가 인용되었기 때문입니다. 물론 오늘의 눈으로 본다면 사실주의 자연주의 할 것 없이 메이지 시대 작가에게서 한문 서적에 의거한 한자어가 적잖이 발견되는 게 사실입니다. 모리 오가이와 마찬가지로 막부 말기에 태어난 후타바테이 시메이는 물론이고, 다야마 가타이(田山花袋)나 시마자키 도손(島崎藤村)의 소설로부터 이러한 한자어 리스트를 만드는 것은 그다지 어려워 보이지 않습니다. 다야마 가타이가 메이지4년(1871), 시마자키 도손이 메이지5년(1872)에 태어났으므로 이는 오히려 당연한 일입니다. 그러나 그런 일로 '그들에게 한시문의 소양이 아직 살아 있었고, 그래서 그들의 작품도 한문맥이다'라는 식으로 말하는 건 잘못된 이야기입니다. 제1장에서 서술했듯, 소양이란 단편적인 지식의 집적이 아니라 일정한 전체성을 가지는 것입니다. 전체성으로부터 떨어져 나온 파편은 어디까지나 파편에 지나지 않으며 그것이 문맥을 형성한다고 보기 어렵습니다. 그들은 그러한 소양을 거부하고 이를 파편화하는 일을 통해 사실이나 자연이라는 것으로 향하고자 했던 것입니다.

에크리튀르의 중심

이 책에서 다룬 근대 작가가 모리 오가이, 나가이 가후, 다니자키 준이치로, 아쿠타가와 류노스케라는 순서가 된 것은 특별히 반자연주의라고 불리는 작가들을 의도적으로 모아 계보를 세운 것이 아니라, 근대 일본의 한문맥을 더듬어가던 과정에서 그렇게 된 것입니다. 이들을 크게 반자연주의라고 규정한다 해도, 언문일치 또는 자연주의 성립 이전 작가로서 위치를 정한 나가이 가후까지의 세대와, 그 이후에 등단한 다니자키 준이치로나 아쿠타가와 류노스케의 세대 사이에는 차이가 있습니다. 모리 오가이나 나가이 가후가 한문맥이라는 토대 위에 있었고 거기서 발상이 이루어진 데 비해, 다니자키 준이치로나 아쿠타가와 류노스케는 한문맥을 강하게 의식하고 그곳으로 돌아가기를 원하지만 이미 그는 한문맥의 외부에 있었다고 볼 수 있습니다.

다야마 가타이나 시마자키 도손은 메이지 전기의 시대적인 흐름—제3장에서 설명한 바처럼—을 따라 한문맥에서 이탈하여 그 외부를 확립했습니다. 이 시도가 성공한 것이 메이지 30년대 후반에서 40년대에 걸친 시기, 즉 20세기 초반입니다. 훈독문의 융성으로부터 언문일치로의 길이 열리고, 서양문학의 지식에 의해 한문맥의 외부에 근거가 발견되고, 한시문적인 발상은 시대에 뒤떨어진 것으로 여겨졌다는 점. 이 모든 조건이 갖춰지면서 문장, 즉 에크리튀르의 중심이 이동합니다.

물론 이런 시도에 대해 위화감을 가지는 사람도 당연히 있었습니다. 젊은 시절, 시마자키 도손이나 다야마 가타이와 교류했던 야나기타 구니오(柳田

國男)는 『고향70년(故鄕七十年)』 속의 「다야마 가타이의 작품(田山花袋の作品)」이라는 글에서 다음과 같이 회상하고 있습니다.

문학이 현실의 문제를 다루지 않으면 안 된다고 말한 후타바테이의 등장으로 비로소 우리들도 소설이라는 것이 이러한 생활까지 취급해야만 하는 것이지 단지 가인과 재자의 결합만을 취급해서는 안 된다고 미루어 짐작케 되었다. 그러나 나로서는 아무리 해도 후타바테이에게 익숙해지지 않았다.

그 후에 이른바 사소설과 같은 경향 즉, 어디에 무엇을 써서 전해야만 할 것이 없음에도 매일매일 망연히 생각하는 것을 쓰기만 하면 소설이 된다고 하는 경향이 나왔는데, 이는 아무래도 『이불』을 본보기로 삼은 것으로, 나는 그의 소설이 이런 것까지도 소설이 된다는 선례가 되었다고 본다. 그래서 나는 자주 다야마 군의 얼굴을 보면 "자네가 나쁜 거야"라는 조로 거리낌 없이 말했던 것이다.

가인과 재자 운운이 한문맥에서의 소설이라는 것을 가리키고 있음은 더 설명하지 않아도 되겠지요. 야나기타 구니오는 자연주의나 사소설에 비판적이지만 그 말투에는 다분히 중과부적이라는 탄식도 포함되어 있는 듯합니다. 역전이 생겨버린 것입니다.

새로운 문맥과 격투하는 나쓰메 소세키

이제 드디어 나쓰메 소세키에 대하여 말씀 드릴 수 있게 되었습니다.

잘 알려져 있듯이 나쓰메 소세키가 소설에 손을 댄 것은 그의 나이 30대 후반으로 이미 20세기가 되고 나서입니다. 구체적으로는 메이지38년(1905) 1월에 『나는 고양이로소이다(吾輩は猫である)』를 『호토토기스(ホトトギス)』에, 「런던탑(倫敦塔)」을 『제국문학』에, 「카라일박물관(カーライル博物館)」을 『학등(学燈)』에 발표한 것이 작가로서의 데뷔였습니다. 시마자키 도손의 『파계(破戒)』가 메이지39년(1906), 다야마 가타이의 『이불(蒲団)』이 메이지 40년(1907)이니까 마침 자연주의가 대두한 시기와 겹칩니다. 그리고 이 시기는 나쓰메 소세키 한시의 공백시대입니다.

나쓰메 소세키는 젊었을 때부터 한시문에 친숙했었고, 한학 사숙인 니쇼가쿠샤(二松学舎)에 다녔습니다. 만년에 『한눈팔기(道草)』 집필과 병행해 한시 쓰기가 일과였던 사실은 그가 모리 오가이와 마찬가지로 한문맥 안에 있던 작가인 듯한 인상을 줍니다. 사실 그와 한학, 한시문과의 관계를 설명하는 많은 서적들 덕택에 이것이 나쓰메 소세키라는 작가에게 불가결한 요소라는 게 오늘날 정설처럼 되어 있습니다. 그러나 영국유학 시절부터 '슈젠지의 대환(大患)'* 직전까지, 다시 말해 소설가로서 활동하기 시작한 시기─자연주의가 대두했던 시기─에 그는 한시를 짓지 않았습니다. 이 시기를

---

*슈젠지의 대환 : 나쓰메 소세키는 1910년 위장병 때문에 이즈 지방의 슈젠지(修善寺)에 요양을 가지만, 여기서 병이 더 악화되어 대량의 각혈과 더불어 생사의 경계를 체험한다. 이를 계기로 인생관과 작품 경향까지 바뀌었다.

전후해서 한시의 질적 차이가 있음을 상기할 때, 소설가가 되기 이전의 그는 비록 한문맥적 사고 안에 있었다고 하나 이미 소설가로서는 탈한문맥의 경험을 거쳤습니다. 『풀베개(草枕)』 등은 한문맥 안에 있는 것으로 헤아려질 수도 있지만, 오히려 한문맥의 외부가 점점 팽창되어가는 모습을 말하는 것처럼 보입니다. 그러나 그는 '슈젠지의 대환' 이후 한문맥의 바깥쪽에 서서 다시금 이를 피와 살으로 삼고자 했던 것으로 보입니다.

즉 모리 오가이가 일관되게 한문맥 안에 있었다고 한다면, 나쓰메 소세키는 거기서 출발하여 일단 벗어났지만, 한문맥의 외부에 세워진 근거로서의 사실주의나 자연주의에도 길들여지지 않은 채, 그렇다고 해서 다시 한문맥 안으로 되돌아오지도 못한 채, 새로운 문맥을 만들고자 격투하고 있었던 것입니다. 이를 **서양**에 대항하는 원리로서의 **동양**이라고 간주할 수 있을지도 모르겠습니다.

서양에 대한 대항원리로서의 한문맥

이 문제에 대하여 좀 더 설명해볼까요. 한문맥은 역사적, 지리적 너비를 가진 하나의 질서를 구성하는 것으로, 무언가에 대항하거나 외부를 강하게 의식하여 형성된 것은 아닙니다. 동아시아에서 하나의 세계를 구성할 수 있는 문맥은 아무래도 한문맥밖에 없었으며, 대항원리는 오히려 한문맥 안에서 작용하는—'공'과 '사'가 그 예입니다—것이어서 외부는 보이지 않았다 해도 좋을 것입니다. 그렇기 때문에 '탈'한문맥을 위해서는 외부에 그 근거가 필요하게 됩니다. 새로운 외부가 만들어짐으로써 한문맥은 상대화됩니다. 나쓰메 소세키 역시도 그런 흐름 안에 있었던 셈이지만, 그가 보기에 그 근거라는 게 자신을 의탁하기에는 취약한 것으로 생각되어서 고민스러울 수밖에 없었습니다. 시마자키 도손이나 다야마 가타이처럼 될 수 없다. 그러나 모리 오가이처럼 철저히 한문맥 안에서 살아갈 수도 없다는 것입니다.

한편으로 그에게 중요한 문제는 서양을 어떻게 이해할까 라는 것이었습니다. 영어교사로서 영국 런던 유학이 그에게 큰 의미를 가졌음은 새삼스레 이야기할 필요도 없겠지요. 그 속에서 생겨난 위화감이 서양에 대한 대항원리로서 한문맥을 다시 구성케 했고, 이를 동양적 가치 내지는 동양적 질서로서 표현하는 일로 향하게 했습니다. 한문맥이 이미 상대화되었던 사정을 역이용했다고도 할 수 있습니다.

물론 서양 대 동양이라는 틀 자체는 나쓰메 소세키만의 독창적인 틀이 아닙니다. 근대 일본이 자신의 외부로 선택한 것은 **지나**와 **서양**이었습니다. **지나**에 대해서는 **문명**의 측에 선 자로서, **서양**에 대해서는 **동양**문화의 계승자로서 행동했습니다. 두 가지 입장은 때와 장소에 따라 쓰임이 나누어지기도 하고 상호 간에 얽히기도 했습니다. 도식적으로 생각해보자면 유럽 학문을 공부한 사람들은 전자에 무게를 두고, 한학이나 유학을 받드는 사람들은 후자의 입장에 따라 스스로를 보강했다고 말해도 좋을 것입니다. 후자의 입장에서 보자면 '지나'는 외부라기보다도 동양의 하부(下部)가 될지도 모르겠습니다. 그때까지의 관계를 역전이라도 시키겠다는 듯, 일본은 동아시아의 종주국으로서 행동했던 것입니다. 청일전쟁의 승리가 이러한 관념에 박차를 가했음은 쉽게 상상할 수 있습니다.

그러나 나쓰메 소세키의 동양은 그런 것과는 다소 다릅니다. '감상'에서 '연애'로 변하는 흐름이 근대 소설을 형성했듯 그의 초기소설은 '한적'이라는 주제를 근대 소설로 전환시킬 수 있는가에 대한 실험처럼 보입니다. 그는 '공명'이나 '연애'로부터 벗어난 장소를 찾고 있었습니다. 메이지40년 (1907), 다카하마 교시(高浜虚子)의 『맨드라미(鷄頭)』에 붙인 「서(序)」에서, 소세키는 소설을 '여유가 있는 소설'과 '여유가 없는 소설'로 나누었습니다. 인생이나 사회와 관련된 문제만 보는 것을 '여유가 없는 소설'이라 부르고, 자신이 지향하는 것은 '여유가 있는 소설', 즉 인생에서 생기는 이런저런 것을 즐기거나 관찰하거나 음미하는 소설이라 했습니다. 또한 그렇게 이것저것에 시간을 들이며 오가는 것을 '저회취미'(低徊趣味, 배회하는 취미)라 부르고, 이러한 소설에는 '배미선미'(俳味禪味, 하이쿠와 선에 대한 취미)가 있다고도 말하고 있습니다.

『풀베개』에서 도연명이나 왕유(王維)의 시를 인용하여 '출세간적'(出世間的, 세간을 벗어나는) 경지나 '비인정'(非人情, 세속의 정이 아닌)의 세계를 찬양한 것은 나쓰메 소세키의 독자라면 누구나 알고 있을 터입니다. 이러한 주장은 일견 한문맥의 '한적'에 그대로 접속될 수 있는 것이기도 합니다.

그러나 여기서 주의가 필요합니다. 한문맥에서 한적은 '사(私)'의 세계의 핵심으로 공의 세계와 대비되어 성립합니다. 그러나 나쓰메 소세키는 이를 "배, 기차, 권리, 의무, 도덕, 예의"와 대비시켰습니다. 혹은 『파우스트』나 『햄릿』과 같은 서양 문학에 대비시킵니다. 즉 메이지의 문명사회 혹은 이를 낳은 서양 문화와 대비시킨 것입니다. 도연명이나 왕유는 소위 "동양의 시가"로 등장합니다.

한문맥에는 본디 동양도 서양도 없었습니다. 물론 중화와 만이(蠻夷, 오랑캐)는 있었지만, 나쓰메 소세키 혹은 메이지 시대가 직면한 서양은 이미 오랑캐가 아닙니다. 메이지 초기 유학생들이 풍경화한 '이향'으로서 서양이 아니라, 일본의 일상에 침투해가는 서양의 문명이 거기에 존재하고 있었습니다. 그것이 한문맥의 외부입니다.

그는 한적을 서양에 대한 혹은 문명에 대한 대항원리로서 내놓고자 한 것입니다. 한시에 도연명이나 왕유 같은 한적의 시만이 있는 것이 아님도 분명하고, 도연명이나 왕유에 한해 보더라도, 단지 한적의 경지를 읊은 시만 있는 것이 아님을 그도 잘 알고 있었습니다. 그럼에도 그는 굳이 이를 끄집어내어 '동양의 시가'의 대표로 삼습니다. 한문맥 내에 존재하는 '사와 은', '공과 사'를 서양과 동양의 대비로 밀어넣어버립니다. 이는 어떤 의미에서 한문맥의 확대이기도 하지만, 그러나 한문맥 내부가 아닌 바깥에서의 발상임에 틀림없습니다. 「현대 일본의 개화(現代日本の開化)」에 나온 나쓰메 소세키의 유명한 말을 빌려 말하자면, "외발적(外發的)"인 것입니다.

나쓰메 소세키의 한시에서 나타난 선(禪)

그러나 이런 시도를 소설이라는 장르로 지속하는 것은 상당히 곤란했습니다. 그러한 일은 오히려 수필이나 소품문 등을 통해 실현될 수 있는 것인지 모릅니다. 나쓰메 소세키의 소설은 세상이나 인정에서 벗어난 것이 아니라 이를 혐오하면서도 정면으로 끌어안고 싸운 결과였습니다. 이와 동시에 문명사회에 대항하는 가치로서 어떤 한적의 경지 또한 필요했습니다. 이를 표현한 것이 공백기 이후의 한시라 할 수 있으며, 이것이야말로 이 시들이 공백기 이전의 시와 다른 이유일 것입니다.

나쓰메 소세키가 『명암(明暗)』을 쓰던 당시 제자 구메 마사오(久米正雄)와 아쿠타가와 류노스케 두 사람에게 다이쇼5년(1916) 8월 21일에 보낸 편지가 있습니다. 소세키의 한시에 대해 논할 때는 반드시 인용되는 유명한 구절입니다.

> 나는 변함없이 오전 중으로는 『명암』을 쓰고 있습니다. 요즘의 심사는 고통, 쾌락, 기계적, 이 세 가지의 중첩이라 하겠습니다. 무엇보다 뜻밖으로 시원하다는 게 다행스럽습니다. 그럼에도 매일 100회 가까이 그런 걸 쓰고 있자니 대단히 속된 심사가 되어, 3~4일 전부터 오후 일과로 한시를 짓습니다. 하루에 한 편 정도, 칠언절구입니다. 싫증이 나면 곧 그만둘 터이니 어느 만큼 지을 수 있을지는 모르겠습니다.

나쓰메 소세키에게 한시의 포지션은 분명합니다. 속세의 번뇌를 끊고 깨달음의 경지에 이르는 것이지요. 「문을 닫은 채 헛되이 짓는 한적의 시(閉戸空爲閑適詩)」라는 소세키의 시 그대로입니다. 그렇지만 『소세키 시주(漱石詩注)』의 「서(序)」에서 보이는 요시카와 고지로의 지적처럼 한시 역시 "소설 집필이 진행됨에 따라 점점 삶의 냄새, 인간 냄새가 나게"됩니다. 한적으로부터 벗어나버린 것이지요. 이에 대해 선종(禪宗)의 구절들을 빈번히 사용하면서 그렇게 보이는 것뿐이지, 결코 세속적인 시는 아니라는 반론도 있습니다. 또한 거기서 인간과 사회현실에 몰두하는 두보와의 관련성을 보고자 하는 입장도 있습니다. 어느 쪽이든 나쓰메 소세키의 시는 형식적인 한적과 는 다른 것이 되어갔습니다. 이 책의 관점에서 말하자면, 소설에서 한적의 포지션을 변화시켰던 것이 한시 창작에도 영향을 미치게 된 것이라 하겠습니다.

문명사회에 대한 대항원리로서의 한적. 그것은 단지 관에서 물러났다고 얻을 수 있는 게 아닙니다. 문명사회에서 벗어나는 일은 현실적으로 불가능합니다. 따라서 이때의 한적이란 자기 존립과 관련된 문제가 됩니다. 물론 동양적 풍아(風雅)인 척하면 그걸로 그만 아닌가 라는 식의 태도도 있을 수 있습니다. 근대 사회에서 한시가 그런 식으로 근근이 명맥을 유지해온 것도 사실입니다. 그러나 나쓰메 소세키는 아무래도 거기서 그칠 수는 없었던 듯합니다. 『명암』의 붓이 심도 깊은 경지에 빠져들수록 그에 대항하는 한시 또한 깊어질 수밖에 없었습니다. 또는 매일 한시를 지음으로 자연히 깊이가 요구되었다 할 수도 있습니다.

이 시기 선종의 구절이 시에 드러난 것은 자못 상징적입니다. 실제로 이 것이 세속적인지의 여부와는 별도로 나쓰메 소세키의 한시에 선(禪)의 요소 가 차츰 농후해져간 것만은 분명합니다. 본래부터 선에 관심을 두고 참선 등도 행하고 있었다고는 하나, 한시에 선을 본격적으로 표현하기 시작한 것 은 역시 『명암』 이후입니다. 문명사회에 대한 대항원리가 되기 위해서는 단 순히 한적함만으로는 부족했습니다. 산수화를 보며 한가로운 기분이 되면 그만이다 라는 식으로는 안 되었던 것이지요. 그런 의미에서 선의 경지는 강력한 대항원리가 되었다 하겠습니다.

원래 선이나 불교는 사대부 세계로서의 한문맥을 외부로 여기는 계기가 되는 동시에 그 질서를 파괴할지도 모르는 위험인자입니다. 한문맥은 이것들을 신중하게 취급하여 때로는 한적함으로 회수하고 때로는 못 본 척 하며 그 위험을 회피해왔습니다. 한문맥에서 불도(佛道)와 선이라는 문제는 좀 더 설명할 필요가 있지만 다른 기회로 미루고, 시 쓰기라는 문제에 국한해서 보더라도 사정은 마찬가지입니다. 다만 나쓰메 소세키에 한정해서 말하자면 이미 그가 한문맥의 외부에 있었고 문명사회의 한 표현으로서 한시를 짓고자 했다는 것, 바로 그런 이유에서 선을 향해 접근했다는 점만은 말해두지요.

지적 유희로서의 한문맥

이쯤에서 지금까지 거의 기술하지 않았던 문제에 대해 보충하도록 하겠습니다. 한시문의 유희성이라는 문제입니다. 골계미가 느껴지는 나루시마 류호쿠의 희문(戲文) 같은 글을 말하는 게 아닙니다. 여기서 말하려는 건 지적 유희로서의 한시문입니다.

어느 시대 어느 지역에서건 한문을 쓰고 한시를 짓는 일에는 일종의 지적 유희로서의 측면이 있었습니다. 이 책의 후반에서는 기능성과 정신성 가운데 후자에 중점을 두고 설명해왔지만, 기능성 속에는 유희성도 포함됩니다. 이 유희성 역시 상당히 중요한 요소라는 사실을 간과할 수 없습니다. 예를 들어 고전의 구절이나 고사를 종횡무진 끌어쓰는 것도 지적 유희 내지 경

쟁—게임이라 말하는 편이 이해하기 빠를지 모르겠습니다—으로서의 측
면이 강합니다. 이를 부정할 수는 없습니다. 상대보다 적확하게 혹은 의표
를 찌르기 위해 전고를 이용하는 것은 시 쓰기를 다툴 때 매우 중요한 요소
입니다. 초학자들도 단지 평측(平仄, 평성과 측성)*을 짜는 정도만으로 퍼즐
같은 재미를 느낄 수 있습니다. 예를 들어 극히 간단한 칠언 대구를 지을 때
쓰이는 최소한의 규칙은 다음과 같습니다.

せいせん　れきれき　かんようじゅ
晴川　歷歷　漢陽樹　　맑은 시내 역역한 한양의 나무와
□○　□●　□○□

ほうそう　せいせい　おう む しゅう
芳草　萋萋　鸚鵡洲　　향기로운 풀 처처한 앵무의 물가라
□●　□○　□●□

○가 평성(平聲, 평평하게 늘인 음)을 써야만 하는 자리, ●가 측성(仄聲,
억양이 있었다가 줄었다가 하는 음)을 써야만 하는 자리입니다. □은 어느 쪽
이든 무방—상세한 규칙은 있지만—합니다. 예로 든 칠언구에는 일본의
한자음을 현대 가나표기법으로 달았지만, 평측은 운서(韻書, 음운에 따라 배
열한 자전)에 적힌 중국의 수당음(隋唐音)을 기준으로 합니다. 또한 띄어서
쓴 곳은 칠언구의 리듬이 끊어지는 단락으로 두 자, 두 자, 세 자입니다.

　　언뜻 보자면, 두 글자마다 평측이 교대하며 앞 구와 뒤 구에서 평측이 뒤

---

*평측 : 현대 중국어 성조에서는 1성, 2성(평성, 상성)이 평성에 가깝고 3성, 4성(거성, 입성)이 측성에 가
깝다.

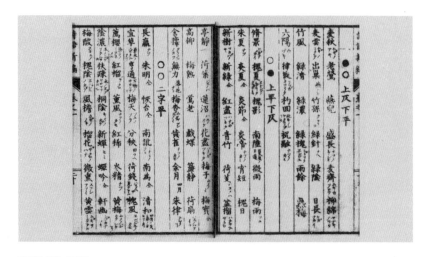

작시를 위한 숙어집

위 도판의 주제는 '입하(立夏)'인데, 그 계절에 관계된 두 자가 ●○, ○●, ○○으로 갖가지 평측의 패턴별로 열거되어 있음을
알 수 있다. 도판의 앞장에는 두 자로 이루어진 또 하나의 패턴, ●●이 있고, 뒷장에는 ○○○, ●○○의 세 자의 평측 패턴이
이어진다. 더욱 ●●●이나 ○○○처럼 시구 아래로 세 자 연속으로 평이나 측이 나오는 규칙도 있다.

바뀌어 있음을 알 수 있습니다. 위의 예에서는 '川·陽·蔞'가 평성, '歷·
草·鵲'가 측성입니다. 요컨대 짝수 글자의 평측이 서로 엇갈려 있으면 충분
하기 때문에 ○과 ●를, 즉 평성과 측성을 모두 바꾸어 넣더라도 무방합니
다. 평측에 따라 배열된 숙어집―계절이나 자연 등의 테마별로 되어 있습
니다―을 보면서 적절한 두 자 혹은 세 자를 맞추어 넣으면 완성입니다. 시
의 경지가 어느 정도에 이르렀는가는 다른 문제지만, 초학자의 경우, 오직
평측 맞추기를 하면서 숙어를 암기하면 그걸로 충분합니다.

　지식의 양을 겨루는 동시에 빠른 머리 회전을 겨루는 경쟁으로 한시만한
게 없습니다. 막부 말기에서 메이지 시대까지의 소년들이 한시 짓기에 열중
한 것은 이 책에서 서술한 제도적인 뒷받침과 함께, 당시 대량의 한시문 참
고서―예문집이나 숙어집―가 나와 있었기 때문입니다. 이를 이용해 한

시를 지으면 자신의 총명함을 자랑할 수 있었던 거지요. 간단히 말해 한시를 척척 지어내면 어른들로부터는 머리가 좋다는 칭찬을, 동년배들로부터는 존경을 받게 됩니다. 이는 한시 창작의 중요한 동기였습니다. 메이지 시대의 한시문 융성은 막부 말부터 메이지에 걸쳐 교육을 받았던 세대에게 한시문 창작의 가능여부가 지성을 나타내는 지표로서 받아들여졌다는 사실과 관련되어 있습니다. 와카가 아닌 한시가 메이지 시대의 지성의 지표가 된데에는 두가지요소가 크게 작용합니다. 첫째, 제도적인 뒷받침으로 누구나 한시를 학습해야만 했다는 점과 둘째, 풍부한 지식을 표현하는 수단으로 쓰였다는 점입니다.

메이지 이후의 한시문 학습은 근세와 같은 전체성을 차츰 잃어갑니다. 즉 사서오경 등의 학습을 먼저 했던, 한학을 기초로 한 커리큘럼이 붕괴해가는 것과 안과 밖을 이루며 지적유희로서의 측면이 강해집니다. 정신성 운운하기보다 명석한 두뇌를 나타내는 경쟁이 된 것이지요.

오늘날의 한시문

신한어가 한문 서적에 의거해 대량으로 만들어진 사정 역시 한문맥의 기능적·유희적 성격 때문입니다. 새로운 번역어를 만드는 일은 명백히 지적 작업의 일환입니다. 거기에다 한문 서적에서 고른다는 규칙을 부과할 경우 누가 적절한 번역어를 만들 수 있는가 라는 문제는 꽤나 흥미로운 게임이 됩니다. 불원간 룰은 어디론가 사라져버리고, 적당히 한자를 끼워 맞추는 일이 되어 버리지만, 그래도 기본적으로 두 글자의 숙어로 한다는 암묵적 규칙은 남아 있었습니다. 영어에서 온 말을 고스란히 가타카나로 '게임'이나 '룰'이라고 하는 것보다는 훨씬 지식이나 지혜가 필요한 일입니다.

다니자키 준이치로나 아쿠타가와 류노스케가 한시문에 흥미를 가지고 한시를 지었던 것도 이 연장선에 있다고 여겨집니다. 다니자키 준이치로 자신이 소학생이었을 무렵 한시를 지었던 에피소드가 「신동(神童)」이라는 제목의 소설에 등장하고 있음은 상징적입니다. 바로 이런 이유에서 그들은 한문맥의 외부에 있으면서 동시에 한문맥을 소재로서 다룰 수 있었던 것입니다. 이는 히나쓰 고노스케(日夏耿之介) 등이 난해한 한자어를 일부러 사용했던 방식과도 통합니다. 문장에 이물감—혹은 비일상적 감각—을 초래하기 위해 사용했던 것이지요. 그의 시에서 쓰이는 한자어들은 설령 그것이 한문 서적에서 유래했다고 해도 반드시 그 문맥을 배경으로 했던 것은 아닙니다. 이미지를 위한 소재일 뿐입니다. 제1장에서 한자어가 많이 사용되었다고 해서 모두 한문맥인 건 아니라고 말한 이유가 여기에 있습니다.

다니자키 준이치로나 아쿠타가와 류노스케는 한문맥의 외부에 있으면서도 그것이 어떤 것인가는 이해하고 있었습니다. 그러나 훈독문조차 일상에서 사라져버린 지금 하나의 세계로서 한문맥이 무엇인지를 깨닫기란 어려운 일입니다. 장중한 감각을 일으키기 위해 한자어를 사용해도 거기에는 단지 한자·한어 놀이만 남게 되는 듯합니다. 단순히 한자·한자어 놀이라면, '요로시쿠'의 경우도 마찬가지입니다. 여기에도 재치는 있고 문자적 의미도 상당합니다.(21쪽의 '요로시쿠' 설명을 참조) 음운적으로도 전부 측성으로 매우 **까칠까칠**하기 때문에—매끄러운 사자성어가 되기 위해서는 역시나 두 번째 글자의 평측을 교대시키는 것이 효과적입니다 ─ 오히려 의도하지 않은 기묘함을 발휘하고 있습니다. 그러나 이를 한문맥이라고 할 수는 없습니다.

현대에 있어서의 한문맥풍(風)은 이러한 한자놀이 외에 정치가의 연설이나 사장의 훈시에나 나올 법한 도덕적인 담화 따위에서도 발견됩니다. 훈독조로 때때로 끼워 넣는 관용구와 같은 것 말입니다. 이는 라이 산요풍의 사인적 에토스를 억지로 드러내고자하는 것이라 할 수 있는데 어딘가 거짓말 같거나 꾸며낸 말처럼 느껴집니다. 힘을 들여서 낭랑하게 낭독할수록 더욱 그렇지요. 제2장에서 자연주의를 신봉하던 마사무네 하쿠쵸가 라이 산요를 읽으면서 강한 위화감 ─ 이라기보다도 경멸 ─ 을 느꼈다고 언급한 바 있습니다. 아마도 이러한 느낌은 언문일치체가 보통문이 된 현대에는 더욱더 강하지 않을까 싶습니다.

이와 관련해서는 패전 이전의 일본에서 훈독문이 공식 언어로서 가졌던 정치성에도 주의해두어야 할 것 같습니다. 훈독문은 기능성을 주안점으로 만들어진 문체였지만, 언문일치체가 성립되면서 거꾸로 한문맥으로부터 나온 정신성이 유교적인 도덕으로서 강조되었습니다. 「교육칙어(教育勅語)」 등은 그 전형적인 예인데, 법률 조문으로는 훈독문 쪽이 권위를 유지하기에 좋다 라는 식의 의견도 마찬가지입니다. 훈독문의 위신이란 게 성립된 것이지요. 물론 훈독문이 이런 방식으로만 존재하지 않았음은 이미 몇 번이고 서술했으므로 반복하지 않겠습니다. 다만 언문일치체의 성립으로 인해 훈독문이 갖게 되어버린 정치성에 관한 문제를 간과해서는 안 될 터입니다. 이는 언문일치체의 문제이기도 한 것입니다.

요컨대 오늘날 한문맥에 대하여 생각한다는 것은 고전의 소양이라던가, 동아시아의 공통문화라던가, 하는 것들에서 그칠 수 없는 문제입니다. 왜냐하면 우리들이 서 있는 곳이 한문맥의 질서 바깥쪽에 개척된 언문일치의 영역이며, 이는 한문맥적이지 않는 것을 목표로 삼아 개척되었기 때문입니다. 극단적으로 말하자면 한문맥이란 일단은 버려진 것입니다. 그렇다면 왜 버렸던 것인가, 그것을 버린 우리들이란 어떤 존재였던가에 대해 눈을 돌리지 않을 수 없습니다.

또 하나의 일본어

한시문은 일본 문화의 귀중한 재산일지도 모릅니다. 지금이야말로 한문 소양을 부활시켜야 할지도 모릅니다. 이러한 주장에 굳이 반론을 제기할 생각은 없지만, 그렇게 말하기 위해서는 우선 근대 일본에서 한문맥이란 어떤 것이었던가를 확인해야 하지 않을까 합니다. 이 책을 통해 생각해보고자 했던 것도 그러한 부분입니다. 현대에 한문의 의의를 주장하고자 하면 종종 문화유산이나 소양의 문제가 되어버리는 경향이 있습니다. 그러니까 지금 우리들에게 결여된 무언가를 채워주길 기대하는 것이지요. 그러나 실은 우리들이 지금 서 있는 위치 자체와 연관된 문제가 아닐까요. 한문맥에 대하여 생각하는 것은 현대 일본의 언어나 문화를 보강하는 것보다 오히려 이를 상대화하는 작업과 통합니다. 그것이 우리들이 멀리해왔던 또 하나의 세계이기 때문입니다.

이러한 시점은 동아시아에서의 한문맥에 대해 폭넓게 사고하려 할 때도 유효하리라 생각합니다. 흔히 한자문화권이라 불리어왔듯이 중국·한국·베트남·일본은 일찍이 한자·한문을 공유하며 한자어에서 유래한 어휘를 각각 풍부하게 갖고 있는 지역입니다. 동문동종(同文同種)이라 칭하듯이 공통성을 강조하기 쉬운 지역입니다. 그러나 한자·한문이 이 지역에 가져온 것은 제1장에서도 서술했듯, 오히려 고유성과 다양성에 대한 의식이었다고도 말할 수 있습니다. 그리고 그 의식이 복잡하게 얽혀가면서 각각의 근대를 구성하는 동시에 각자의 한문맥을 외부화해왔던 것입니다.

현재 중국어권 이외에서 한자를 상용하는 곳은 일본뿐입니다. 북한이나 베트남은 기본적으로 한자를 사용하지 않고 있으며 한국에서도 그 쓰임은 한정적입니다. 이들 언어는 한자에서 유래된 숙어의 비율이 일본보다 높음에도 불구하고 이러한 언어정책을 채택하고 있습니다. 이런 부분에 눈을 돌리지 않거나 간단히 부정해버린 채, 한자는 동아시아의 공통문화이다, 동문동종이다 라고 주장할 수는 없습니다. 거꾸로 한문맥이 어떻게 외부화되었는가를 먼저 보아야합니다.

이와 같은 인식 위에서 우리들이 멀리했던 세계가 어떤 것이었던가를 다시 한 번 이해하는 일이 중요합니다. 현대, 즉 오늘의 삶에 기여하겠다거나 지식을 늘려보자는 취지가 아닙니다. 또 하나의 일본어 세계로서 한문맥을 이해하는 것. 그렇게 얻은 시각에 근거해 현대 일본어의 세계를 이른바 그 이면으로부터 비추어보는 것. 이는 한자어 오용의 시비를 가리기 위해 한문 서적에 관한 지식을 휘두르는 일—이 또한 한문맥에서의 지적 경쟁심으로부터 생겨난 것이지만—보다 좀 더 깊이 현대 일본어에 대해 사고하는 일이 될 터입니다. 한문맥에 의해서만 표현 가능한 것이 있음을 깨달아야 현대 일본어의 세계를 상대화하고 그 한계와 특질을 알 수 있습니다. 마치 나쓰메 소세키가 『명암』을 집필하면서 한시를 지었던 것처럼 말입니다.

취미와 교양

그러니까 한문맥은 문체에 그치는 것이 아니라 사고와 감각의 틀과 관련된 문제입니다. 따라서 이를 통해 살펴볼 수 있는 대상은 언어에 한정되지 않습니다. 우리의 일상에서 뻔한 것이 되어 거의 의식되지 않았던 사상이 한문맥이라는 세계를 앎으로써 새롭게 드러나기도 합니다.

취미를 예로 들어보겠습니다. 시판 중인 이력서 용지에는 언제나 '취미' 난이 있습니다. 판에 박힌 답변으로 독서나 음악감상이란 조합이 있을 테지만, 이는 한문맥으로 말하자면 은자(隱者)가 장자의 책을 읽고 거문고를 타는 생활을 즐김에 대응합니다. '금기서화(琴棋書畵)'라고 말할 때 '서'는 일반적으로 서예의 의미로 사용되지만, 독서 또한 은일의 생활에서 중요한 요소입니다. 도연명이 현이 없는 금(琴)을 연주하며 한가로이 책읽기를 즐겼음은 후세 문인들이 우러르는 바입니다. 취미라는 공간 자체가 '공'에 대한 '사'인 것을 고려한다면, 이 상투적 답변은 한문맥적으로 매우 잘 어울리는 대답입니다. 한시문이 아닌 페이퍼백을 읽고 중국음악이 아닌 클래식을 듣는다 해도 역시 한문맥적인 답변이라 할 수 있습니다. 같은 구조이기 때문입니다.

취미와 교양, 이 둘의 차이를 설명하고자하면 꽤나 어려운 부분이 있습니다. 그러나 두 가지가 다르다는 것은 어찌되었든 이해가 됩니다. 취미로 하는 독서와 교양으로서의 독서, 취미인 음악과 교양인 음악. 설명은 어려울지 모르지만 분위기는 분명히 다릅니다. 본서에서 이용한 틀을 적용하면, 이러한 차이도 명쾌하게 설명할 수 있을 듯합니다. 전자가 문인적이라면 후자가 사인적(士人的)인 것입니다. 전자가 자신만의 세계를 향한 지향이라면, 후자는 사회적 존재로서의 자신을 어딘가에서 의식하는 활동입니다. 현대적 감각으로는 이런 일들을 필시 제각각의 것으로 이해할 터이지만 한문맥이라는 틀에 비춰보자면 이 모두가 전체적인 배치에 기초하고 있습니다.

이러한 관점은 제각기 흩어져 그 연결성이 부족한 우리들의 일상에 전체적인 문맥을 부여하는 작용을 할지도 모릅니다. 근대의 시작에서는 형틀처럼 느껴졌던 한문맥이 그 멍에를 풀어헤친 현대에 와서는 오히려 세계를 파악하는 실마리가 될 가능성이 있지 않을까요. 이는 『논어』를 줄줄 읽어내거나 한시 100수를 외우는 식의 방법으로 한문 소양을 실현하려는 것과는 다르게 느껴집니다. 오히려 그것은 한시문을 현대 일본어로 읽고 쓰는 세계와는 다른 질서를 가진 '또 하나의 세계'로서 받아들이는 일을 통해 실현될 수 있는 것이 아닐까 합니다.

물론 두 세계를 오가는 것은 쉽지 않습니다. 본디 반한문맥으로서 성립된 말의 세계에 우리가 있기 때문입니다. 나가이 가후의 『단장정 일승(斷腸亭日乘)』을 읽을 때조차 낯선 한자어에 질려버린다 해도 이상하지 않습니다. 그렇지만 그곳에는 확실히 또 다른 말의 세계를 향한 입구가 존재합니다.

선인들은 한문맥과 격투했습니다. 어떤 사람은 거기서 살았고, 어떤 사람은 거기에 바람구멍을 내고, 어떤 사람은 거기서부터 시작해 밖으로 뛰쳐나왔습니다. 그런 격투들로 인해 지금 우리의 말이 성립되었다고 한다면, 우리들의 말이 어떤 것인가를 이해하기 위해서도, 이번에는 반대방향에서 한문맥의 세계를 향해 발을 들여놓을 시기가 되었다고 해야 하지 않을까요.

후기

"일본 문화의 기반을 이루는 고전으로서의 한문." 한문의 중요성을 호소하기 위하여 자주 이용되는 이러한 논법은 얼마나, 어디까지가 유효할까.

확실히 중학교나 고등학교에서 한문을 왜 배우는지를 설명하기에는 유효하리라. 메이지 시대의 훈독문을 읽으려면 한문 지식이 필수불가결하다. 훈점이 붙은 한문을 읽지 못하면, 과거 일본에서 작성된 많은 문장을 읽지 못하게 된다. 국어라는 과목의 학습목표 중 하나가 과거의 문장도 읽게 하는 것이라면, 한문 시간이 좀 더 늘어나도 좋을 것이다.

반대로 "한문 지식은 현대 일본어를 풍부히 하는데 도움이 된다"는 논리도 있다. 이것도 실제생활을 생각하면 당연한 주장이다. 한시나 한문이 한자어의 보고이기에 확실히 많이 읽을수록 어휘나 말솜씨도 나아진다. 이 논리는 일본어가 한자를 버리지 않는 이상 유효하다. 동아시아 지역과의 교류라는 대의명분을 내세운다면 더욱 그렇다. 아마도 일본의 한문이라는 테마로 책을 쓴다면 이러한 이론으로 일관하는 게 상책일 것이다. 이런 논리는 한문의 유용성을 호소하는 데도 반드시 효과가 있다.

그러나 우선 그 중요성이나 유용성부터 주장하지 않으면 언급조차 할 수 없는 '언어'란 도대체 어떤 것일까. 일본 문화의 기반, 혹은 동아시아 문화의 기반이라고 할 때, 그 문화란 게 과연 현재에도 500년 전에도 또 1,000년 전에도 같았다 할 수 있을까. '문화'라는 말로 고대나 현대도 구별하지 않고 싸잡아 버리고 있는 건 아닐까. 한문맥과 지금 우리의 말이 과연 그렇게 친화적일까.

이 책의 입장은 현재 우리가 쓰는 말이 한문으로부터의 이탈 혹은 한문에 대한 반동으로 생겨났다는 데 있다. 바로 그런 이유에서 한문 세계를 파편이 아니라 전체로서 파악하고자 고심하였다. 한문맥과 근대 일본어 사이의 연속면이 아니라 그 불연속면을 중시했던 것은, 이런 방법이 한문맥의 세계를 '또 하나의 말의 세계'로 부각시키리라 믿었기 때문이다. 우회이기는 해도 이러한 작업이야말로, 지금 우리가 쓰는 말의 공과(功過)를 함께 따져보는 일이 되리라 생각한다. 오늘날에도 중요하다거나 유용하다는 이야기를 하려는 게 아니다. 현대와는 다른 '또 하나의 세계'를 이루고 있다는 단지 그 이유만으로도 연구의 의의는 충분하다. 더구나 그것이 우리가 벗어던진 말의 세계라면 더 말할 것도 없으리라. 이 책의 주장을 한마디로 요약하자면, 아마 그런 말이 될지도 모르겠다.

NHK출판의 가노 노부코(加納展子) 씨로부터 이 책의 집필의뢰를 받았을 때만 해도 뚜렷한 구상은 없었다. 이전에 쓰신 『한문맥의 근대(漢文脈の近代)』에서 다룬 시기 이후는 어떻게 되죠, 현대와의 관계는 어떻습니까, 라는 질문에 대해 마침 1학년생 수업의 주제와 겹치기도 해서, 수업 준비를 겸해 한번 생각해보지요 라고 얼버무리듯 받아드렸던 일이다. 재직 중인 대학에서 약간은 분망한 직책을 맡고 있던 때라 구상이나 집필도 생각처럼 되지 않았지만, 올 한 해 동안 고마바(駒場) 캠퍼스에서의 수업은 물론이거니와 국내외 학회나 심포지엄 등 여러 장소에서 사견을 말할 기회가 얻었다. 이와 동시에 관련 분야의 여러 분들로부터 많은 가르침을 얻게 되어, 이 책의 방향 역시 그런대로 정해질 수 있게 됐다. 이 책의 2장은 도쿄대학교 교양학부 국문·한문학부회가 엮은 『고전일본어의 세계 — 한자가 만든 일본』(『古典日本語の世界』, 2007)에서 필자가 담당했던 장과 서로 겹치면서 호응하고 있기에 함께 보아주시면 더할 나위 없겠다.

교정쇄에 빨간 글씨를 빽빽이 적어 넣었음에도 여전히 의미가 충분히 통하지 않는 부분이 많다. 좀 더 텍스트를 꼼꼼히 논했더라면 하고 생각도 들고, 평명(平明, 평이하고 명료함)한 서술을 해달라는 요청을 평판(平板, 평평히 단조로움)함으로 응한 게 아닌지 하는 우려도 남는다. 하지만 시간과 능력에는 한계가 있는 법이다. 일단 붓을 놓고 다른 기회를 기다리려 한다.

집필에 임해서는 내 천성이 게을러 가노 씨에게 폐를 많이 끼쳤다. 교정과 도판에 관해서는 편집부의 구로시마 가호리(黑島香保理) 씨에게도 큰 신세를 졌다. 야마구치 아키라(山口晃) 씨에게는 표지에 쓸 작품을 사용해도 좋다는 허락을 얻었다. 이를 모두 적어 감사의 마음을 표하고 싶다.

2006. 1.

사이토 마레시

인명정보(가나다순)

*본문 중에 상세한 이력이 제시되어 있는 경우는 생략했다.

가라사키 히타치노스케 唐崎常陸介 (1737~1796)

안에이 시대부터 간세이 시대에 근황가(勤皇家, 막부에 맞서 천황을 지지하는 인사)로 활약. 호레키원년(1751)부터 7년간 이세(伊勢)의 다니카와 고토스가(谷川士清) 밑에서 공부했으며 그 후 다케하라로 돌아와 교육에 매진했다.

가메다 보사이 亀田鵬斎 (1752~1826)

절충학파의 유학자이며 서예가로도 유명하다.

가의 賈誼 (기원전 201~168)

전한 시대의 정치가, 문인으로 이름이 높았다.

고다이고 천황 後醍醐 天皇 (1288~1339)

96대 천황. 막부와 호죠 가문을 멸하고 '친정'을 할 계획을 세웠으나 나중에 아시카가 다카우지가 이반함에 따라 요시노(吉野)로 들어가 남조를 세웠다.

고청구 高青邱 (1335~1374)

명나라의 시인, 역사가. 『원사(元史)』를 편찬하여 호부시랑 자리까지 올랐으나 궁중비사를 읊은 시로 필화를 당해 죽었다. 17,000수에 달하는 청신하고 웅건한 시를 남겼다.

곤도 이사미 近藤勇 (1834~1868)

교토수호직인 마쓰다이라 가타모리(松平容保) 밑에서 신센구미를 조직하여 막부 편에서 존황양이파를 탄압했다. 보신전쟁에서 패하여 참수되었다.

교쿠테이 바킨 曲亭馬琴 (1767~1848)
에도 시대 극작가이자 소설가. 교쿠테이 바킨은 그의 필명으로, 본명은 다키자와 오키쿠니로 알려져 있다. 다키자와 바킨으로도 불린다. 그가 28년간에 걸쳐 완성한 전98권 106책의 장편 모험소설 『난소사토미핫켄덴』으로 유명하다.

구니기타 돗포 国木田独歩 (1871~1908)
소설가, 시인, 언론인. 일본 근대문학에서 '자연' 및 '자연주의'의 발견자로 평가된다. 대표작으로는 「무사시노(武藏野)」, 「고기와 감자(牛肉と馬鈴薯)」, 「겐 삼촌(源叔父)」 등.

구리모토 조운 栗本鋤雲 (1822~1897)
막부의 관료로 외국봉행으로 프랑스에 체재했다. 유신 이후, 메이지 정부에 출사하지 않고 언론인으로 활동.

구메 구니타케 久米邦武 (1839~1931)
이와쿠라사절단의 일원으로 미국과 유럽을 시찰하고 돌아와 『특명전권대사 미구회람실기』를 편찬했다. 도쿄대 교수를 역임하고 『고문서학강의』를 집필하며 일본 근대역사학의 창출에 힘썼다.

구메 마사오 久米正雄 (1891~1952)
소설가, 극작가. 기쿠치 간(菊池寛)과 아쿠타가와 류노스케 등과 함께 제3차, 4차 『신시쵸(新思潮)』 동인으로 활약했다. 후에 통속소설로 전환한다. 희곡 『우유가게 형제(牛乳屋の兄弟)』, 소설 『파선(破船)』 등을 남겼다.

구스노키 마사시게 楠木正成 (?~1336)
가마쿠라 시대의 무사로 고다이고 천황을 위해 막부에 저항하다 전사했다.

기시다 긴코 岸田吟香 (1833~1905)
제임스 헵번의 『화영어림집성(和英語林集成)』의 편집에 협력하고, 『도쿄일일신문』의 기자를 역임. 동아동문회(東亞同文會)를 창설했다.

기타무라 도코쿠 北村透谷 (1868~1894)
시인, 평론가. 시마자키 도손 등과 함께 『문학계』를 창간하며 일본 근대 낭만주의 운동을 이끌었다. 자아의 확립과 정신의 자유를 역설했으나 25세의 나이로 자살.

나가이 가후 永井荷風 (1879~1959)
소설가. 미국과 프랑스 유학 후 『미국이야기(あめりか物語)』, 『프랑스이야기(ふらんす物語)』, 『스미다 강(すみだ川)』 등을 집필했고, 탐미파의 중심적 존재가 되었다.

나가이 규이치로 永井久一郎 (1852~1913)
메이지 시대의 관료. 한시인으로서도 명성이 높아, 가겐(禾原)을 비롯 여러 가지의 호를 가지고 있었다.

나루시마 류호쿠 成島柳北 (1837~1884)
막부의 유관이었으나 메이지 시대에는 문학가, 언론인으로 활약했다. 문예잡지 『가게쓰신시(花月新誌)』를 창간했으며, 게이사쿠조(戱作調)의 문체와 한문체를 조화시킨 문장으로 유명하다.

나베시마 나오마사 鍋島直正 (1815~1871)
다이묘, 사가 번의 제10대 번주이다.

나카무라 마사나오 中村正直 (1832~1891)
무사, 정치가. 메이로쿠샤(明六社)의 회원으로 후쿠자와 유키치, 모리 아리노리, 니시 아마네(西周) 등과 함께 '메이지의 6대 교육가'로 불린다.

나카무라 신이치로 中村真一郎 (1918~1997)
소설가, 문예평론가. 전시하에서 쓴 「죽음의 그림자 아래서(死の影の下に)」 등으로 전후파 작가로서 주목을 받았다. 평전 『라이 산요와 그의 시대』로 예술선장 상을 수상했다.

나카이 지쿠잔 中井竹山 (1730~1804)
유학자. 가이토쿠도의 4대 학주였다.

다야마 가타이 田山花袋 (1871~1930)
소설가. 『문쇼세카이(文章世界)』의 주필이자 『이불』, 『삶(生)』 등 자연주의 문학의 대표작가 중 한 사람이다. 이외에 『시골교사(田舍敎師)』, 『시간은 흘러간다(時は過ぎゆく)』 등.

다자이 슌다이 太宰春台 (1680~1747)
오규 소라이의 제자이지만 시문과 학문의 풍은 스승과 달랐다 한다.

다카하마 교시 高浜虛子 (1874~1959)

하이진(俳人), 소설가. 하이쿠 잡지 『호토토기스』를 주재하여 많은 문하생을 키워냈다. 시집 『교시하이쿠집(虛子俳句集)』, 『오백구(五百句)』, 소설 「풍류참법(風流懺法)」, 『하이쿠 시인(俳諧師)』 등이 있다.

도카이 산시 東海散士 (1852~1922)

소설가, 정치가. 아지즈 번의 번사였으나 후에 중의원 의원이 된다. 정치소설 『가인지기우』로 유명하다.

도쿠토미 로카 德冨蘆花 (1868~1927)

『불여귀』의 작가로 유명하지만 최근에는 탐정소설가로도 재조명되고 있다. 저명한 사상가인 도쿠토미 소호가 형이지만 본인은 도쿠토미라는 성씨를 형과 다른 '德冨'(冨가 아닌 冨)라고 표기하기를 고수해서 각종 문학사전, 문학관, 기념공원 같은 곳에는 그의 이름을 표기할 때 '冨'를 채용하고 있다.

도쿠토미 소호 德富蘇峰 (1863~1957)

언론인, 비평가. 1887년 민요샤를 설립하고 『고쿠민노토모』, 『고쿠민신문(國民新聞)』을 간행하여 평민주의를 제창하지만 청일전쟁 이후에는 제국주의자로 전환하여 2차 세계대전 후 전범이 되었다. 『불여귀』의 작가인 도쿠토미 로카가 그의 아우이다.

동중서 董仲舒 (기원전 176~104)

전한 시대의 정치가, 사상가로 한대 유학의 성립에 결정적 역할을 했다.

두목 杜牧 (803~853)

이상은과 더불어 이두(李杜)로 불리는 만당 전기의 시인. 산문도 뛰어났지만 시에 더 재능을 발휘했으며, 근체시 특히 칠언절구를 잘했다.

마사무네 하쿠쵸 正宗白鳥 (1879~1962)

자연주의 작가로서 허무적 인생관을 담은 작품세계를 선보였다. 소설 「어디로(何處ヘ)」, 「진흙인형(泥人形)」, 평론 「작가론(作家論)」 등이 있다.

마쓰다이라 사다노부 松平定信 (1758~1829)

8대 쇼군인 도쿠가와 요시무네(德川吉宗)의 손자. 막부의 재정난을 해결하기 위해 검약령을 실시하고 로쥬 재임시 간세이 개혁을 단행. 와카와 회화에도 능했다.

맹호연 孟浩然 (689~740)
중국 당나라의 시인. 관직을 거부하고 녹문산(鹿門山)에 숨어 시를 즐겼으며, 특히 오언시에 뛰어났다. 시집 『맹호연집』 등.

모리 아리노리 森有礼 (1847~1889)
사쓰마 번 출신의 정치가. 막부 말기, 구미에 유학한 후 메이지 정부에 참여했다. 후쿠자와 유키치, 가토 히로유키 등과 메이로쿠샤를 조직하여 계몽운동을 주도했다. 문부대신으로 메이지 교육제도의 기초를 다졌으나, 제국헌법 발표 당일 국수주의자에 의해 암살되었다.

모리타 시켄 森田思軒 (1861~1897)
신문기자, 번역가로 '메이지의 번역왕'이라 불린다.

모토다 나가자네 元田永孚 (1818~1891)
구마모토의 번사 출신으로 남작의 작위를 받았다.

모토오리 노리나가 本居宣長 (1730~1801)
신도(神道)와 고전문학 분야에서 활약한 대표적인 국학자로 '모노노 아와레(物の哀れ, 애수 섞인 아름다움과 그 감성)'를 일본 미학의 핵심 개념으로 강조했다. 모토오리 노리나가, 『겐지 이야기를 읽는 요령(紫文要領)』, 정순희 옮김, 지만지, 2009.

백행간 白行簡 (776~826)
백거이의 아우로서 문인, 정치가였다.

범성대 范成大 (1126~1193)
정치가, 시인. 남송의 4대가로 꼽힌다.

사토 잇사이 佐藤一斎 (1772~1859)
에도 후기의 유학자. 나카이 지쿠잔과 하야시 줏사이에게 배웠고, 하야시 가문의 숙장(塾長) 및 쇼헤이코 가쿠몬죠의 교수를 역임했다. 와타나베 가잔(渡邊崋山), 사쿠마 쇼잔(佐久間象山), 나카무라 마사나오 등이 그의 제자들이다.

산유테이 엔쵸 三遊亭円朝 (1839~1900)
막부 말기부터 메이지 시대까지의 라쿠고(落語)가. 근대 라쿠고의 시조이다. 대표작으로
『신게이 가사네가후치(眞景累ケ淵)』, 『시오바라 다스케 일대기(塩原多助一代記)』 등.

새뮤얼 스마일즈 Samuel Smiles (1812~1904)
영국 출신. 의사였으나 사회개량가로 명성을 얻었다. 『Self-Helf』(1859) 외에도
『Character』(1871) 등을 저술.

세이 쇼나곤 淸少納言 (966/967~1013?)
기요하라 모토스케(淸原元輔)의 딸로 태어나 991경~1000년 궁에 들어가 사다코(定子)
왕비를 섬겼다. 그 기간의 궁중 생활을 다룬 수필 『마쿠라노소시』를 남겼다.

시노부 조켄 信夫恕軒 (1835~1910)
막부 말~메이지 초의 한학자, 한시인. 도쿄에 사숙을 열어 강의하는 한편, 메이지13년
(1880)부터 도쿄대에도 출강하여 이노우에 데쓰지로 등이 그의 강의를 수강했다고 알려
져 있다.

시마자키 도손 島崎藤村 (1872~1943)
소설가, 시인. 기타무라 도코쿠 등과 『문학계』 창간에 참여했으며 소설 『파계』로 명성을
얻었다. 이외에 시집 『낙매집(落梅集)』, 소설 『봄(春)』, 『집(家)』, 『동트기 전(夜明け前)』 등.

시오노야 도인 塩谷宕陰 (1809~1867)
의사, 유학자로 쇼헤이코의 교수이다. 야스이 솟켄과 함께 마쓰자키 고도(松崎慊堂)의 학
통을 이었다

시키테이 산바 式亭三馬 (1776~1822)
에도 후기부터 19세기 사이에 활약한 게이사쿠(戱作) 작가. 서포와 약재상을 경영하며 틈
틈이 게이사쿠를 썼다. 대표작으로는 「우키요후로(浮世風呂)」, 「우키요도코(浮世床)」 등.

쓰가 데쇼 都賀庭鐘 (1718경~1794경)
에도 중기의 요미혼 작가. 우에다 아키나리의 스승이자 중국의 백화소설을 번안한 초기
요미혼의 선구자이다.

쓰보우치 쇼요 坪内逍遙 (1859~1935)

문학론 『소설신수(小說神髓)』, 소설 『당세선생기질(當世書生氣質)』을 발표하여 사실주의를 제창한 일본 근대 문학의 선구자였다. 메이지 24년(1891) 『와세다분가쿠(早稻田文學)』를 창간했다.

아라이 하쿠세키 新井白石 (1657~1725)

에도 시대 정치가, 학자. 시인으로도 저명하다.

아사이 료이 浅井了意 (1612경~1691)

에도 전기의 가나조시(名草子) 작자. 무사였다가 정토진종의 승려가 되었다. 저작으로 『오토기보코(御伽婢子)』, 『도카이도 명소기(東海道名所記)』 등.

아시카가 다카우지 足利尊氏 (1305~1358)

무로마치 막부의 초대 쇼군이다.

야나기사와 요시야스 柳沢吉保 (1658~1714)

에도 중기의 막부 로쥬이다.

야나기타 구니오 柳田國男 (1875~1962)

민속학자이자 관료. 자신의 용어인 '민간전승'의 속에서 일본 문화의 원형을 확립하려 했다. 일본 국내의 민속 전승을 조사, 민속학을 확립. 저서로는 『민간전승론(民間傳承論)』, 『바다의 길(海上の道)』 등.

야마지 아이잔 山路愛山 (1865~1917)

언론인, 평론가, 역사가. 에도 막부의 관료집안 출신으로 기독교에 귀의했다. 기타무라 도코쿠와의 인생상관 논쟁으로 유명.

야스오카 레이난 保岡嶺南 (1801~1868)

가와고에 번의 유학자. 번교 강학소의 교수로서 번사 교육에 힘을 기울였다. 라이 산요의 『일본외사』를 교정하여 가와고에판 『일본외사』를 발행했고, 이를 전국 각지에 보급했다.

야스이 솟켄 安井息軒 (1799~1876)

유학자, 정치가. 학자로 이름이 높아 막부의 유관으로 임명받았다. 니시무라 시게키(西村

茂樹) 등을 가르쳤다.

에드워드 기번 Edward Gibbon (1737~1794)
18세기 영국의 역사가. 그의 저서 『로마제국쇠망사』는 번역을 통해 근대 동아시아에도 큰 영향을 미쳤다.

에무라 홋카이 江村北海 (1713~1788)
에도 시대 중기의 유학자, 한시인. 미야즈(宮津) 번에 출사했지만, 후에 퇴임하여 교토에 살며 한시문의 보급에 힘썼다.

오쓰키 반케이 大槻磐溪 (1801~1878)
막부 말 메이지 초의 한학자로 당시의 정치적 움직임에도 깊이 관여했다. 센다이 번의 시 강이었으며, 서양의 포술에 관심을 가져 난학에 힘썼으며 개항론을 주창했다.

오치아이 나오부미 落合直文 (1861~1903)
국문학자. 모리 오가이와 같이 펴낸 번역시집 『오모카게(於母影)』(1889)가 유명하다.

와시즈 기도 鷲津毅堂 (1825~1882)
무사, 오와리 번의 유학자이자 관리. 둘째딸인 쓰네는 나가이 규이치로에게 시집갔다. 그의 생애는 외손자인 나가이 가후의 저서 『시타야소와』에 상세히 기술되어 있다.

왕창령 王昌齡 (698~757)
당나라 시인. 칠언절구에 뛰어났고 웅혼한 시풍으로 생전부터 높은 평가를 받았다.

요시이 이사무 吉井勇 (1886~1960)
가인, 극작가. 예인(藝人)의 세계를 그린 독자적인 시정극(市井劇)으로 유명하다. 가집 『기온가집(祇園歌集)』과 희곡 『오후 세 시(午後三時)』 등이 있다.

요시카와 고지로 吉川幸次郎 (1904~1980)
교토대 교수이자 일본의 중국학을 대표하는 학자였다. 『원잡극연구(元雜劇研究)』, 『두보사기(杜甫私記)』, 『도연명전(陶淵明傳)』 등의 저서가 28권의 전집으로 묶여 나왔다.

우에다 아키나리 上田秋成 (1734~1809)

에도 후기의 국학자. 저작으로 요미혼 『우게쓰 이야기(雨月物語)』, 『하루사메 이야기(春雨物語)』, 가문집(歌文集) 『쓰즈라부미(藤簍册子)』 등.

원진 元稹 (779~831)

정치가, 시인. 전기작가로 이름이 높았다.

유령 劉伶 (225?~280?)

중국 서진(西晉)의 사상가. 죽림칠현의 한 명으로 장자의 사상을 실천했으며, 여러 작품 중에서 특히 「주덕송(酒德頌)」이 가장 유명하다.

유월 俞樾 (1821~1906)

중국 청대의 유명한 학자로 한림원 편수(編修) 등을 역임했으며 소주의 한산사(寒山寺) 장계시비(張繼詩碑)의 필자로도 유명하다. 저서로 『춘재당전서(春在堂全書)』가 있다.

이노우에 데쓰지로 井上哲次郎 (1856~1944)

철학자. 서구철학자들을 일본에 소개했다. 도쿄대 교수 및 제국학사원 회원을 역임했고, 국체 및 일본정신에 기반한 도덕철학을 기초했다. 1881년 『철학자휘』 편찬.

이상은 李商隱 (812~858)

중국 당나라 후기의 대표적 시인이다.

이시바시 닌게쓰 石橋忍月 (1865~1926)

평론가, 소설가, 정치가, 변호사. 도쿄대 재학 시절부터 후타바테이 시메이의 『뜬 구름』 등을 평해 문학계에 알려졌다. 「무희」에 대한 비평을 둘러싸고 모리 오가이와 논쟁을 벌인 일이 유명하다.

이오카 기사이 飯岡義斎 (1717~1789)

오사카의 유의(儒醫). 자신의 둘째 딸을 라이 슌스이에게, 셋째 딸을 '간세이의 세 박사' 중 한 명이자 쇼헤이코의 교관을 지낸 비토 지슈에게 시집보냈다.

이쿠타 슌게쓰 生田春月 (1892~1930)

시인, 번역가. 낭만적이고 허무적인 시풍으로 알려져 있으며 젊은 나이에 자살했다. 시집

으로 『영혼의 가을(靈魂の秋)』, 『감상의 봄(感傷の春)』이 있으며 『하이네전집(ハイネ全集)』의 번역자이다.

이하 李賀 (790~816)
당나라의 대표적 시인 중 하나. 몽환적이고 기이한 시 세계를 선보였다.

장형 張衡 (78~139)
혼천의(渾天儀)를 비롯해, 지진계측기인 '후풍지동의(候風地動儀)'를 만든 중국 후한의 과학자 겸 문인. 하간왕(河間王)의 재상으로 호족들의 발호를 견제하는 데 큰 공을 세웠다.

제임스 헵번 James C.urtis Hepburn (1815~1911)
미국인 선교사 · 의사. 일본 이름은 헤이분(平文). 안세이6년 일본에 와서 가나가와에서 의료업에 종사. 최초의 일영사전 『화영어림집성』을 편집했고, 헵번식(式) 로마자 표기를 만들었다. 성경을 일본어로 번역하기도 했다.

지카마쓰 몬자에몬 近松門左衛門 (1653~1725)
에도 시대를 대표하는 가부키와 죠루리 작가. 작품으로 『소네자키신쥬(曾根崎心中)』 등이 있다.

진홍 陣鴻
생몰년대 불명인 당나라의 문학가, 「장한가전」을 포함해 3편의 전기(傳奇)가 남아 있다.

토마스 매콜리 Thomas B. Macaulay (1800~1859)
영국의 정치가, 역사가. 인도총독 고문을 역임했다.

펠로피다스 Pelopidas (BC 410?~BC 364)
테베의 장군 · 정치가. 민주화를 꾀한 탓으로 아테네로 망명하여 테베의 정치적 지도자가 되었다.

풍몽룡 馮夢龍 (1574~1646)
중국 명청 시대의 문인이자 관리로 백화소설과 희곡의 창작에 전념했다. 저작으로 『삼언(三言)』, 『쌍웅기(雙雄記)』 등이 있다.

하야시 다다스 林董 (1850~1914)
외교관, 정치가. 백작 작위를 받았으며 외무대신을 역임했다.

한악 韓偓 (844~923)
당나라 말기의 시인이자 정치가이다.

한유 韓愈 (768~824)
당나라의 문인 · 정치가. 호는 창려(昌黎). 당송팔대가의 한 사람으로 사륙변려문을 비판하며 고문(古文)으로 복귀할 것을 주장했다. 시문집으로 『창려선생집(昌黎先生集)』이 있다.

핫토리 난카쿠 服部南郭 (1683~1759)
오규 소라이의 제자. 시인으로 유명하다.

호아시 반리 帆足万里 (1778~1852)
에도 시대 후기의 유학자, 난학자, 이학자. 서구의 근세 과학을 이입하여 천문 물리의학, 조리학(條理學)을 제창한 유의 미우라 바이엔(三浦梅園)의 주장을 발전시켜 궁리학에 뜻을 두었다. 미우라 바이엔, 히로세 단소와 함께 '분고의 삼현'으로 불린다.

호죠 가테이 北条霞亭 (1780~1823)
간사이의 유명한 시인. 라이 슌스이와도 가까웠던 간차잔(菅茶山, 1748~1827) 문하에서 배워 시인으로 유명했다. 모리 오가이가 그의 삶을 입전(入傳)했다.

후지타 도코 藤田東湖 (1806~1855)
에도 말기의 미토학자. 번주 도쿠가와 나리아키(德川斎昭) 밑에서 번정 개혁에 힘썼다. 그의 사상은 존왕양이 운동에 큰 영향을 주었다. 저작으로 「정기가」, 『회천시사(回天詩史)』 등을 남겼다.

후타바테이 시메이 二葉亭四迷 (1864~1909)
소설가, 번역가로 언문일치의 창시자로 불린다. 언문일치체 소설인 『뜬 구름(浮雲)』을 발표하고 여러 러시아 문학을 번역했다. 저서로 소설 『그 옛날 모습(其面影)』, 『평범(平凡)』, 번역으로 투르게네프의 『밀회(あひゞき)』, 『해후(めぐりあひ)』 등이 있다.

히나쓰 고노스케 日夏耿之介 (1890~1971)

시인, 영문학자. 딱딱한 한자어를 구사한 신비주의 상징시로 주목을 받았다. 시집 『전신의 노래(轉身の頌)』, 『검은 옷의 성모(黑衣聖母)』, 저술로 『메이지 다이쇼 시사(明治大正詩史)』가 있다.

히로세 단소 広瀬淡窓 (1782~1856)

에도 시대 말기의 유학자, 한시인. '분고의 삼현' 중 한 명으로 유명하다.

작품정보(가나다순)

가인지기우 佳人之奇遇

도카이 산시의 정치소설로 메이지18년(1885)에서 30년(1897)에 걸쳐 간행되었다. 미국유학 중인 도카이 산시와 스페인 혁명에 실패한 장군인 낭유란(娘幽蘭), 아일랜드 독립운동의 망명자 홍련(紅蓮)과의 교우를 통하여, 각국의 민족 독립운동의 열정을 묘사했다.

경국미담 経国美談

야노 류케이(矢野龍溪)의 정치소설. 메이지 16년~17년(1883~1884) 간행. 그리스 테베의 역사를 차용하여 자유민권론을 주장한 작품이다.

금고기관 今古奇觀

단편소설집 『삼언이박三言二拍』 속에서 우수한 작품 40편을 골라 편찬한 백화문 선집으로, 괴담 성격의 작품이 많다. 중국문학사를 대표하는 걸작 중 하나이다.

다이헤이키 太平記

일본 고전문학의 하나로 14세기경에 성립된 군기물이다. 무로마치 막부의 성립 등 남북조시대 50년간의 전란을 화려한 한자 · 가타가나 혼용의 문체로 묘사했다.

단장정 일승 斷腸亭日乘

나가이 가후의 일기로, 37세인 1917년 9월 16일부터 그가 죽기 전인 1959년 4월 29일까지의 일기가 기록되었다. 당시의 도쿄 사정 및 일본의 정세를 알 수 있는 사료이다.

당송팔대가문독본 唐宋八大家文讀本

중국 당나라의 한유, 유종원, 송나라의 구양수(歐陽修), 소순(蘇洵), 소식, 소철(蘇轍), 증공(曾鞏), 왕안석(王安石)이라는 당 · 송 팔대가들의 문장을 모은 선집으로 한 · 중 · 일 각국에서 역대 여러 종이 편찬되었다.

당시선 唐詩選

중국 명나라 말기에 편찬된 것으로 당의 시인 127명의 시를 모은 시집. 이백과 두보의 시는 많이 수록된 반면 한유와 백거이의 시는 거의 배제되었다. 저자가 말한 것처럼, '로맨틱하고 드라마틱한 작품들' 위주로 수록되었던 것이다. 당시를 배우는 데에 가장 알맞아 한시의 입문서로 널리 읽힌다.

도카이도를 가로지르며 밤색말을 타다 東海道中膝栗毛

19세기 짓펜샤잇쿠(十返舍一九)가 쓴 여행기. 도카이도는 도쿄에서 오사카까지에 해당하는 여행길,지방,도로의 통칭이다.

마쿠라노소시 枕草子

헤이안 시대의 여자 궁인 세이 쇼나곤의 수필. 당시 자연과 일상생활에 대한 섬세한 묘사로도 유명하며, 궁중여인 특유의 초연하고 신랄한 가치판단과 풍부한 정서가 뒤섞여 있는 독창적인 산문 문체가 특징이다. 번역서로 『마쿠라노소시』, 정순분 옮김, 갑인공방, 2004 참조.

몽구 蒙求

중국 당나라의 이한(李瀚)이 지은 역사서. 상고 시대부터 남북조까지의 경사(經史) 가운데 유명한 인물의 언행을 둘씩 짝지어 배열하여 기억하기 편하도록 4자구의 운어(韻語)로 기록했다.

문선 文選

남조 양나라의 소명태자(昭明太子) 소통(蕭統)이 역대 작가들의 시문을 모아 편찬한 책으로 후대에 큰 영향을 끼쳤다. 전30권으로 그 중에서 절반 이상이 시와 부(賦) 장르이다.

문예구락부 文藝俱樂部

메이지 28년(1895) 1월~쇼와 8년(1933) 1월까지 간행, 총 457책. 하쿠분칸(博文館)이 1895년이 그 당시에 나온 문예잡지를 통합하는 형태로 내놓은 것으로, 순요도(春陽堂)의

『신쇼우세쓰(新小說)』와 쌍벽을 이루는 순문학 잡지였다.

문장궤범 文章軌範
중국 송나라의 사방득(謝枋得)이 편찬한 산문 선집으로 당·송의 고문 위주로 되어 있다.

문학계 文学界
1890년에 기타무라 도코쿠와 시마자키 도손이 공동으로 창간한 문예춘추사의 문예지로서 현재도 발간되고 있다.

미타분가쿠 三田文学
메이지43년(1910) 5월, 게이오의숙 문학부인 미타문학회의 문예잡지로서 나가이 가후를 중심으로 창간. 탐미적 색채가 강하여, 자연주의 문학그룹의 문예지 『와세다분가쿠(早稲田文學)』와 대립했다.

백씨문집 白氏文集
중국 당나라 때에 백거이(白居易)가 편찬한 75권에 달하는 시문집으로 송나라 때에 4권이 없어지고 오늘날에는 71권만이 전한다.

서국입지편 西国立志編
1918년 최남선이 『자조론』이라는 이름으로 이 책의 일부를 국내에 번역 소개했고, 1925년 홍영후가 재번역했다. 이러한 일련의 번역을 통해 메이지 훈독문이 한국의 국한문체에 영향을 주게 된다.

시타야소와 下谷叢話
1926년 이와나미문고에서 간행. 시타야는 도쿄의 지명이다.

연산외사 燕山外史
1810년 무렵의 작품으로 청나라 진구(陳球)의 작품.

오제본기 五帝本紀
『사기』 「본기」의 첫 부분으로 황제(黃帝), 전욱(顓頊), 제곡(帝嚳), 요(堯), 순(舜)의 다섯 천자에 대해 기록했다.

요재지이 聊齋志異
중국 청나라 때의 문언(文言) 단편소설집.

이불 蒲団
다야마 가타이의 대표작. 메이지40년(1907) 발표. 중년의 작가 다케나카가 제자인 요코에게 느끼는 사랑과 질투를 적나라하게 그렸다. 최초의 사소설이라 이야기되며, 그 후의 자연주의 문학에 큰 영향을 주었다.

전등신화 剪燈新話
당나라 때의 소설을 본떠 고금의 괴담기문을 엮어서 쓴 전기소설로서 명대(明代)의 유일한 문어체 소설집이다. 매월당 김시습의 『금오신화』가 이것에 영향을 받았다.

핫켄덴 八犬傳
『난소사토미핫켄덴(南總里見八犬傳)』의 약칭. 교쿠테이 바킨(曲亭馬琴)이 1814년 간행한 대표적인 요미혼(讀本)이다. 무로마치 시대를 배경으로 '인의예지충신효제' 여덟 가지 덕을 대표하는 등장인물이 사토미(里見) 가문의 발흥을 위해 활약한다는 내용이다.

헤이케 이야기 平家物語
가마쿠라 시대에 성립된 군기물(軍記物)이며 헤이케이(平家)의 흥망성쇠가 주제이다. 군기물은 가마쿠라 시대부터 무로마치 시대 사이에 많이 나온 역사상의 전쟁을 주제로 한 문예물을 말한다.

참고문헌

인용한 자료에 관해서는 반드시 이 책이 근거한 판본이 아니더라도 문고본 등 구하기 쉬운 판본, 알기 쉬운 주석이나 해설을 구비한 것을 중심으로 삼았습니다. 여러 판본이 있는 경우, 입수하기 쉽게 할 목적으로 가급적 최근 인쇄본으로 기재했습니다. 또한 본문의 인용은 원칙적으로 초판 혹은 교정판에 근거했습니다.

제1장 한문맥이란 무엇인가

磯田光一 엮음, 『漱石文芸論集』, 岩波文庫, 1986.

川上正光全訳注, 『言志四録』 전4권, 講談社学術文庫, 1978~81.

齋藤希史, 『漢文脈の近代 清末＝明治の文学圏』, 名古屋大学出版会, 2005.

辻本雅史 외 엮음, 『教育社会史』, 新体系日本史, 山川出版社, 2002.

福沢諭吉, 『新訂福翁自伝』, 岩波文庫, 2002.

吉川幸次郎, 『漢文の話』, ちくま学芸文庫, 2006.

제2장 한문의 읽고 쓰기는 왜 널리 퍼졌는가

安藤英男, 『頼山陽』, たざわ書房, 1979.

小川環樹 외 엮고옮김, 『蘇東坡詩選』, 岩波文庫, 2004.

筧文生, 『唐宋八家文』, 鑑賞中国の古典, 角川書店, 1989.

木崎愛吉 외 엮음, 『頼山陽全書』 전8권, 頼山陽先生遺蹟顕彰会, 1931~1932.

齋藤文俊, 「近世·近代の漢文訓読」, 『日本語学』 17-7, 1998.

坪内祐三 외 엮음,『徳冨蘆花・木下尚江』, 明治の文学, 筑摩書房, 2002.

徳富猪一郎,『頼山陽』, 民友社, 1926.

徳冨健次郎,『黒い眼と茶色の目』, 岩波文庫, 1987.

中村真一郎,『頼山陽とその時代』전3권, 中公文庫, 1984.

探谷克己,『江戸時代の身分願望 身上りと上下無し』, 歴史文化ライブラリー, 吉川弘文
　　館, 2006.

『帆足万里全集』전4권, ぺりかん社, 1988.

『正宗白鳥全集』제30권 잡찬(雑纂), 福武書店, 1986.

水沢利忠,『史記列伝』, 新書漢文大系, 明治書院, 2002.

제3장 '국민의 문체'는 어떻게 성립된 것인가

加賀野井秀一,『日本語は進化する 情意表現から論理表現へ』, NHKブックス, 2002.

久米邦武 엮음,『特命全権大使米欧回覧実記』전5권, 岩波文庫, 2004.

斉藤利彦 외 교주(校註),『教科書 啓蒙文集』, 新日本 古典文学大系 明治編, 岩波書店,
　　2006.

田中彰,『岩倉使節団の歴史的研究』, 岩波書店, 2002.

千葉俊二・坪内祐三 엮음,『日本近代文学評論選 明治・大正篇』, 岩波文庫, 2003.

平川祐弘,『天ハ自ラ助クルモノヲ助ク 中村正直と『西国立志編』』, 名古屋大学出版会,
　　2006.

福沢諭吉,『西洋事情』,『福沢諭吉著作集』제1권, 慶應義塾大学出版会, 2002.

前田愛,『近代日本の文学空間 歴史・ことば・状況』, 平凡社ライブラリー, 2004.

森田思軒,『頼山陽及其時代』, 民友社, 1898.

제4장 문학의 '근대'는 언제 시작된 것인가

揖斐高 외 교주(校註),『漢詩文集』, 新日本 古典文学大系 明治編, 岩波書店, 2004.

入浴仙介,『近代文学としての明治漢詩』, 研文出版, 1989.

吉全島洋介 주석(注釈),『鴎外歴史文學集』제12・13권 漢詩 上・下, 岩波書店, 2000～
　　2001.

小島憲之,『ことばの重み 鴎外の謎を解く漢語』, 新潮選書, 1984.

清水茂 외 교주(校註), 『日本詩史・五山堂詩話』, 新日本 古典文学大系 岩波書店, 1991.

惣鄕正明 외 엮음, 『明治のことば辞典』, 東京堂出版, 1998.

坪内祐三 외 엮음, 『森鷗外』, 明治の文学, 筑摩書房, 2000.

永井荷風, 『下谷叢話』, 岩波文庫, 2000.

野口富士男 엮음, 『荷風随筆集』 전2권, 岩波文庫, 1986.

日野龍夫, 『江戸の儒学』, 『日野龍夫著作集』 제1권, ぺりかん社, 2005.

前田愛, 『幕末・維新期の文学 成島柳北』, 『前田愛著作集』 제1권, 筑摩書房, 1989.

賴惟勤 교주(校注), 『徂徠學派』, 日本思想大系, 岩波書店, 1984.

제5장 소설가는 동경하던 이국땅에서 무엇을 보았는가

秋庭太郎, 『考証 永井荷風』, 岩波書店, 1966.

秋庭太郎, 『永井荷風伝』, 春陽堂書店, 1976.

『芥川龍之介全集』 제6・8권, ちくま文庫, 2004.

大沼敏男 외 교주(校注), 『政治小説集 二』, 新日本 古典文学大系 明治編, 岩波書店, 2006.

金文京, 『中国小説選』, 鑑賞中国の古典, 角川書店, 1989.

草森紳一, 『荷風の永代橋』, 青土社, 2004.

関口安義, 『特派員芥川龍之介 中国でなにを視たのか』, 毎日新聞社, 1997.

『大日本人名辭書』 전5권, 講談社学術文庫, 1980.

千葉俊二・坪内祐三 엮음, 『日本近代文学評論選 明治・大正編』, 岩波文庫, 2003.

千葉俊二 엮음, 『谷崎潤一郎上海交遊記』, みすず書房, 2004.

陳捷, 『明治前期日中学術交流の研究 清国駐日公使館の文化活動』, 汲古書院, 2003.

西原大輔, 『谷崎潤一郎とオリエンタリズム 大正日本の中国幻想』, 中公叢書, 2003.

野口武彦, 『近代日本の恋愛小説』, 大阪書籍, 1987.

野崎歓, 『谷崎潤一郎と異国の言語』, 人文書院, 2003.

松枝茂夫 엮음, 『中国名詩選』 전3권, 岩波文庫, 2004.

柳父章, 『翻訳語成立事情』, 岩波新書, 1987.

矢野龍渓, 『経国美談』 전2권, 岩波文庫, 1969.

劉建輝, 「オリエンタリズムとしての「支那趣味」 — 谷崎文学におけるもう一つの世紀末」, 松村昌家 엮음, 『谷崎潤一郎と世紀末』, 思文閣出版, 2002.

井口時男 엮음, 『柳田國男文芸論集』, 講談社文芸文庫, 2005.

一海知義 역주, 『漱石全集』 제18권 漢詩文, 岩波書店, 2003.

加藤二郎, 『漱石と漢詩』, 翰林書房, 2004.

三好行雄 엮음, 『漱石文明論集』, 岩波文庫, 2006.

吉川幸次郎, 『漱石詩注』, 岩波文庫, 2002.

근대어의
탄생과
한문

한문맥과 근대 일본

지은이   사이토 마레시
옮긴이   황호덕, 임상석, 류충희
펴낸곳   현실문화연구
펴낸이   김수기

편집   신헌창, 여임동, 한고규선
디자인   김재은
마케팅   오주형
제작   이명혜

첫 번째 찍은 날   2010년 6월 1일
등록번호   제300-1999-194호
등록일자   1999년 4월 23일

주소   서울시 종로구 교북동 12-8번지 2층
전화   02)393-1125
팩스   02)393-1128
전자우편   hyunsilbook@paran.com

가격은 뒤표지에 있습니다.
ISBN 978-89-92214-84-1 93830